Siège : 102 Avenue des Champs Élysées 75 008 Paris
Bureaux : 27 cours d'Estienne d'Orves 13 001 Marseille

Photo : © Claude Almodovar
Couverture : Isabelle Cochereau
Directeur de collection : Jimmy Gallier

www.polar.jigal.com

ISBN 978-2-914 704-47-2

MAURICE GOUIRAN

SOUS LES PAVÉS, LA RAGE

ÉDITIONS JIGAL

DU MÊME AUTEUR

La nuit des bras cassés
Prix Sang d'Encre des Lycéens 2003

Le théorème de l'engambi
Le dernier des chapacans
L'Arménienne aux yeux d'or
Les martiens de marseille
La porte des orients perdus
Les damnés du vieux port
Marseille, la ville où est mort Kennedy

Sous les pavés, la page
Prix Virtuel du Polar 2006

Terminus Ararat
Train bleu train noir
Putains de pauvres
Les chèvres bleues d'Arcadie

Éditions Jigal

À Josiane et Régis

Quelques petits crimes dans nos campagnes

« C'est pas seulement à Paris
Que le crime fleurit
Nous, au village, aussi, l'on a
De beaux assassinats.»

Georges Brassens « *l'Assassinat* »

Du dimanche 26 mai au jeudi 30 mai 1968

Les drames qui ensanglantèrent le petit village de Sainte-Apostasie, durant ces cinq journées de printemps, n'eurent jamais les répercussions nationales qu'ils auraient pu légitimement engendrer.

Si le bon peuple de France, si friand en temps normal de faits divers saignants, ne s'en émut pas outre mesure, c'est d'abord et avant tout la faute à l'époque et aux circonstances.

Souvenez-vous donc de ce mois surréaliste, de notre beau et cher pays hébété et paralysé par les grèves. Certains vibraient d'espoir, d'autres grelottaient de peur...

Dans cet étrange contexte, n'était-il pas logique que les médias – si prompts habituellement à malaxer et à monter en neige la merde de la société – se fichent de ce coin perdu des bords de la Durance comme de leur première chemise (si tant est qu'ils se vêtent...).

La télé, plus que jamais aux ordres du pouvoir et du ministre de l'Information, consacrait tous ses efforts à minimiser l'importance des manifestations et des grèves qui asphyxiaient le pays. Tous les péquenots de Provence pouvaient bien crever sous les coups d'un serial killer sans que cela émeuve le moins du monde l'ORTF.

Les journaux n'y prêtèrent guère plus d'attention.

Les rédacteurs des quotidiens et des hebdos pensaient surtout à sauver leur peau quelle que soit l'issue des événements. Ils pratiquaient le tangage salvateur : un coup par-ci, un coup par-là, en s'évertuant surtout à deviner de quel côté soufflerait le vent dominant, celui qui porte et gonfle les ambitions, histoire d'être toujours dans le sens de la marche.

À leur décharge, il faut rappeler qu'il n'y avait plus d'essence, que la plupart de leurs chroniqueurs étaient en grève, et donc qu'il ne leur restait guère de possibilité de dénicher un reporter susceptible de se déplacer jusqu'à Sainte-Apostasie.

Pourtant, avouez que sept victimes en cinq jours, ça a de quoi titiller l'intellect même brumeux du plus fadasse des journaleux, ça a de quoi émoustiller le voyeurisme quasi obsessionnel d'une populace toujours avide du malheur des autres !

Sept macchabées, c'est un scoop qui se vend bien. Mais force est de reconnaître qu'en cette fin mai 68, les gens – qui bien souvent ne regardent pas plus loin que leur embouligue – se foutaient autant que les médias de ces macchabées. Ce qui les intéressait, c'était le retour du sucre dans les épiceries et de la benzine dans les pompes des stations service.

Le bonheur des peuples tient parfois à bien peu de chose…

Le plus délicieux plaisir de l'homme moderne se réduirait-il à ce geste dérisoire : donner un quart de tour à la clé de contact afin d'écouter béatement ronronner le moteur de sa chignole ?

Ils avaient bien d'autres soucis, les citoyens de cette France partagée entre le parti de l'insurrection, celui de la répression et celui de la pêche à la ligne (qui était largement majoritaire). Vous conviendrez donc que le fait que quelques pacoulins soient passés de vie à trépas au fond d'une campagne provençale au nom imprononçable n'intéressait personne.

Mais j'en connais sept – Anatole Estripelle, Pierre-Marie Heurtefeuille, Valentin Bastifacci, Fernand Ramirez, Adrien Escragnolles, Bernardin Cabestany et Louis Castelli – qui n'eurent bientôt plus rien à foutre de tout ce boxon, de tout ce pataquès, de toute cette chienlit (comme clamait l'autre, du haut de son hélico qui le ramenait de Baden-Baden).

Oh ! Ce n'était pas qu'ils fussent détachés de la chose publique : Estripelle et Heurtefeuille avaient toujours été des fidèles du Général, Bastifacci prônait des vertus encore plus conservatrices, Ramirez et Escragnolles militaient pour le bonheur du peuple laborieux, Cabestany pour son bonheur personnel et Castelli pour la même chose sous les couleurs d'un parti socialiste qui se cachait sous le sigle imbitable de FGDS.

En fait, si nos sept malheureux héros étaient devenus indifférents aux malheurs de notre pauvre monde et aux bénéfices qu'une politique combinarde aurait pu leur offrir, c'était tout simplement dû au fait qu'on leur avait défoncé l'occiput.

On sait que la réflexion est déjà difficile sous un crâne sain, alors pensez donc sous un crâne explosé…

Le bon peuple de 68 se fichait bien de la disparition de ces sept personnages dont les noms ne resteront pas gravés dans l'Histoire. Mais je vous sens curieux, avides de quelques précisions supplémentaires sur la semaine sanglante de Sainte-Apostasie.

Comment résister à notre désir partagé de revivre cette époque ?

Permettez-moi donc de vous parler d'un temps que les moins de vingt ans… etc… etc…

Anatole, le dimanche 26 mai

Le premier des sept crimes eut lieu dans l'après-midi du dimanche 26 mai 1968.

En fait, ce jour-là, tout avait commencé de traviole dès la messe de dix heures.

L'église paroissiale Saint-Barthélemy était comble. Dans ce monument fortifié du onzième siècle, on venait prier le Seigneur pour qu'il fasse cesser le climat insurrectionnel, pour qu'il débarrasse la fille aînée de l'Église du péril rouge et du bonhomme au couteau entre les ratounes, pour qu'il fasse taire les foules de braillards et de chevelus.

Pierre-Marie Heurtefeuille et son épouse Marie-Hélène, née De Castagnac, avaient pris place au premier rang, le seul qui puisse seoir à l'aristocratie des campagnes.

Le notaire n'était plus sorti de chez lui depuis le début des émeutes. Les discussions stériles de ses anciens administrés l'horripilaient et la révolte se propageait dans le pays aussi vite que la vérole sur le bas clergé. « Tous des communistes ! »

grommelait le sombre tabellion à l'adresse de Marie-Hélène en découvrant le soir, sur son écran de télé, l'image des rues du Quartier Latin jonchées de cadavres de voitures.

Ce matin-là, il était détendu, ravi et rassuré de voir qu'il existait encore de vrais chrétiens, des gens forcément respectueux de l'ordre et de la loi. De Gaulle avait donné une allocution résolue à la télé le vendredi précédent. On avait ouvert des négociations avec les syndicats à la rue de Grenelle. Tout allait rentrer dans l'ordre, et si ces groupuscules – qui n'étaient qu'une infime minorité – persistaient à paralyser le pays, on leur enverrait l'armée ! Le régiment de parachutistes, qui était arrivé la veille au camp de la Frileuse, montrait bien la détermination du Général.

Le gouvernement reprenait enfin les affaires en main !

Le père Augustin prit un malin plaisir à prolonger l'office. Était-ce pour profiter plus longtemps d'une assistance aussi nombreuse ou pour punir ces faux fidèles que la peur bien plus que la foi rassemblait dans les murs épais du saint édifice ?

La nef était pleine à craquer. Même les mécréants du bar des Platanes étaient là, étonnamment timides, dissimulés derrière un pilier épais.

Au moment du sermon, le père Augustin grimpa dans la chaire de bois sculpté. Il officiait habituellement devant l'autel, et cette ascension révélait la solennité qu'il souhaitait conférer à son oraison.

Sa voix de basse résonna comme un tonnerre sous les voûtes romanes :

« Quand le travail trempera les vêtements des humbles, regarde autour de toi et tu verras comment les anges recueillent les gouttes de sueur, comme s'ils recueillaient des brillants… »

Maître Heurtefeuille croisa le regard effaré de son épouse. Qu'est-ce qu'il racontait là, le père Augustin ? Était-il devenu fou ? N'avait-il pas abusé du vin de messe ? Parler ainsi de travail, de sueur, lorsqu'on est entre gens de bonne compagnie...

Mais le notaire n'était pas au bout de ses peines, le père Augustin poursuivit la lecture du long message de Dom Helder Camara, l'archevêque de Recife.

Dom Helder avait été nommé archevêque de Olinda et Recife au printemps 64. Il s'était rangé immédiatement à la place qui convenait à un serviteur de Dieu, aux côtés des pauvres et des opprimés. Il avait même établi à Recife un foyer de résistance au coup d'État militaire. Sa vision sociale et ses actions l'avaient fait surnommer l'archevêque rouge. Et voilà qu'aujourd'hui, à un moment où l'on avait besoin de se rassurer, de remettre au goût du jour les vertus ancestrales fondatrices de notre chère civilisation occidentale, l'ordre et la discipline, le père Augustin ne trouvait que ça à raconter !

Maître Heurtefeuille aurait voulu hurler afin que le prêtre cesse de blasphémer, mais cela ne se faisait pas dans un lieu saint. C'est à peine si un chuchotement parcourut les bancs de chêne verni : « Le curé est passé du côté de Cohn-Bendit et des anars ! ».

Anatole Estripelle mourut le premier.

Cela se passa en plein milieu de l'après-midi.

Le soleil neuf de mai, qui aurait dû régner paisiblement sur le printemps, ne fut, ce jour-là, qu'un astre messager de la mort.

Anatole avait soixante-dix-huit ans ce qui était, à l'époque, un âge respectable et très convenable pour mourir. Sa fin aurait été des plus banales si le vieillard n'avait pas eu le crâne défoncé.

C'est Maître Heurtefeuille – qui devait crever à son tour un peu plus tard dans des circonstances quasiment analogues que nous ne manquerons pas de vous narrer – qui découvrit le corps en lui rendant visite en début de soirée.

Le notaire ne s'était toujours pas remis du sermon impie du père Augustin. Je vous laisse deviner son émoi lorsqu'il aperçut Anatole affalé et mortibus sur son fauteuil de cuir, négligeant une télé qui ne diffusait plus, pour cause de grève, qu'un interminable et désespérant programme de musique enregistrée.

La victime, Anatole Estripelle, ardent défenseur des valeurs familiales, se déclarait volontiers gaulliste de conviction. En tout cas, c'est ce qu'il proclamait haut et fort, bien que les mauvaises langues, toujours foisonnantes dans nos campagnes où elles semblent se développer au contact du lisier épandu sur les champs, affirmaient que c'était plutôt un gaulliste de circonstance... Il faut dire que le brave Anatole était beaucoup moins partisan du Général en 40 qu'en 45, mais il en est tant que la lumière divine éclaire tardivement...

Ce catholique fervent, tenant de l'ordre et de l'intégrité de notre Sainte Mère l'Église, rendit l'âme le jour du Seigneur. Heureuse ou triste coïncidence, c'est selon. Bien entendu, il avait assisté à l'office du matin et, comme tout bon chrétien, il avait été offusqué par le prêche du père Antoine. Les esprits simples auraient pu croire que son cœur de bigot, légitimement traumatisé par la citation de l'archevêque rouge, avait cédé sous l'effroi et le désespoir.

Il n'en était rien.

Car on retrouva à ses pieds une superbe et lourde statue de la vierge taillée dans le chêne. L'objet religieux, mais néanmoins contondant, était maculé de sang et les quelques touffes de cheveux blancs collées attestaient de son utilisation criminelle.

Anatole était mort sous les coups répétés d'une représentation moyenâgeuse de la Vierge Marie qu'un être indélicat avait dû empoigner fermement avant de l'abattre avec rage sur le caisson du bondieusard.

Les gendarmes récupérèrent la statue assassine et débutèrent une enquête manifestement vouée à l'échec car le moral n'y était pas. La maréchaussée, vilipendée par la rognure libertaire, était davantage préoccupée par la chasse aux trublions qui dressaient des barricades dans les rues que par l'assassinat d'un vieillard au demeurant peu sympathique qui trépassait à un âge canonique.

La foule oisive – pour cause de grève générale – et scotchée toute la sainte journée au comptoir du bar des Platanes estima, elle aussi, qu'Anatole avait bien l'âge de clamser.

Outre ce très populaire estaminet, Sainte-Apostasie comptait un second débit de boissons, le Cercle. Situé près de la poste, le Cercle avait jadis joué un rôle mutualiste important mais son influence sur la vie communale s'éteignait. Sa salle était obscure, la peinture des murs s'écaillait, les chiures de mouches assombrissaient le plafond et, seuls, quatre vieillards y tapaient le carton à longueur de journée. Jadis, ils étaient sept ou huit fossiles à s'affronter dans d'interminables parties de rami, mais la camarde s'acharnait et le groupe se réduisait au fil du temps. Le quatuor rescapé s'adonnait à la manille et redoutait le jour où la faucheuse, revenant faire un tour au village, leur poserait un insoluble problème : à quoi peut-on jouer lorsqu'on n'est plus que trois ?

Au Cercle, personne ne commenta le meurtre. Les quatre vieux s'en fichaient car Anatole ne daignait jamais venir au Cercle.

En vérité, c'est davantage le cérémonial de la mise à mort que la mort elle-même qui choqua les bons villageois.

Les plus réactionnaires attribuèrent le crime aux gauchistes – sans doute des étudiants chevelus montés de Marseille – et le dégoût que leur inspirait le récit de la sainte madone maculée de sang ne se dissipait qu'au-delà du sixième jaunet.

Valentin, le lundi 27 mai

La mort de Valentin Bastifacci fit rire – ou au moins sourire – tout le village et déclencha bien des railleries. C'est à croire qu'à un moment où les arrêts de travail et les manifs se banalisaient, on avait besoin d'autres distractions, d'autres émotions épicées.

Ce sont les circonstances de la découverte du corps, plus que le trépas lui-même, qui provoquèrent l'hilarité du bon peuple toujours accoudé au comptoir du bar des Platanes (le travail n'avait pas repris...).

Valentin Bastifacci avait soixante-quatre ans. Il exerçait la profession d'épicier, affectionnait l'obéissance et la discipline (surtout chez les autres) et vivait assez mal la pagaille qui submergeait la patrie. Aveuglé par une xénophobie récurrente, cet immigré de deuxième génération oubliait volontiers les souffrances endurées par son père lorsque ce dernier avait fui l'Italie où il crevait la dalle. Arrivé nu et cru dans notre beau pays de France, le père avait reçu en son temps les crachats et les insultes racistes, ces mêmes insultes que le fils, qui jouait les patriotards, proférait envers ceux qui, aujourd'hui, venaient « de leur plein gré vider les poubelles à Paris » (dixit Perret). Comme son pater jadis.

L'histoire est un éternel recommencement.

La connerie aussi…

L'épicier entubait régulièrement ses clients et, de ce fait, ne jouissait pas d'une grande sympathie. La populace, sans doute ulcérée de découvrir dans ses couffins des oranges et des pommes pourries, des tranches de jambon verdâtres, des kilos qui ne pesaient que neuf cents grammes, du pinard manifestement allongé d'eau, attendait patiemment l'heure de la vengeance en se gaussant des aventures sexuelles minables de Valentin qui semblait frappé de satyriasis.

Car ce Valentin était un « malade de la quiquette » comme on disait au bar des Platanes. Il s'octroyait de longs moments de stupre et de fornication dans la minuscule bicoque de sa vigne des Rastagaous, à la sortie du village, sur la route d'Avignon. C'était un cabanon d'une seule pièce de vingt mètres carrés, au sol en terre battue, aux murs bâtis de briques plates et de sable. Il y entreposait son matériel d'entretien de la vigne : des sacs de soufre, des bêchas, des eissades, des sécateurs et même un petit motoculteur.

Le cabanon servait accessoirement de garçonnière à Valentin. Il se chuchotait que le sexagénaire y recevait régulièrement – tous les lundis – une villageoise, épouse légitime d'un contribuable sans histoire, dont nous tairons le nom. Cette catholique fort dévote s'adonnait alors avec frénésie aux plaisirs de la fellation dans le parfum sulfureux (aux deux sens du terme) qui se dégageait des sacs de jute.

Pour les habitants de Sainte-Apostasie, ce lundi avait débuté avec le fol espoir que les accords sur le protocole de Grenelle, signés dès potron-minet, débloquent enfin la situation du pays. On commençait à en avoir marre de la grève. On n'avait plus qu'une obsession : que cette putain de benzine revienne vite dans ces putains de stations-service !

Mais la radio cracha la désillusion en fin de matinée : le protocole avait été rejeté aux usines Renault à Boulogne Billancourt dès 8 h 30.

Les syndicats étaient dépassés, plus personne ne les écoutait. Ils avaient rejoint, contraints et forcés, ce mouvement qu'ils n'avaient pas déclenché, dans l'espoir de le juguler. Peine perdue. Car si leurs services d'ordre paradaient, brassard bien en vue, sur les flancs des manifs, les accords qu'ils paraphaient étaient aussitôt dénoncés par la base. À Billancourt, Georges Séguy, le dirigeant de la cégété, fut hué par les jeunes travailleurs qui rejetèrent la piètre augmentation de sept pour cent et le retrait de certaines attaques contre la Sécurité Sociale ou l'âge de la retraite.

La pénurie d'essence bloquait la plupart des habitants à leur domicile. Aussi, c'était tous les jours dimanche. Monsieur Albert organisait quotidiennement un gigantesque concours de pétanque à la mêlée afin d'occuper la population jadis laborieuse et – accessoirement – de remplir le tiroir-caisse de son estaminet avec les biffetons des pauvres désœuvrés.

Au moment de l'apéro du bar des Platanes, les syndicalistes locaux, Fernand Ramirez et Adrien Escragnolles, réprouvèrent cette fameuse base qui avait dédaigné les mots d'ordre de ses représentants légaux.

— Faudrait plus de discipline, quand même, bordel de merde ! déplora Fernand.

— De la discipline, sûr, renchérit Adrien.

Autour d'eux, on haussa les épaules.

De la discipline… Monsieur Albert, le patron du bistrot, dissimula un sourire : voilà maintenant que les cosaques parlaient comme les notaires !

On s'enlisait…

Si la matinée des villageois fut perturbée par ces espoirs déçus qui reportaient aux calendes grecques la joie des pétarades automobiles, l'après-midi leur apporta quelques menues distractions.

Car c'est sur le coup de deux heures – heure habituelle du rendez-vous crapuleux et hebdomadaire des deux amants hors d'âge – que la femme adultère poussa à la fois la porte du cabanon et un cri d'orfraie. L'Anatole l'attendait, mais pas comme d'habitude. L'apprenti vigneron était bien allongé sur le dos, prêt à être chevauché par son amazone énamourée, sa tête reposait sur des sacs mais ceux-ci étaient imbibés de sang. Le regard révulsé du proprio des lieux et – surtout – son crâne défoncé montraient que la coureuse d'aventure friande de copulation ne bénéficierait plus de l'érection, même mouligasse, du fier Valentin.

Car Valentin était mortibus et, qui plus est, mortibus assassiné.

L'arrière de son crâne avait été défoncé à l'aide d'un manche de pioche que le meurtrier avait négligemment abandonné sur les lieux du crime.

La nouvelle de ce deuxième assassinat – on n'osait dire le second car on connaît le sens des mots dans l'arrière-pays – se répandit comme une traînée de poudre dans le village.

La gendarmerie dépêcha bien une 4L poussive sur les lieux. Deux de ses représentants lourdauds et moustachus firent trois fois le tour du cabanon, puis examinèrent le manche de pioche ensanglanté avec l'œil vif et inspiré d'une poule qui vient de trouver un couteau. La maréchaussée s'avoua vite dépassée. Sans doute parce que la majeure partie de ses effectifs et la crème de ses enquêteurs étaient sur le terrain de l'insurrection, là où la République était en danger, et qu'elle n'avait pas de temps à perdre avec des histoires de péquenots.

L'enquête s'enlisa donc rapidement. Seule la respectabilité des honnêtes épouses – Marie-Éléonore, celle de Valentin, et l'amante fervente de fellations sulfureuses – s'en trouva souillée.

Le village brocarda les infortunées.

La veuve resta cloîtrée chez elle en priant le Seigneur de lui donner la force de surmonter le déshonneur.

Le mari ventripotent de l'amante adultère se contenta de rappeler plus prosaïquement sa bourgeoise à l'ordre et aux devoirs conjugaux avec force coups de pieds dans les côtelettes, quelques claques sur la mâchoire et l'obligation de lui montrer deux fois par jour le savoir-faire buccal patiemment acquis sur les sacs de soufre du cabanon.

Les habitués du bar des Platanes affublèrent désormais l'épouse infidèle du surnom de « Pompeuse de dard », un qualificatif assez imagé pour ne mériter aucun commentaire, et son mari de celui, plus explicite et moins recherché, de « Gros Cocu ».

Précisons tout de même, à la décharge des buveurs de jaunets, que leurs existences frustes et leurs métiers essentiellement manuels ne les prédisposaient guère aux jeux de l'esprit…

Fernand et Adrien, le mardi 28 mai

Le double assassinat d'Anatole et de Valentin renforça les soupçons qui pesaient sur d'éventuels criminels gauchistes tant les deux défunts s'étaient illustrés dans la défense de la droite la plus injustifiable.

Quoi de plus normal, pour des réactionnaires au cerveau moisi, que de mettre les meurtres des deux notables vomissant le drapeau rouge et la populace, sur le compte de la communisterie qui paralysait le pays ?

Cette impression était accentuée par les informations de Télé-Soir. Les béni-oui-oui de l'Élysée, qui pénétraient dans tous les foyers tous les soirs par lucarne en blanc et noir interposée, encensaient les CRS et louaient sans retenue ces représentants de l'ordre, gardiens inflexibles des libertés chères à l'Occident. Le cou serré dans leur cravate étroite, ils vilipendaient les groupuscules de sauvages brailleurs, les hordes d'étudiants anarchistes qui n'avaient qu'une idée en tête : foutre le boxon. Il convenait donc de se méfier de ces inciviques et de ces irréligieux comme de la peste.

L'ambiance devint vite électrique.

Dès le lundi soir, on s'agressa verbalement d'un bout à l'autre du comptoir du bar des Platanes. On se traita de facho et de bolchevique, d'enculé et de pédé (deux termes génériques qui n'impliquent pas forcément l'appartenance à un groupe sexuellement défini).

La nuit tomba fort à propos et dispersa tout ce petit monde vindicatif, avant que n'éclatât une guerre civile.

Au matin du mardi, rien ne s'arrangea. On évita cependant l'affrontement, car c'était grasse matinée générale. C'est tout juste si la rage de la réaction – majoritaire dans ce terroir ignoré des révolutions technologiques – décupla lorsque François Mitterrand se déclara prêt à assumer le pouvoir un peu avant midi, à l'heure du Ricard.

Les socialos frétillaient. Forts de leur expérience d'un siècle de magouilles, ils espéraient grignoter les marrons que d'autres auraient tirés du feu. Les sauciflards revenaient pointer leur museau, alléguant une virginité nouvelle, fruit de dix années de purgatoire. Mais même ces jeunots d'étudiants boutonneux n'ignoraient rien du passé de l'ex-ministre de la quatrième (qu'ils porteraient pourtant au pouvoir treize ans plus tard).

Et puis, c'était assez cocasse de voir les socialos – qui avaient critiqué ouvertement «le coup d'État gaulliste de 58» – espérer imiter, dix ans plus tard, le Général honni !

Jusqu'où aurait pu dégénérer cette ambiance explosive si, paradoxalement, le double meurtre du mardi 28 mai n'avait pas ramené la paix civile à Sainte-Apostasie ?

En fait, si les deux nouveaux crimes du début de l'après-midi eurent le don d'apaiser les esprits, c'est pour la simple et bonne raison que les nouvelles victimes étaient étiquetées comme « communistes » dans l'esprit étroit des villageois.

On abandonna ainsi la piste socialo-moscovite puisque toutes les tendances politiques morflaient également, puisqu'il devenait patent que l'assassin (ou les assassins) s'en prenai(en)t aussi bien aux cagots qu'aux cocos.

Fernand Ramirez, quarante-huit ans, espagnol réfugié en France à l'âge de dix-huit ans, résistant FTP, employé des chemins de fer, syndicaliste cégété, membre présumé du Parti, et Adrien Escragnolles, son cadet d'un an, également résistant FTP, également employé chemin de fer, également syndiqué à la cégété, également membre présumé du Parti, avaient été retrouvés sur le ballast, en bordure de cette voie ferrée qu'ils entretenaient habituellement, c'est-à-dire lorsqu'ils n'étaient pas en grève, en maladie ou en congé.

Ils gisaient à deux cents mètres l'un de l'autre, la tronche explosée. Les gendarmes moustachus en 4L – toujours eux et toujours elle – récupérèrent les indices dans des sacs en plastique transparents. Le duo de pandores commençait à prendre la mesure des enquêtes criminelles et avait enfin compris qu'il convenait de ne pas trop manipuler les objets traînant près des cadavres sous peine d'effacer les éventuelles empreintes des assassins.

C'est donc fort précautionneusement – et avec un mouchoir comme ils l'avaient vu faire par Delon au ciné – qu'ils recueillirent, auprès du corps d'Adrien, la massette de cantonnier qui avait servi à défoncer les crânes des deux syndiqués.

Dès lors, on se mit à trembler dans tout le village.

On ne s'affronta plus. On parla d'unité nationale et de solidarité communale. Car chacun se sentait désormais macchabée en puissance.

Au comptoir du Bar des Platanes, les conversations prirent un ton feutré.

On chuchotait en s'épiant.

Mais qui donc pouvait bien être derrière tout cela ?

Pierre-Marie, le mercredi 29 mai

Et de cinq !

Le meurtre de Maître Heurtefeuille scandalisa, bien plus que ceux des deux cheminots, le petit peuple de Sainte-Apostasie.

Dans l'esprit du public, assassiner des ouvriers sur leurs lieux de travail était certes regrettable mais c'était davantage dans la logique des choses que d'occire un tabellion au cœur de son étude.

Maître Heurtefeuille, soixante-douze berges et une chiée de décorations, gisait dans une attitude grotesque sur le parquet, le pantalon de tergal baissé et les fesses décharnées à l'air. Son crâne avait été fracassé par un lourd buste en bronze de Napoléon (preuve que l'empereur pouvait encore sévir). Aux senteurs suaves de la cire d'abeille se mêlait l'odeur écœurante du sang frais.

Pierre-Marie Heurtefeuille était notaire, mais aussi notable de par sa charge, de par les mandats de maire qui lui avaient été jadis confiés par l'électorat et, surtout, de par son union avec la très catholique, la très aristocratique et la très richissime

Marie-Hélène De Castagnac. Marie-Hélène ne possédait pas de grâce ni de dons particuliers hormis celui d'avoir été l'unique héritière d'un vaste domaine dont le fleuron était le château qui dominait le village.

Pierre-Marie Heurtefeuille avait été élu maire à la Libération. Ardent défenseur de la discipline et de la tradition, il avait conservé son fauteuil de premier magistrat jusqu'en 1965, année où Louis Castelli, le satané Loulou, un mécréant suppôt de la gauche honnie et unie, lui avait ravi la mairie. Oh, bien entendu, ce Loulou n'avait rien du bolchevique que les pieuses gazettes représentaient avec un surin entre les ratounes. Non, Loulou n'avait rien du sanguinaire qui terrorisait les petites bourgeoises au moment du dodo. Il était seulement socialo, c'est-à-dire modéré, voire très modéré...

C'est Maria, l'employée chargée du ménage du château et de l'étude notariale, une bonniche vaguement portugaise et assurément exploitée, qui découvrit le corps de Pierre-Marie. Outre sa nudité inconvenante, le tabellion arborait avec un zeste de fierté le bicorne métallique de l'empereur encastré dans l'occiput.

Maria hurla en portugais. Ses cris attirèrent néanmoins l'attention de la population avoisinante qui vivait, ce mercredi, l'oreille collée à son transistor dans l'attente des nouvelles.

Car il s'en passait de drôles dans le pays... Mais quoi au juste ?

Le Général et Yvonne avaient quitté Colombey-les-deux-églises en Alouette III sans qu'on connaisse vraiment la destination de l'hélico. Les partisans de l'ordre s'inquiétaient de savoir ce que le Général préparait. Allait-il se barrer et laisser le pays dans l'état préhistorique où il l'avait récupéré en 58, au bon vieux temps de la Quatrième ? Allait-il enfin réagir en vieux militaire et foutre tout ce beau monde au garde-à-vous, en rang par deux ?

Partout c'était la même histoire : la reprise du travail tardait. Craignant un débordement sur leur gauche, le pécé et la cégété appelèrent une nouvelle fois à manifester. Avec un succès certain puisque, le 29 mai, six cent mille personnes descendirent dans la rue, en scandant « gouvernement populaire».

C'est sans doute cette vision d'horreur qui incita De Gaulle à quitter Colombey. La radio révéla que le Général s'était envolé vers Baden Baden pour s'entretenir avec son copain Massu, alias Gégène. Dans quel but ?

À Paris, certains ministres commençaient à brûler les archives gouvernementales.

Un parfum de fin de régime flottait dans l'air.

À la question « Que va faire le Général ? », une question à laquelle aucune âme de Sainte-Apostasie ne savait répondre, en succéda bien vite une autre, bien plus piquante et sur laquelle chacun avait un avis : « Qui a occis le notaire ? ».

La gendarmerie s'empara du carnet de rendez-vous de l'office afin d'identifier les visiteurs du matin. L'œil gourmand des lourdauds engalonnés s'éteint aussitôt : le mercredi matin, Pierre-Marie ne prenait jamais de rendez-vous !

Maître Heurtefeuille était la cinquième victime en quatre jours. Tous étaient morts de la même manière, le crâne défoncé.

Au Cercle, les quatre vieillards ignoraient résolument les événements, leur unique souci était de savoir où pouvaient bien se cacher la manille et le manillon.

Au bar des Platanes, par contre, la fréquentation chuta au grand dam de Monsieur Albert. Manifestement, la peur enboucanait la vie du village. Les parties de pétanque s'espaçaient et on avait parfois du mal à se trouver quatre pour la belote.

Beaucoup restaient désormais cloîtrés chez eux, le fusil à deux coups à portée de la main. On attendait l'éclateur de tronche de pied ferme. Seules, les femmes paraissaient rassurées : toutes les victimes étaient des hommes et le(s) meurtrier(s) semblai(en)t ne pas en vouloir au beau sexe. Ce(s) assassin(s) étai(en)t-il(s) à ce point galant(s) ? Ces crimes n'étaient-ils pas plutôt le fait d'une criminelle mal baisée qui désirait se venger du sexe fort ? Cette éventualité, initialement écartée à cause de la nature des assassinats (on imagine difficilement une femme défoncer la tête d'un gars avec un objet contondant, quoique…) revint hanter les esprits.

Il en aurait fallu davantage aux quelques invétérés du pataclet pour abandonner leurs habitudes. Ils se retrouvaient au comptoir, chuchotant comme à confesse devant un Pec, un Casa, un Ricard, un 51 ou un Berger, en évitant la question désormais logique « Tous ces meurtres sont-ils liés ? ».

Parce qu'on savait bien, ici, que la réponse était positive, même si personne – en apparence – n'était capable de définir ce qui pouvait unir les cinq macchabées.

Bernardin et Louis, le jeudi 30 mai

Mais le pourfendeur de bourrichons ne s'arrêta pas là et c'est le jeudi 30 mai qu'eurent lieu les deux derniers assassinats.

Du côté de Colombey, le Général, à peine rentré de Baden Baden, avait repris son hélico. Pour se rendre à l'Élysée cette fois-ci. Il annonça qu'il parlerait à 16 h 30. Il reprenait enfin les choses en main.

Les médias et la Cour se tinrent prêts et le Général parla.

À 16 h 30, chacun colla son oreille au transistor. La voix du Général s'éleva. Il avait choisi de s'exprimer à la radio et le discours fut relayé par la télé sans image. Les transistors grésillaient. « On se croirait le 18 juin 40 » avouaient avec émotion ceux qui avaient connu la guerre (et se targuaient donc d'avoir été des résistants de la première heure).

La voix claqua durant quatre minutes et demie. Le Général martelait ses mots. Les phrases courtes et précises donnaient le rythme.

Non, il ne se retirait pas !

Oui, il dissolvait l'Assemblée !

Le ton n'était pas seulement autoritaire, il était menaçant et le « Je » revenait sans cesse. Un modèle d'allocution pour des étudiants de Sciences Po…

Mais Bernardin Cabestany et Louis Castelli – Loulou, le maire de Sainte-Apostasie, celui qui avait bouté le notaire hors de l'hôtel de ville trois ans auparavant – n'éprouvèrent aucune émotion patriotique en écoutant la radio. Non pas parce que ces deux employés modèles de la conserverie étaient dénués d'esprit civique, mais parce qu'ils gisaient dans une mare de sang, le crâne défoncé, pendant que le Général plastronnait.

Le corps de Bernardin fut découvert par un consommateur de binoche. L'homme avait abusé des demis et l'envie d'uriner le conduisit vers le grand canier en bordure du boulodrome, un endroit assez discret qui jouait un peu le rôle de pissotière publique. Alors qu'il dégrafait sa braguette avec un soupir d'évidente satisfaction, le brave quidam aperçut Bernardin, une boule de pétanque ensanglantée à la main et les yeux révulsés. La victime avait été tuée à coups de boule ! Elle arborait un magnifique renfoncement en forme de demi-sphère au niveau de la nuque. Après avoir soulagé sa vessie – ce qui était l'urgence absolue – l'amateur de bière Phénix rameuta tous les oisifs du bar des Platanes. On se réunit en cercle autour de la dépouille, en s'évertuant d'échafauder quelques théories foireuses sur ces assassinats en série.

Bernardin Cabestany avait quarante-six ans. C'était un employé sans histoire. À peine avait-il manifesté un soupçon d'irritation face aux derniers événements qui prouvaient que son pays partait « en couille » (selon ses propres termes) en ce printemps de 68.

La seconde victime de la journée – Louis Castelli, notre fameux Loulou – fut découverte par le premier adjoint un peu plus tard, sur le coup de six heures, dans le garage municipal. Chaban Delmas venait tout juste d'annoncer aux députés la dissolution de l'Assemblée et des rassemblements pseudo improvisés drainaient dans toutes les cités de France la foule des fanas du Général, de l'ordre, de la morale et du tutti quanti.

Les péripéties politicardes de la France de mai 1968 laisseraient désormais Loulou de marbre. Il gisait dans la benne cradingue et nauséabonde du camion ramasseur de poubelles. Son sang était mêlé aux restes d'ordures ménagères, gras de jambon rance ou tripes de sardines, qui collaient au métal. Apparemment, Loulou avait pris un certain nombre de coups de pelle sur le crâne et ne s'en était pas remis.

Après Anatole, Valentin, le notaire, les deux syndicalistes et Bernardin, voici qu'on venait de dessouder le maire !

Le lieu de l'exécution était assez inconvenant pour celui qui était premier magistrat depuis trois ans et espérait un avenir de conseiller général et – pourquoi pas – de député. On peut toujours rêver, surtout en politique où les diplômes et les références ne sont pas vraiment exigés…

À cinquante ans, ce modeste contremaître de l'usine de conserve, imaginait ses lendemains en tricolore, rien de moins ! Sans doute est-ce à cause de ses ambitions à peine voilées, que tous ses ennemis – et nombre de ses amis – estimaient que la tête de Loulou enflait démesurément depuis son élection.

Mais lorsqu'une tête enfle, est-ce une raison suffisante pour la réduire à coups de pelle ?

Au soir du 30 mai, l'émoi était donc considérable à Sainte-Apostasie où il ne se passait jamais rien.

Sept morts en cinq jours : à ce rythme-là, tout le village allait crever d'ici un mois ou deux !

Outre les aspects moraux et judiciaires, ces meurtres généraient des problèmes bassement matériels : depuis le dimanche, on avait relevé plus de macchabées à Sainte-Apostasie que durant toute l'année précédente. Le service des pompes funèbres fut débordé et on dut réquisitionner le fossoyeur – en grève comme des millions de Français – pour l'ouverture des tombes.

Le père Augustin ne savait plus où donner de la tête, même si deux des victimes – les deux cocos mécréants – passèrent devant l'église sans daigner s'y arrêter pour leur dernier voyage.

L'allocution du Général annonçait la fin des grèves.

On espéra qu'elle marquerait également la fin des assassinats.

Et l'on eut raison.

La nouvelle de la remise en ordre du pays provoqua une joie mitigée. Bien sûr, la benzine allait bientôt couler à flots dans les réservoirs des Dauphine et autres Ami6, mais les vacances étaient terminées, il faudrait bientôt reprendre le boulot. On sentait qu'une période historique s'achevait et qu'une autre époque tendait ses bras voluptueux.

Le jeudi soir, lorsque Monsieur Albert baissa le rideau du Bar des Platanes, la nuit tombait.

—

Samedi 1er juin

Restait à trouver le (ou les) coupable(s).

Deux longues journées passèrent. L'enquête de gendarmerie piétinait. Les deux pandores ventrus et moustachus avaient fait de leur mieux, mais on se perdait en conjectures car toutes ces victimes n'avaient, en apparence, rien en commun.

Habituellement, dans ces séries de crimes, il suffit de découvrir le lien entre les infortunés trucidés. On en déduit le mobile, ce qui conduit immanquablement aux meurtriers potentiels.

Ici, on n'avait rien.

Que dalle.

La piste politique, un temps d'actualité, fut rapidement abandonnée. Les sept victimes représentaient toutes les opinions du pays.

On évoqua des crimes sexuels, des conflits d'intérêt, le défoulement d'un aigri...

Chacun de ces mobiles était acceptable pour deux ou trois des occis, mais pas pour les autres.

On pédalait dans la choucroute.

Aucune de ces théories patiemment élaborées par les cerveaux besogneux des autochtones ne tenait la route.

Restait une éventualité : le crime de chtarbés.

Car vous le savez tous : lorsque l'intérêt ou le conflit ne sont pas en cause, c'est du côté des fêlés qu'il faut chercher, car les fêlés tuent sans raison, ou pour la simple raison qu'ils sont fêlés.

Au comptoir du bar des Platanes, on évoqua logiquement l'éventualité de crimes perpétrés par une bande de dingues.

Bien entendu les chtarbés ne manquaient pas à Sainte-Apostasie. On sait que toutes nos campagnes regorgent de ces êtres auxquels il manque un coup de rabot. Mais la plupart d'entre eux, fort heureusement, ne deviennent pas des assassins. On dissertait sur cette théorie lorsqu'un consommateur plus avisé – ou moins anisé – que les autres renchérit :

— C'est encore un coup des sauvages, je vous le dis !

Et cela sembla, tout à coup, d'une étonnante pertinence…

On était le samedi premier juin, et la lumière sembla jaillir dans le soir presque estival.

Au Cercle, on jouait toujours à la manille…

Mai 68 à Marseille

C'était il y a très, très, très longtemps. En ce temps-là, il y avait... le ciel. À droite du ciel, il y avait la planète Gibi ; elle était complètement plate, et elle penchait, soit d'un côté, soit de l'autre. À gauche du ciel, il y avait la planète Shadok ; elle n'avait pas de forme spéciale... ou plutôt... elle changeait de forme. Au milieu du ciel, il y avait la Terre, qui était ronde et qui bougeait. Sur la Terre, il n'y avait apparemment rien...

Les Shadoks

Lundi 13 mai

Boulevard Oddo, 9 heures

Le point de rendez-vous avait été fixé au boulevard Oddo.

Arrivé tôt à son boulot, Jackie n'eut que quelques centaines de mètres à faire. Il avait laissé sa mobylette à deux pas des ateliers de chaudronnerie Fournier et l'avait fixée, par l'antivol, au poteau du stop situé à l'intersection du boulevard Marie-Joseph et du chemin de la Madrague-Ville. La probabilité de se faire faucher une mob aussi ringarde restait faible : il faut dire que ce n'était qu'une « bleue » assez fatiguée, une tripe qui déclenchait davantage les rires moqueurs que l'envie, à une époque ou le nec plus ultra s'appelait Malaguti.

Les unes après les autres, les usines des quartiers nord déversaient leur prolétariat sur le boulevard Oddo. On s'attroupait. Ce serait une manif de roturiers laborieux, une manif d'hommes en bleus, une manif auréolée de drapeaux rouges et ponctuée de slogans familiers. La cégété tenait de main de maître la plupart des comités d'entreprise du quartier et maîtrisait, mieux que quiconque, l'organisation des rassemblements ouvriers.

Debout sur une table sortie d'un bistrot voisin, un dirigeant embrassardé, la chemise grande ouverte sur un torse velu où l'or d'une épaisse chaîne scintillait à travers une forêt de poils noirs, compensait son manque d'éloquence par un lourd et fort accent marseillais. Manu, c'était son nom, répétait – ou plutôt traduisait – les mots d'ordre savamment élaborés par les grosses tronches parisiennes.

— Camarades, la situation dans le pays et la grève générale d'aujourd'hui, c'est que le résultat de la politique catastrophique de la droite au pouvoir. Les réactionnaires nous étouffent, vous le savez bien. Depuis plus d'un an, la situation, elle est devenue intolérable, la grogne, elle gagne tout le pays, les grèves, elles se multiplient. Il est temps de virer ce gouvernement qui nous étouffe !

On aurait dit que le Jaurès de la Madrague-Ville n'avait pas totalement digéré le communiqué du secrétaire général. Lui, il aurait volontiers simplifié les choses en répétant ses propos de la veille au soir dans le bistrot du coin : « Camarades, les patrons sont tous des enculés de première, et on va leur faire leur fête. On en a plein le cul de trimer pour que ces bordilles palpent de la monnaie sans jamais rien avoir en retour ». Ça, il savait que c'était des mots que tout le monde pigerait.

Les manifestants acquiescèrent néanmoins d'un signe de tête poli. Des discours, ils n'en avaient plus rien à faire.

L'heure était désormais à l'action, pas à la parlote.

En 1966, les salaires des travailleurs français étaient les plus bas de la CEE, les semaines de travail les plus longues (jusqu'à cinquante-deux heures dans certaines branches), et les impôts les plus élevés.

Et on appellerait ça les trente glorieuses !

La fin de cette époque bénie – qui avait surtout profité aux riches car l'échelle des salaires s'était fortement distendue – s'annonçait. Et pas seulement en France, à l'échelle planétaire. La crise de l'étalon-or, la dévaluation de la livre britannique et la levée des contrôles douaniers au sein de la CEE prévue pour le mois de juillet, annonçaient un avenir difficile.

Jackie arriva au point de rassemblement au moment où l'orateur à l'accent marseillais rappelait les récentes attaques du gouvernement Pompidou contre le monde du travail.

— Pompidou nous saigne. Les acquis sociaux sont mis en pièces par les ordonnances contre la Sécu et l'emploi...

La foule grondait. Les attaques contre les acquis sociaux, les fruits de la Libération, tenaient du sacrilège. Oui, il était vraiment temps de se bouger le cul !

En 1967 et durant les premiers mois de 1968, une série de grèves, d'occupations d'usines et de confrontations avec les forces de l'ordre avaient montré la détermination d'une classe ouvrière qui devenait de plus en plus combative. Quelque chose semblait se réveiller dans notre beau pays de France.

À l'usine Rhodiaceta de Besançon, plus de trois mille travailleurs cessèrent le boulot en février 67. Ils redoutaient les menaces de chômage. Le mouvement s'étendit rapidement aux autres usines du groupe, notamment à Lyon et aux filiales Cellophane et Nordsyntex. Les grévistes refusèrent un accord avec le patronat et poursuivirent leur mouvement jusqu'à l'arrivée de trois cents gardes mobiles moins consensuels.

Les manifestations prenaient désormais un nouveau ton, plus agressif, plus radical.

La même année, à l'automne, des incidents éclatèrent au Mans et à Mulhouse lors des cortèges contre les ordonnances et le chômage. À Mulhouse, les manifestants attaquèrent la Préfecture tandis qu'au Mans les CRS durent encercler la ville.

On ne se contentait plus des sages défilés, des slogans cent fois ressassés, des drapeaux rouges brandis pour effrayer le bourgeois et de l'Internationale entonnée, annonciatrice d'un Grand Soir qui ne viendrait jamais.

Malgré ces débordements, les syndicats montraient, à chaque occasion, leur capacité à mobiliser les travailleurs, notamment autour de la défense de la Sécurité Sociale, principe sacré de la République depuis 1945. Le 13 décembre 1967, des millions de travailleurs avaient participé à la journée d'action organisée par l'ensemble des centrales syndicales pour protester contre le chômage et les attaques contre les acquis sociaux.

On sentait que la période dorée de l'après-guerre était bel et bien terminée.

Le confort électrique ne suffisait plus au bonheur de la plèbe.

Le mot chômage, inconnu jusqu'alors, surgissait un peu partout sur les banderoles et assombrissait l'horizon.

Jackie était resté en retrait. Il se fichait un peu de toute cette effervescence. Il suivait le mouvement, c'était tout. Il n'avait jamais été syndiqué et observait habituellement les manifs et les grèves d'un œil suspicieux. Mais aujourd'hui, tout le monde était dans la rue, alors… Adossé à un pilier de briques rouges, il bavardait avec quelques collègues de son âge. Il avait dû grandir trop vite et paraissait malingre avec son dos voûté, son teint pâlichon, ses cheveux blonds filasse et la mèche trop longue qui lui balayait le front.

Léon s'était joint à eux. Il avait trente-cinq ans et arrivait de son Limousin natal. On ne savait trop où se situait le Limousin, ni comment il avait atterri aux ateliers Fournier, mais le bougre semait la contestation. Il se dressait contre l'ordre établi, que ce soit celui du gouvernement ou celui des syndicats. Léon était certainement un des descendants de ces anars qui manipulaient les bombinettes à la fin du dix-neuvième siècle, un de ceux qui foutaient le bordel dans le pays depuis quelques semaines. Pourtant, les jeunes l'écoutaient lorsqu'il leur confiait sa méfiance envers les meneurs estampillés comme Manu. Léon connaissait trop de notables de l'opposition dont le seul objectif était d'être calife à la place du calife. Il détestait les phrases toutes faites vidées de leur sens à force d'être rabâchées et doutait de la bonne foi de cet ersatz d'orateur au langage prédigéré qui répétait comme un perroquet ce que d'autres, plus haut placés que lui dans la hiérarchie, avaient écrit. Ce Manu n'était que le surgeon local d'un syndicalisme rigide et sans imagination, un de ces mecs qui n'appliquaient jamais dans leur propre vie leurs grands discours de fraternité.

— D'ailleurs, il a profité de son statut de délégué du personnel pour faire embaucher ses frères et ses cousins aux ateliers. Et c'est la même chose à la Mairie ou à la Préfecture, dès qu'un mec prend un peu du galon, il enquille toute sa smala... On y retrouve des familles entières qui sont là par le mérite du copinage...

Les jeunes acquiesçaient. Ils connaissaient l'influence des délégués syndicaux et des élus. À Marseille, l'industrie locale dominante, le principal employeur de la ville, était la Mairie. Tu collais les affiches et tu avais un boulot, tu jouais bien au foot, tu rejoignais l'équipe corpo et tu avais un boulot. Oh, pas un gros boulot, un boulot d'huissier ou de chauffeur, mais un boulot pépère, un boulot, quoi...

Depuis quelque temps, les plus jeunes de l'atelier sentaient frémir en eux des ardeurs nouvelles. Ils désiraient autre chose... Plus de justice, plus d'égalité, plus de fraternité, plus de liberté. Plus de ces trois termes qui fleurissent au-dessus des portes des écoles et des mairies françaises, ces trois termes dont on a plein la bouche mais qu'on oublie aussitôt qu'on les a prononcés.

Autre chose…

Quelque chose que les syndicats sclérosés étaient incapables d'imaginer, quelque chose que ces anciens combattants de la récrimination, enkystés dans le souvenir des luttes de 47, figés dans la discipline archaïque de leur nomenklatura, ne pouvaient entrevoir, quelque chose qu'eux-mêmes n'auraient pas su clairement définir.

— Ils sont trop gras. Ce sont devenus de véritables fonctionnaires de la pétition, chuchota Léon à l'oreille de Jackie pendant que Manu s'époumonait.

C'est Léon qui leur avait raconté les affrontements de Caen du début de l'année. Ça s'était passé au mois de janvier. Les quatre mille huit cents travailleurs de l'usine SAVIEM s'étaient mis en grève. Ils réclamaient une hausse de salaire, et cela tourna vite au vinaigre. L'usine fut occupée. Les plus jeunes travailleurs – la moyenne d'âge était de vingt-cinq ans – affrontèrent les CRS à l'aide de frondes et de matraques improvisées.

On était loin des mots d'ordre formatés, des interminables pétitions, des revendications rebattues des syndicats ayant pignon sur rue.

Une fraternité naissait du combat contre le pouvoir étouffant.

Jackie qui n'avait jamais cru ni aux syndicats, ni aux partis politiques, qui ne croyait en fait en rien, qu'on devinait désabusé sans avoir vraiment vécu, qui semblait être revenu de tout, écoutait Léon.

Avec ses amis, les plus jeunes ouvriers des ateliers Fournier, il se laissait doucement convaincre. Pourquoi refuser cette aventure ? Pourquoi ne pas partager cet espoir, cette volonté de lutte ? En être acteur ? La jeunesse ouvrière n'était-elle pas prête à en découdre avec le patronat et les représentants de l'ordre ?

Les dirigeants syndicaux étaient restés longtemps sur la défensive face à cette fièvre printanière et estudiantine qu'ils ne comprenaient guère. Sans doute pensaient-ils que c'était à eux, et à eux seuls, que revenait le monopole de l'agitation.

Pourtant, ils s'étaient enfin décidés à agir, en espérant tout simplement profiter de la dynamique créée par les étudiants pour renforcer leur campagne contre les ordonnances sur la Sécu.

Ils avaient longtemps rechigné à utiliser les moyens radicaux en usage dans les universités, l'occupation des locaux et le barouf, mais depuis quelques jours, face à la pression de la base, leur ton changeait. La prudence affichée – spécialement par la CGT contrôlée par le parti communiste – pendant la première phase de la révolte s'évaporait. C'était sans doute dû au travail d'usure de la CFDT, syndicat gauchisant, qui cherchait depuis quelque temps à entraîner la CGT dans le soutien aux manifestants.

Cela conduisit à la grève générale programmée le 13 mai, même si la Force Olympique, pour sa part, restait bien sagement à l'écart du mouvement

Fac Saint-Charles, 9 heures 20

Les mégaphones hurlaient, sans parvenir toutefois à couvrir le flot ininterrompu des chants et des rires. Manifestement, l'atmosphère était à la fête. On aurait dit que la fac était occupée depuis des années tant elle paraissait une fourmillante cité livrée au rêve, à la jubilation et à l'utopie.

Les murs couverts d'affiches monochromes, les interminables débats dans les amphis et les salles de TP où toute déférence avait disparu, la musique qui grinçait dans les haut-parleurs placés sur l'esplanade, les couples enlacés sur les pelouses entre deux AG, les banderoles qui couraient d'un cyprès à l'autre, le tonneau de gros rouge où l'on s'abreuvait en vue des diatribes prochaines contre les pouvoirs de toutes sortes, tout cela aurait pu ressembler à une joyeuse kermesse païenne et bordélique si les propos des orateurs n'avaient mis radicalement en cause la société.

Le pouvoir en place avait réussi ce tour de force de transformer des jeunes inquiets et assidus en protestataires euphoriques.

On sentait que demain ne serait plus comme hier, même si les CRS pourchassaient, ici et là, l'imagination jusque dans les profondeurs des égouts des cités.

Joël et Noël adhéraient-ils pleinement à la révolution en marche ?

S'ils exhibaient des portraits du Che, de Castro ou de Mao, c'était surtout pour la forme. Ils ne conservaient plus guère d'illusions sur les délices de la vie en Chine ou à Cuba. Leur plaisir du moment était avant tout de choquer, de provoquer et d'offusquer le bourgeois.

Ils avaient conscience de ne pas vivre une grève ordinaire – d'ailleurs avaient-ils déjà participé à une grève ordinaire ? – mais une véritable crise de civilisation. L'ordre établi depuis la fin de la guerre devenait étouffant pour les plus jeunes. On s'était longtemps dissimulé derrière le bonheur illusoire de posséder un frigo, une machine à laver, une cuisine en formica, un cyclo, une voiture...

Le mythe de l'Amérique, le mirage de la société de consommation avaient vécu.

La pétulance de la jeunesse déferlait comme un torrent dans la rue. C'était un peu comme si on ouvrait des vannes rouillées, restées trop longtemps closes. Les inégalités entre hommes et femmes, la dictature mesquine des petits chefs, des potentats et des mandarins qui paralysaient l'enseignement, le monopole de l'information à la radio et à la télé, la morale personnelle étriquée et compassée, l'archaïsme du patronat, la soumission de la justice, l'interdiction des sections syndicales, la misère des bidonvilles, la tristesse des HLM, la monarchie industrielle et administrative... Tout était à refaire. Et la liste n'était pas exhaustive, il suffisait de discuter avec des ouvriers ou des paysans pour trouver encore d'autres vieilleries à jeter à la poubelle.

Le monde basé sur la consommation effrénée était pourri. Aussi, la revendication ne pouvait être que d'une agressivité proportionnelle à sa corruption.

On avait rebaptisé les amphis. Les noms de Cohn-Bendit et de Rudy-Dutchke remplaçaient ceux de Fabry et Pérès. Joël et Noël s'étaient retrouvés devant l'amphi où ils suivaient habituellement – je veux dire avant les grèves – les cours de « Techniques Mathématiques de la Physique ». Au bas de l'amphi, devant le tableau noir, ce n'était plus monsieur Boudiou qui officiait mais un grand gars aux cheveux bruns, un des membres du mouvement du 11 mai qui venait tout juste d'être créé, en hommage à la nuit des barricades. Une mèche intellectuelle couvrait son œil gauche.

Le jeune homme était éloquent et s'exprimait sans porte-voix :

—L'avenir de la société dans laquelle nous vivons dépend, dans une large mesure, des options qui seront celles de la jeunesse face aux problèmes qu'elle a et saura résoudre. Et ces problèmes sont nombreux parce que la société capitaliste est une société de concurrence forcenée, c'est-à-dire une société antisociale qui fait appel à l'individualisme égoïste, à l'arrivisme, bien plus qu'à l'entraide et la puissance collective des hommes qui, théoriquement, sont les fondements de toute société.

L'orateur martelait certains mots – concurrence, jeunesse, individualisme – et semblait bien traduire l'opinion de l'assistance, même s'il était interrompu continuellement. Il n'y avait plus de cacique dans ce haut lieu de la réflexion, chacun pouvait s'exprimer à tout moment, et on ne s'en privait pas !

Joël venait d'avoir vingt-trois ans et Noël était son aîné d'une année. Ils étaient tous deux étudiants en licence de maths, habitaient tous deux l'Estaque et jouaient tous deux au foot à l'AS Kuhlmann.

Leurs points communs s'arrêtaient là.

Joël, fils unique d'un ingénieur de Kuhlmann, possédait un studio confortable payé par papa, pas très loin de la solide maison familiale aux murs de pierre qui dominait les hauteurs de l'Estaque, avec une vue imprenable sur la rade. Joël avait le loisir populaire puisqu'il revêtait tous les dimanches la tenue rouge et noire du club de l'usine de son père, mais il conservait le look de sa caste. Il portait constamment, avec une élégance certaine, le blazer bleu, la chemise blanche et la cravate en soie. Son unique concession vestimentaire aux événements de mai avait été de sacrifier la cravate. Sa chemise au col largement ouvert sous son blazer lui donnait des airs de rebelle à son clan.

Noël était trapu et brun de peau. C'était sans doute là tout ce que lui avaient laissé ses grands-parents, des Andalous qui avaient quitté les orangeraies gorgées de soleil pour casser les cailloux des immenses viaducs du chemin de fer de l'Estaque. Les cheveux noirs implantés bas sur son front lui conféraient un air naïf qui cadrait mal avec la vivacité d'esprit dont il faisait preuve.

La vie de Noël était nettement moins amusante que celle de Joël. Fils d'un alcoolique invétéré qui avait les côtes en long, il passait le plus clair de son temps à protéger sa mère et son jeune frère des horions de l'ivrogne chômeur. La famille vivait dans une baraque aux murailles rongées par l'humidité, du côté de la médina de l'Estaque-Gare, ce quartier pourri que les édiles faisaient mine de ne jamais remarquer. Noël passait le plus clair de son temps à la Fac afin de travailler à la BU, parce que chez lui, c'était la corrida tous les soirs.

—La libération des contraintes du travail matériel permet d'entrevoir des perspectives pour le développement intellectuel et culturel de tous. Mais, pour le capitalisme, une seule chose est importante : réaliser des profits. Aussi, du point de vue bourgeois, le problème de la jeunesse est à peu près le suivant : comment insérer dans le cycle économique capitaliste cette masse de jeunes de façon à en retirer le maximum de bénéfices ?

L'analyse du chevelu à la mèche était précise et incisive.

— Y a des mecs qui savent parler, quand même... nota Noël avec une pointe de jalousie.

L'orateur devait venir de la Fac de Droit pour s'exprimer ainsi.

Joël aimait bien ces discours qui prouvaient que la grève n'était pas seulement la fête, le pinard et les filles. Il y avait aussi des idées, une pensée, du contenu.

Joël n'avait jamais véritablement connu de contraintes matérielles. Son pater ramassait du fric à la pelle et il lui avait payé une télé, une stéréo, et même une 204 Peugeot. La seule préoccupation de Joël, au sortir de la fac, avait toujours été de s'amuser, de retrouver les copains de l'équipe de foot, de courir les filles entre deux révisions.

Pourtant, maintenant il semblait désirer autre chose...

— Tu vois, Noël, il a raison ce mec. On a besoin de bouléguer. Une fois de plus, nos vieux n'ont rien pigé : ils pensent que le seul truc qui nous intéresse, c'est le fric, le confort. Mais la jeunesse a besoin d'autre chose, bordel ! Ça bouge, ça fermente, ça bouillonne et ça va exploser, c'est sûr ! Oui, on a besoin d'autre chose.

Besoin d'autre chose... Oui, mais de quoi ?

Dans cette quête souvent aveugle, Joël ignorait-il que c'était les jeunes qui étaient les plus vulnérables à toutes les formes de bourrage de crâne qu'utilise la société de consommation ? Ignorait-il que c'était les jeunes qui constituaient la cible privilégiée des messages de la radio, de la télé, des pubs, des journaux et des modes qu'on invente à tout bout de champ ?

— T'as raison...

La réponse de Noël fut volontairement laconique. À quoi bon s'étendre. Ce sont toujours ceux qui sont pleins aux as qui affirment que l'argent ne fait pas le bonheur ! Il aurait bien aimé, lui, disposer d'un peu plus de confort, d'une chambre avec un bureau pour réviser, de pouvoir manger convenablement, sortir et voyager...

Joël était son ami, mais c'était un fils à papa. Il y avait d'ailleurs beaucoup de bourges, de rejetons de notaires, d'avocats ou de médecins, dans ces cohortes généreuses et fortes en gueule de 68. Peu d'étudiants étaient issus du monde ouvrier et Noël devinait que, dans quelques mois ou quelques années, ces gentils anars braillards de mai regagneraient sagement l'écurie familiale, qu'ils deviendraient avocats, notaires ou journalistes au Figaro, qu'ils s'encarteraient au parti socialiste ou à la Force Olympique...

Et l'avenir lui donnera raison : combien de ces petits chefs de la gauche prolétarienne prônant la révolution permanente troqueront leur tignasse ébouriffée contre le costard trois pièces du cadre bien installé, version bobo ou pas, du chef d'entreprise ou du patron de presse à la botte de la social-démocratie mitterrandienne ?

Mais on n'en était pas encore là...

— ... Le soulèvement des étudiants est une application particulièrement spectaculaire de l'action directe... L'action directe a révélé au pays tout entier, depuis longtemps basé sur les habituels procédés de discussions ou de négociations, que d'autres formes d'action existent et peuvent être employées. Les étudiants et enseignants donnent aujourd'hui une leçon aux ouvriers, prisonniers de leurs organisations réformistes. »

L'orateur remonta sa mèche d'un geste vif de la main droite. Il regarda sa montre et conclut par un laconique :

— Camarades, il est l'heure.

L'assistance quitta l'amphi dans le brouhaha des conversations et le claquement sec des bancs de bois repliés. On se rassembla sur le parvis du Grand Amphi ou les mégaphones s'accordaient sur des slogans hachés.

« Étudiants solidaires des travailleurs ! ».

Le cortège s'ébranla dans un aimable désordre. On reprenait les mots d'ordre métalliques des porte-voix durant quelques minutes, avant d'en changer.

« Libérez nos camarades ! »

On portait à bout de bras les drapeaux noirs de la révolte. Les quelques drapeaux rouges qui fleurissaient ici et là comme des coquelicots avaient du mal à rivaliser avec ceux de l'anarchie.

Dix jours plus tôt, à Paris, les cocos avaient voulu virer les anars qui s'inséraient dans le traditionnel défilé du premier mai, et ça avait fini à grands coups de torgnoles. Ici, on voulait montrer qu'on était bien plus tolérants, qu'on n'était à la botte de personne ni d'aucun parti.

Le défilé, long de plusieurs centaines de mètres, descendit lentement le boulevard d'Athènes.

Tout en haut, à une cinquantaine de mètres de l'escalier monumental de la gare, les regards des curieux penchés aux fenêtres de l'hôtel Splendid et de l'hôtel de Normandie n'étaient guère bienveillants. Mais tous les étudiants s'en foutaient. Ils étaient entre eux, c'était un moment de fraternité formidable, à la fois festif et sérieux.

Le monde de demain ressemblerait-il à cela ?

Monument des Mobiles, 10 heures

« On ne tombe pas amoureux d'un taux de croissance.»
(Graffiti sur les murs de la Sorbonne)

Tous les cortèges convergeaient vers le monument des Mobiles, face aux Réformés, haut lieu des manifestations marseillaises, où ils se mêlaient dans une cacophonie joviale.

Ils étaient partis des six points de rassemblement. Les marins, les dockers et les travailleurs du port s'étaient rassemblés à la Joliette, les étudiants à Saint-Charles, les métallos au boulevard Oddo. Mais on arrivait également en force du lycée Marie-Curie, en bordure du Jarret, de la place Leverrier ou de la place Castellane.

Ici, aux Mobiles, on se retrouvait, on se mélangeait.

À quelques mètres du monument dominé par une République martiale tendant son épée menaçante vers l'église des Réformés (je n'ai jamais su ce que cette église, dont le véritable nom est Saint-Vincent de Paul, avait bien pu faire à notre République pour que celle-ci montre un tel ressentiment), le kiosque à musique s'érigea rapidement en tribune et fut pris d'assaut par le comité d'organisation. Les responsables de l'AGEM, du SNESup, de la FEN, de la CFDT, de la CGT grimpèrent sur l'estrade. Chacun désirait affirmer sa paternité sur ce rassemblement populaire hors du commun.

Les interventions se succédaient : le cégétiste Charles Leca, le cédétiste Galli, l'enseignant Bernardi, l'étudiant Béranger et le lycéen Bruno – on appelait les leaders étudiants et lycéens par leur seul prénom – s'adressèrent aux cinquante mille personnes qui bloquaient la Caneb, les allées Gambetta, les allées de Meilhan et le square Stalingrad.

Du haut de l'escalier des Réformés, un orateur moins institutionnel haranguait la foule sur fond de drapeau noir :

— En 1936, en Espagne, Durruti, déclarait : « Je n'attends aucune aide d'un gouvernement du monde ». Il ne pouvait en être autrement, comment une révolution libertaire pourrait-elle obtenir l'aide d'un ÉTat quelconque, alors que c'est l'anéantissement même de l'État que nous recherchons par la révolution ? À la brioche des laquais, nous préférons le pain du travail. À l'injustice des grands et des soumis de ce monde, nous opposons, nous, notre esprit révolutionnaire pour un monde nouveau dont les bases de justice libéreront les travailleurs de l'esclavage déguisé qu'ils subissent.

Comment Jackie retrouva-il ses amis, Joël et Noël, dans cette foule trépidante ?

Sans doute le hasard, car il convient d'attribuer au hasard la paternité de tout ce qui nous dépasse…

Ils décidèrent alors de faire route ensemble à travers la ville. Le soleil illuminait les façades de la Caneb et la brise légère qui faisait frissonner les platanes du square Stalingrad ne parvenait pas à masquer la douceur de l'air. Joël et Noël avaient passé pour la première fois de la saison les tee-shirts achetés chez Colombe. Autour d'eux, les manifestants s'excitaient. Les premiers slogans fusèrent de la tribune du kiosque à musique. Les étudiants rabâchaient leur « Libérez nos camarades» auquel répondait systématiquement le « Non au chômage, du travail pour tous » des syndicats.

Le cortège s'ébranla enfin.

De nombreux élus – députés, sénateurs ou conseillers généraux de gôche – tentaient de se hisser au premier rang, celui de la photo, espérant éventuellement détourner à leur profit le mécontentement de la foule. Ils n'avaient pas compris, ces nababs de la politique, que ce 13 mai était le jour de gloire des prolos et des boutiquiers, que l'étincelle allumée par les plus jeunes venait de foutre le feu à la gôche caviardée et qu'avec leurs costards, leurs écharpes et leur langue de bois, ils ne représentaient plus grand-chose, et certainement pas les idées du peuple.

Sur les flancs du défilé le service d'ordre de la cégété et la céeffedété – des pros de la manif – canalisait la foule afin de la contenir et d'empêcher tout débordement dans les rues perpendiculaires.

Quelques passants posaient un œil torve sur ces fouteurs de merde, sur cette jeunesse ingrate qui semait le ouaille alors que les pères et les grands-pères s'étaient battus pour la France, alors qu'elle n'avait qu'à travailler, qu'à bouffer, qu'à consommer, consommer, consommer… « Ah ! Vraiment, il leur manque bien une guerre, à tous ces petits cons ! » aurait-on pu lire dans leurs regards.

On marchait lentement, comme si on avait voulu profiter du soleil printanier et d'une solidarité nouvelle. Les porte-voix donnaient le ton. Les slogans rabâchés résonnaient contre les façades des immeubles et semblaient rouler sur les flots des mers au-delà du Vieux Port : « À bas la répression »,

« Amnistie totale », « Université démocratique », « Unité partout », « Étudiants solidaires des travailleurs », « Peyrefitte démission », « Non au chômage, du travail pour tous », « De Gaulle assassin », « Libérez nos camarades », « Vérité à la télé », « Nous sommes une poignée de trublions »...

C'était la fête des mots et des phrases jusque sur les murs couverts d'affiches et de graffitis. C'était la fête des guignols des lycées, des pitres de la Fac des Sciences, des clowns de la Fac de Lettres, des gugusses de l'anarchie, des charlots de l'extrême-gauche, de ce peuple multiple qui se découvrait et submergeait tout à coup les modes et les principes vieillots. Ils crachaient sur le pouvoir, fouettaient l'opposition embourgeoisée et retranchée dans ses citadelles confortables. Et, en plus, ça les faisait rire ! Ces dépravés des rues réveillaient la France, à Marseille comme partout ailleurs au même moment.

Au niveau du Cours d'Estienne d'Orves et de la rue Francis Davso, le cortège hua copieusement les quelques journalistes qui les zyeutaient, bien abrités derrière les fenêtres du Méridional.

Le canard qui persiflait quotidiennement les fauteurs de trouble dans ses colonnes ne pouvait guère trouver grâce aux yeux des insurgés.

Mais il fallait bien une gazette pour rassurer cette bourgeoisie qui retirait, depuis quelques années, des énormes bénéfices de la construction à tout va des cages à lapins, des cités, des barres de béton posées en plein mistral sur les collines cernant la ville. Il fallait bien un torchon pour tranquilliser ces spéculateurs sagement repliés dans les quartiers sud où ils régnaient sans partage, loin de tout contact, de toute contamination, loin de la racaille habilement circonscrite dans les quartiers nord, entre ses élus communistes, ses usines, ses bidonvilles et ses immeubles de béton grisâtre à faire chialer la méditerranée.

On arriva place Monthyon, devant le palais de Justice sur le coup de midi.

— Putain, deux heures pour faire les Réformés – le palais de Justice. Encore heureux qu'on soit pas allés jusqu'à Mourepiane ! déplora Joël.

— Bon, les gars. Moi, j'ai fait mon devoir. Ça fait trois plombes qu'on trottine et je commence à avoir les crocs, reconnut Noël qui se tourna vers Jackie :

— Tu restes bouffer avec nous, Jackie ? Tu bosses pas cet aprem ?

— Bosser ? Tu rigoles ou quoi ? Ça va encore discutailler tout l'après-midi à l'atelier, j'y retournerai que demain. Je suis des vôtres, les gars. On se trouve un coin par-là ?

— Par ici ? T'as vu la foule ? Non, je vous propose de remonter vers la fac. On va manger chez Mado. Ça vous dit ? proposa Joël.

— Ok, c'est une bonne idée. Là-bas, au moins, on aura un peu de calme.

Jackie prit un air désolé :

— Bon, moi je connais pas... Mais enfin, si vous dites que...

— T'en fais pas, boy, t'as qu'à nous suivre !

Ils quittèrent la place Monthyon tandis qu'Andreani, le président de l'UNEF, rappelait à ceux qui les auraient oubliées – ou qui ne les auraient jamais connues – les raisons de la grève. Le leader étudiant lut ensuite la lettre d'un jeune Aixois, élève d'un lycée parisien, qui relatait les violences policières subies lors des manifs du Quartier Latin.

Quelques-uns de ses camarades distribuaient un tract qui reprenait un article du journal « Combat » relatant les événements de la nuit du 6 au 7 mai : « J'écris ces lignes au Quartier Latin, à l'ombre infecte des policiers. On se croirait à Madrid. Tout à l'heure, vous verrez, ils referont Charonne, et me voici d'un coup transformé en enragé. J'enrage d'avoir assisté à une parodie de justice devant un parterre de policiers ravis. Les jeux étaient faits. Il fallait un exemple ! Bel exemple, admirable justice. La Haine en uniforme s'appelait Vérité. J'enrage, mais de tristesse contre l'attitude du PCF qui joue les Ponce Pilate en renvoyant dos à dos – en l'espèce dos contre matraques – les aventuriers gauchistes et la police».

Le raz-de-marée humain submergeait les rues marseillaises du Vieux Port à la Préfecture. Les cris de « CRS SS » dévalaient le pavé vers le port.

Les écluses étaient ouvertes.

Demain ne pourrait jamais plus être comme hier.

Boulevard National, 14 heures

Les trois compères arrivèrent devant la Fac qu'ils contournèrent par la rue Léon Gozlan, puis descendirent celle du 141e RIA pour se retrouver sous les grands platanes du boulevard National.

Le Bar des Amis – qu'on appelait plus simplement « Chez Mado » – avait des airs de corridor avec sa salle longue et étroite. Un haut comptoir se garnissait à l'heure de l'apéro et ne laissait alors qu'un passage rétréci pour accéder aux tables du fond.

Joël et Noël aimaient bien ce bistrot ignoré par les étudiants de la Fac qui lui préféraient le PLM, la brasserie du Printemps ou le bar du Racati, plus proches de leurs amphis. Le Bar des Amis leur rappelait un peu ceux de l'Estaque. Ici, c'était le rendez-vous des habitants et des ouvriers du quartier. Les deux compères y descendaient régulièrement pour se payer un café et parfois, lorsque les exams n'avaient pas marché, pour s'enfiler quelques mominettes de ce liquide anisé qui console de tout.

Quelques attardés, amateurs de fly, étaient encore scotchés au comptoir de zinc (le patron précédent n'avait pas eu assez de blé pour virer cette antiquité et la remplacer par ces jolis meubles en formica à la mode). Mado remplissait avec une régularité de métronome leurs mominettes. Ceux-là n'avaient pas perdu leur temps dans la manif. Ils avaient dû se rendre directo ici à l'heure où leurs camarades se rassemblaient et dépliaient les banderoles.

La révolution se ferait sans eux.

La salle du fond était constamment plongée dans la pénombre malgré un néon faiblard et l'immense miroir qui occupait tout un mur. Quatre ancêtres attablés jouaient au rami. Manifestement pour eux, c'était parti pour une après-midi entière à se taper le carton.

Bien entendu – vous l'aurez compris – la patronne s'appelait Mado.

C'était une maîtresse femme de quarante-cinq balais qui avait dû rendre quelques gisclets complètement barjos lorsqu'elle était plus jeune. L'âge – et les soucis qui vont avec – avait épaissi ses traits sans rien ôter à son charme. Ce n'était plus le tendron des années cinquante, mais son relatif embonpoint lui évitait les rides et son air jovial fidélisait, plus encore que le Ricard, la clientèle locale. Mado était toujours d'humeur égale, avec un mot pour chacun. Elle savait consoler les cocus, regonfler les déprimés, sublimer les joueurs de boules avant les concours, revigorer les amoureux après les rendez-vous foirés de la dernière chance. Elle était un peu la marraine de tout un petit peuple qui venait, de sept à plus de soixante-dix-sept ans, jouer aux cartes, aux boules, se pavaner, se confesser ou, plus simplement, picoler.

Joël, Noël et Jackie prirent place à une table assez éloignée de celle des joueurs de rami. Mado s'avança vers eux :

— Alors, les jeunes, c'est pour le café ou vous êtes toujours au jaune, comme les cacous ?

Elle désigna d'un signe de tête imperceptible et d'un air moqueur les accros du comptoir.

— Pour manger, Mado. Je sais que c'est un peu tard, mais on n'a pas bouffé à cause de la manif…

Tandis que Mado fendait des demi-baguettes pour les sandwiches au sauciflard, les joueurs de rami bougonnaient contre les enragés des manifs. Même la carte qu'ils abattaient rageusement à l'envers sur le tapis, triomphale annonciatrice du rami double, ne tempérait pas leur aigreur. Le quarteron hors d'âge aurait bien envoyé tous ces jeunots au front, comme en 16, histoire de leur montrer ce qu'est la vie. Comme si c'était par la mort qu'on apprenait la vie. Le refrain est bien connu : il manque toujours une guerre aux merdeux !

Dans le quartier, on semblait se ficher de la grève comme de sa première chemise. Avec les arrêts de travail, la ville prenait des airs de fête. On traînassait au lit puis au bistrot, et il faudrait attendre la pénurie de jaune pour que le bon peuple d'ici se décide à grogner…

Joël se leva et introduisit une piécette dans la fente du juke-box. Les vieux grommelèrent. Ce petit crétin allait encore mettre de la musique de nègres et des chansons à la con qui les empêchaient de réfléchir !

Joël adressa un clin d'œil à Noël. Emmerder le troupeau de pépés grincheux, c'est exactement ce qu'il désirait…

« Je t'attendrai là jusqu'à minuit
Mais sûrement pas toute ma vie
Je t'attendrai là jusqu'à minuit
Au maximum, mais après tant pis
Et les secondes font la ronde
Quand j'attends, c'est long, jusqu'à minuit
Oh, oui, jusqu'à minuit… »

Johnny. C'était celui que les vieux supportaient le moins !

Joël en rajouta :

— Oh, Mado, tu pourrais pas monter un peu le son ? On entend que dalle !

Elle haussa les épaules et termina ses sandwiches en ignorant la demande provocatrice.

— Il est où, ton homme ? demanda Joël lorsque la bistrotière posa les saucissons-beurre et les demis sur la table.

— Où tu veux qu'il soit ? Aux boules, pardi !

— Aux boules ? À la Belle-de-Mai ?

— Eh ouais. Quand on se lève à onze heures, on peut pas aller bien loin... Et puis, avec ces grèves, les hommes du quartier ne savent plus quoi foutre. Les boules, ça les occupe. Tant qu'ils font ça...

Elle soupira bruyamment. Après tout, elle s'en fichait. Elle avait l'habitude...

« Ne m'attends pas, là, jusqu'à minuit
Je n'ai pas rêvé, non, c'est bien écrit
Ne m'en veux pas, je t'en prie Johnny
Faut-il que j'en pleure ou que j'en rie
Que tout soit fini
Oh oui,
Ouais, c'est bien fini
Oh oui, c'est bien écrit...»

C'était fini pour Johnny. Le juke box se tut sagement et les joueurs de rami poussèrent un soupir peu discret de soulagement.

Ce Johnny n'était sûrement pas un grand rebelle. Ce n'était pas le genre à descendre dans la rue en gueulant « Mort aux vaches » comme Brassens ou « Vive l'anarchie ! » comme Ferré, fallait quand même pas déconner ! Il venait de se payer une jolie Mercedes cabriolet Excalibur pour la modique somme de cinquante briques, comme le plus friqué des fils de bourges. Mais c'était quand même un de ceux qui avaient révolutionné le show-biz et la conscience adolescente. Il avait l'âge de ses fans. Grâce à lui et à ses copains, les jeunes avaient maintenant leur musique, leurs fringues, leurs films, leur langage et leurs journaux. Leur univers en quelque sorte…

C'était une autre façon de dire « merde » à ceux qui pontifiaient et voulaient les dresser. Il n'y avait donc rien de bien étonnant à ce que cette jeunesse affranchie des contraintes matérielles rejette aujourd'hui les codes du vieux monde suranné : la discipline mais aussi le travail, la famille, la patrie (tiens, ça me rappelle quelque chose…)

— Son homme ? C'est qui ?

Jackie osa sa question une fois Mado repartie derrière son comptoir où les mominettes déjà vides imploraient son retour sur l'air du « one again ».

— Son homme, c'est un con !

— Noël, fais gaffe quand même ! Faut pas parler comme ça ici.

— Joël, tu m'emmerdes. Son mec est un con, je le répète. Bébert, il s'appelle. C'est un gars qui a un peu trafiqué au bon vieux temps de la French Connection, un second couteau. Si ç'avait été un vrai mac, il se serait payé un autre bistrot que ce truc minable au fond du boulevard National, tu crois pas ?

Noël avala une gorgée de bière avant de poursuivre.

— Il a acheté ce bistrot en 65 et il a demandé à sa femme, Mado, de le tenir. Lui, il a les côtes en long. Il passe son temps à se bourrer la gueule avec les collègues, à dilapider le bénef du bistrot aux courses. Y a que question pétanque que c'est un cador, Bébert. Mais pour le reste…

— En fait, quand on le cherche, il suffit d'aller jusqu'à la Belle-de-Mai, sur le boulodrome des Bleus. Il y est de longue…

Ils échangèrent quelques impressions sur la manif du matin, puis on parla foot, parce que toutes leurs conversations dérivaient systématiquement sur le foot ou les filles. Ils jouaient tous les trois à l'AS Kuhlmann, un club de l'Estaque-Riaux qui opérait sur le stade situé en bord de mer.

Sur l'aire de jeu, chacun avait un style qui collait bien à son aspect et son mode de vie.

Noël, vif et court sur pattes, semait la panique dans les défenses adverses lorsqu'il déboulait sur l'aile droite. Il possédait un dribble court qui désarçonnait les grands galavards, des costauds maladroits qu'on plaçait généralement sur son chemin pour lui barrer l'accès aux buts.

Joël conservait sur le terrain son élégance naturelle un tantinet flegmatique, même lorsqu'il troquait son blazer et sa chemise blanche contre un maillot floqué du numéro 5. Il régnait en maître sur sa défense, devant son gardien de but. Grand et souple, adroit des deux pieds, il s'offrait parfois, à travers l'aire de jeu, de généreuses chevauchées qui ressemblaient à des barouds d'honneur.

Jackie développait, quant à lui, des dribbles fluides. Il occupait un poste de demi offensif et distribuait, avec une fausse indolence, de bons ballons dans les pieds de ses attaquants. Sa silhouette légèrement voûtée lui donnait des airs d'échassier blessé et ses adversaires le négligeaient souvent à cause de cette apparente nonchalance, mais lorsqu'ils s'apercevaient de leur erreur, il était souvent trop tard : le pied gauche de Jackie avait frappé…

Ils avaient suivi la veille la finale de la Coupe de France entre Saint-Étienne et Bordeaux. Pour nos lecteurs footballiphiles, précisons que ce jour-là l'ASSE s'imposa 2-1 face aux Girondins et que le succès stéphanois dut beaucoup à Rachid Mekloufi (qui achevait ainsi une brillante carrière), à Hervé Revelli (qu'on aimait bien dans la région car il était originaire de Gardanne), à Aimé Jacquet (qu'on n'aimait pas mais qu'on vénérera plus tard, après un certain 12 juillet 1998) et à Robert Herbin (doublement impopulaire car Stéphanois et rouquin...).

Mais comme les Verts et les Girondins n'étaient pas particulièrement considérés dans une ville entièrement vouée à l'équipe au maillot blanc, l'ohème, on abandonna rapidement la finale de la Coupe et le foot pour les filles.

Ah ! Les filles !

Joël tentait de se remettre d'une vague déception amoureuse avec l'aide d'une étudiante largement portée sur la chose. Il prit tout de même le temps d'apostropher la patronne :

— Oh, Mado, tu nous fais trois caouas ?

Lorsque la patronne arriva avec les trois cafés brûlants, Joël en était à l'épisode du chiotte du rez-de-chaussée de la fac. Il aimait bien raconter – en les exagérant souvent – ses frasques enflammées, à l'inverse de Noël qui, sans doute par pudeur, n'évoquait jamais ses flirts.

Quant à Jackie, ses amis connaissaient bien la dénommée Michelle qui le rejoignait parfois dans son studio du boulevard Bernabo. Michelle était la fille d'un épicier pied-noir de la rue de Lyon, un gars ombrageux qui ne semblait pas trop porté sur la rigolade et qui voyait cette relation d'un mauvais œil. Michelle semblait très amoureuse, pour Jackie, on ne savait pas...

Joël racontait donc avec force détails croustillants les instants de luxure partagés la veille avec la bonnarde. Faut dire que le coït dans un chiotte de la Fac – c'est-à-dire un coin plutôt craignos en période de grève des femmes de ménage – avec, en fond sonore, les engueulades d'une AG dans l'amphi Fabry, ça tient davantage de l'histoire drôle que de la romance chère à Adamo.

— Et puis, je vous dis pas les gars, je fais vachement gaffe de pas la mettre en cloque. Ça serait la cata ! Et c'est pas toujours facile de sauter du train en route quand tu baises debout dans le pâti !

Ils étouffèrent un rire. Mado posa les tasses sur le marbre du plateau, ignorant la remarque grivoise de Joël. Elle croisa le regard de Jackie, sans doute pour ne pas avoir à intervenir dans cette conversation de machos, et resta un instant figée et muette devant lui.

L'insistance de la femme sembla gêner le jeune homme qui baissa les yeux.

— Oh, Jackie, t'as la cote avec Mado ! Fais meffi, si le Bébert rentre, jaloux comme il est, il te casse la gueule !

La remarque de Joël tira un maigre sourire à Mado. Elle paraissait encore submergée par un trouble d'autant plus surprenant qu'elle n'avait pas, habituellement, froid aux yeux.

Elle regagna son comptoir, pensive. Elle récolta même les récriminations des amateurs de fly lorsqu'elle confondit les fioles de 51 et de Ricard lors de l'ultime tournée. Manifestement, elle pensait à tout autre chose…

Joël termina le récit de sa copulation épique de cagadou et les trois garçons s'esclaffèrent à nouveau en imaginant la scène.

Il était plus de trois heures.

Les fanas du pastaga quittèrent le comptoir. Ils rentraient chez eux, histoire d'emmerder leurs épouses (et plus si affinités). Les joueurs de rami ronchonnaient toujours en entamant leur troisième partie, et Joël proposa à ses deux compères de les raccompagner at home avec sa belle 204 Peugeot.

Il déposerait Jackie à son atelier du chemin de la Madrague-Ville, où il avait laissé son vieux cyclo de merde, et Noël à l'Estaque, devant la quincaillerie de madame Estienne.

Mado interpella Jackie au moment où ils se levaient :

— Dis-moi, jeune…

Elle tutoyait tous ses clients et les appelait « jeune » lorsqu'elle ne connaissait pas leur nom.

Jackie la fixa :

— Oui…

— Tu t'appellerais pas Vincent, des fois ?

C'est Joël qui répondit :

— Vincent ? N'importe quoi, t'es calue, Mado ! Il s'appelle Jackie.

Elle parut désappointée :

— Ah, bon… Je croyais que…

— Pourquoi cette question ? Vous croyiez quoi ? demanda Jackie intrigué.

Mado saisit un verre et l'essuya machinalement.

— Rien, je t'ai confondu avec un autre. Ça n'a pas d'importance…

— Un autre ? Mais qui ?

— Ça n'a pas d'importance, jeune… Un gosse que j'ai connu, dans le temps. Mais il s'appelait Vincent…

Joël poussa Jackie au dehors :

— Bon, T'es pas Vincent… L'incident est clos. On se tire…

Lundi 13 mai, au soir

Comme les Shadoks n'avaient pas de mémoire personnelle, c'est l'Antimémoire qu'ils allaient voir pour savoir ce qu'ils avaient fait la veille.

— Que faisais-je hier ? demandait le Shadok

— Mais, vous pompiez, mon cher.

Comme personne ne pouvait prouver le contraire, on lui faisait confiance.

Les Shadoks

Il était près de vingt heures lorsque Jackie poussa la porte du Beau Bar.

Il avait garé sa mob bleue devant la baraque à chichis qui venait tout juste de fermer et il régnait encore dans l'air des parfums de friture, de chichis frégis et de panisses. Joël et Noël l'attendaient au comptoir en discutant des événements de la journée avec quelques employés du port et des dockers.

Une grosse télé – en noir et blanc – marmonnait les infos en sourdine.

Léon, le Limougeaud à l'accent pointu qui semait la panique aux ateliers Fournier, s'éclaircissait la voix au jaune. Il interpella un groupe de jeunes qui traînaient leur flemme près du juke-box. On se rassembla autour de lui. Ça changerait un peu des sempiternelles discussions sur le gouvernement, l'ohème et les femmes.

Jackie, qui avait pu apprécier à l'atelier la pertinence des propos de cet immigré nordique, entraîna Joël, Noël, Clovis et Biscottin dans le cercle.

Clovis Narigou fréquentait la fac de Lettres d'Aix et espérait devenir un jour journaliste, voire grand reporter.

Biscottin n'espérait plus rien, il se contentait de vivre le meilleur de la vie, au jour le jour. À quarante-trois ans, il jouait les pêcheurs en s'accordant de larges loisirs sur le compte de l'assurance maladie, ce qui lui permettait de s'adonner sans retenue à son passe-temps préféré, l'oisiveté. Il s'attardait alors soit au bistrot où il vidait avec application des godets de mauresque, soit dans le pageot de ses bienveillantes voisines qui l'appelaient dès que leurs maris oublieux partaient au turbin.

Ils étaient ainsi une bonne dizaine à écouter la harangue de Léon qui prétendait qu'il fallait rester mobilisés car le gouvernement allait certainement s'évertuer à brouiller étudiants et travailleurs afin que le boulot reprenne. Comment ? En concédant à ces derniers une petite augmentation.

— Et si le boulot reprend dans les usines, les facs devront suivre parce ce qui mène le pays, c'est pas les idées, c'est la monnaie, c'est l'économie et la finance. Vous, les jeunes, vous êtes des idéalistes, vous écoutez Bob Dylan et vous voulez changer le monde. Mais qu'est-ce qu'ils veulent, les syndicats ? Des augmentations, pas changer la société. Ils n'ont pas les mêmes ambitions que vous, ils raisonnent toujours comme au dix-neuvième siècle… Des augmentations, afin de mieux vivre dans la société actuelle qui leur convient finalement très bien. Vous comprenez ? Alors, Pompidou va lâcher un peu de fric, deux ou trois mesures teintées de social, et, basta, tout rentrera dans l'ordre, vous verrez…

Puis le Limougeaud vida sa mominette de Casa cul-sec, comme pour ponctuer la pertinence de son propos.

Bien entendu, il ignorait alors que quelques années plus tard, il rachèterait ce bouge et s'installerait derrière le comptoir, à la place de Mélie et Fred.

Mais tout ça, vous le savez bien, ce sont d'autres histoires…

À l'Estaque-Plage, le Beau Bar disposait d'une vaste salle ensoleillée et, de ce fait, agréable. C'était un bistrot de quartier très prisé par les autochtones, un bistrot tenu de main de maître par Mélie et Fred, de (vieux) enfants du pays. On y recevait peu de plaisanciers ou de touristes, ces populations étrangères préféraient sans doute les terrasses ensoleillées des brasseries à cette salle braillarde aux parfums populaires.

Le Beau Bar était le temple de la consommation de Casa, de 51 ou de Ricard. On avalait ces méphistophéliques liqueurs anisées sans modération, mais avec délectation. On picolait généralement debout au comptoir derrière lequel Mélie servait et Fred tchatchait en faisant le fier.

Fred était du siècle et portait d'autant plus dignement ses soixante-huit balais qu'il ne s'était jamais vraiment tué à la tâche. Il avait un peu traficoté sur le port. La guerre, avec le marché noir, lui avait donné l'occasion de s'enrichir assez facilement et d'acquérir le Beau Bar à la fin des années cinquante.

Mélie, sa cadette de quatre ans, était, elle, la véritable cheville ouvrière de l'affaire. Elle accusait davantage le poids des années et du labeur. Son chignon sommaire et sa robe noire assez austère accentuaient cette impression.

Les retraités se pointaient ici dès onze heures et colonisaient deux ou trois tables du fond de la salle pour une contrée ou un rami. Ils passaient ainsi trois heures au bistrot pour le prix d'un seul pastaga. Mélie et Fred ne râlaient jamais en accueillant ces consommateurs un tantinet abstinents car, pour eux, le bistrot avait un rôle social évident, et le manque à gagner qui en résultait leur ouvrait certainement, en contrepartie, les portes d'un paradis auquel ils ne croyaient pourtant ni l'un, ni l'autre.

Au fond de la salle bruyante, un couloir étroit conduisait à une cour intérieure encombrée de caisses de bouteilles de vin et de bière vides. Le lieu était ombragé par un vigoureux platane et transformé l'été en jeu de boules. Les amateurs de jeu provençal lui préféraient souvent le boulodrome municipal du front de mer, plus vaste et plus aéré, mais se retrouvaient systématiquement, pour l'apéro, chez Mélie et Fred.

Au Beau Bar, on s'appelait rarement par son prénom et encore moins par son nom. Tous les habitués avaient un sobriquet. Qui aurait pu décliner l'identité véritable de Biscottin, du Furoncle, de l'Endive, de l'Anchois, de Petites Mains, de Riri les grosses couilles, de la Pastenague, de l'Arapède, de la Bogue ou du Mascaré ?

Tout ce microcosme gesticulait, parlait, criait, s'interpellait tandis que les bouteilles vides au col argenté s'accumulaient, la tête en bas, dans un grand casier proche du comptoir.

Il y avait, bien sûr, quelques rivalités, nées de parties de boules ou de cancans féminins, quelques bravades, quelques clans, mais, en fin de compte, tout ce petit monde s'entendait bien. On venait chez Mélie et Fred parce qu'on y rencontrait des amis. Parce que si l'on n'en avait pas, on s'en faisait. Parce qu'on oubliait toutes les merdes de la vie. En un mot parce qu'on y était bien.

Plus que l'hôtel de ville, l'église ou le stade municipal, le Beau Bar était l'agora, le lieu œcuménique de rassemblement, de confession et de communication de ce quartier populaire.

Lorsque la mélodie grinçante du générique de Télé-Soir retentit, Fred se précipita afin d'augmenter le volume du son. Les discussions s'interrompirent aussi sec.

Où en était donc la France ?

D'un mouvement sec de l'index, Biscottin remonta sa casquette de tweed sur son front, comme si ce geste machinal lui permettait de mieux comprendre. Tous levèrent la tête et fixèrent l'écran qui reflétait malencontreusement l'éclat jaunâtre du néon.

La mine contrite, le présentateur annonça qu'une manifestation avait réuni cent dix-sept mille personnes à Paris et que le cortège s'était rendu de la République à Denfert-Rochereau. La voix menteuse de son maître ignorait résolument l'estimation des Renseignements Généraux (trois cent mille) et, plus encore, celle des organisateurs (un million !). Le cortège parisien s'étalait sur sept kilomètres. « La distance de l'Estaque au Vieux Port, tu te rends compte », souligna Biscottin. À l'issue de la manif, les étudiants s'étaient dégourdis les guibolles en cavalant jusqu'au Champ de Mars, sous le regard acéré des quelque dix mille flics mobilisés par le bon Grimaud, préfet de police de son état.

Dix ans après le fameux 13 mai du Général, le peuple était à nouveau dans la rue. Mais il réclamait aujourd'hui le képi de celui qui avait accédé au pouvoir en proclamant « Vive l'Algérie française » et « Je vous ai compris », avant de sacrifier allégrement ceux qui l'avaient acclamé du côté d'Alger et de Mostaganem.

La télé déballait quelques images floues de la place Denfert-Rochereau, une place que personne, dans le bistrot, n'aurait su situer.

Le carré de tête de l'immense cortège se disloquait. Des centaines de milliers de manifestants, ouvriers, étudiants, jeunes et vieux, avaient hurlé à l'unisson durant des heures « Dix ans ça suffit ». Les clients du bistrot opinaient du chef avant d'écluser leurs jaunets. Les organisateurs se saluaient faute de se congratuler. Georges Séguy, le secrétaire général de la CGT, James Marangé, son homologue de la FEN, et Eugène Descamps, de la CFDT, se trouvèrent bientôt face à face avec Daniel Cohn-Bendit, Dany le Rouge. Image symbolique de ces événements : contrairement à Descamps, le représentant de la classe ouvrière – c'est ainsi que Seguy se qualifiait – refusa de serrer la main du trublion gauchiste qui était aussi, et aléatoirement, juif, allemand et rouquin.

Des reportages télés en forme d'accusations s'attardèrent sur les incidents de Clermont, du Mans et de Nantes, présentés comme des débordements gauchistes.

— Ces encatanés !

Léon grogna et utilisa un terme local pour qualifier les journaleux de service.

Mélie remplissait les mominettes qu'on vidait prestement afin de s'éclaircir la voix. Des noms d'oiseaux fusèrent autour de Léon, en guise de soutien au prolétariat révolté.

Biscottin grignotait des cacahuètes avec application, il n'avait aucun avis sur les événements. Pour lui, les mecs se rebellaient et ils avaient raison, mais les arrêts de travail locaux perturbaient grandement son emploi du temps car la plupart des maris étaient bloqués chez eux. Leurs épouses devenaient ainsi moins disponibles pour les canailleries des jours ouvrables. Il avait bien profité de la grande manif du matin pour honorer deux de ses conquêtes dont les maris jouaient les porte-drapeaux, mais il devrait sans doute se serrer la ceinture dans les jours à venir. Il se consolait au jaune en grognant pour lui-même : « …Ne perdent rien pour attendre, ces salopes… ».

Malgré les efforts de l'ORTF pour minimiser les mouvements de grève, on devinait que, partout en France, le peuple se levait. Et ce n'était pas le fait des hiérarques du syndicalisme, des coryphées de la gauche embourgeoisée, des caciques de l'intelligentsia polie, des laquais du marxisme léniniste. Non, c'étaient les trublions qui emmenaient la masse, c'étaient les marginaux qui donnaient le ton. Les cortèges de chevelus braillards et gesticulants semblaient crever l'écran.

— Ce bordel, c'est pas possible... Mais, putain, où elle va, la France...

Au fond de la salle, Justin et Norbert se montraient, en sourdine, fortement irrités par la tournure que prenaient les incidents. Ils n'étalaient pas leur ras-le-bol en public, ça ne servirait à rien. Ils se contentaient de maugréer à voix basse.

— T'as vu l'autre pédé ? Juif et boche par-dessus le marché !

Si les politiques n'avaient plus rien dans le falzar, ils étaient bien décidés, eux, les vrais Français, à ne pas se laisser déborder. Ils avaient déjà fait leurs preuves et ils en connaissaient quelques-uns comme eux, des mecs qui en avaient, prêts à ne pas laisser la communisterie gangrener la patrie.

La Sorbonne, haut lieu de la pensée et de l'intelligence, se retrouvait, elle aussi, occupée par ces malpolis aux cheveux trop longs et à la gueule trop grande. Les étudiants venaient d'y décider le boycott des examens jusqu'à la démission du ministre de l'Intérieur.

Les examens seraient-ils annulés ou renvoyés ?

À Marseille les épreuves devaient débuter le 27 mai, comme prévu. Pourtant Clovis avait annoncé qu'elles avaient déjà été supprimées à la fac de Lettres d'Aix-en-Provence. L'incertitude demeurait.

Cette menace inquiétait Noël. Les grèves, c'était bien joli, mais lui ne roulait pas sur l'or. Boursier, il n'avait pas les moyens de se payer une année sabbatique sans exams, c'est-à-dire sans diplômes. Et on ne voyait pas trop comment on pourrait les organiser avec les facs occupées, les transports bloqués, les profs évaporés dans la nature…

— Bah, t'en fais pas, on s'en sortira, lui affirma Clovis en quittant le bistrot.

Clovis était descendu à Marseille pour la grande manif du matin. Il en avait profité pour loger chez son grand-père, un vieil entêté qui vivait dans une ruine en pleine colline. Il aimait bien ce coin perdu entre les roches blanches, les restanques peuplées d'oliviers, la garrigue odorante et les troncs torturés des pins d'Alep. Le seul problème est qu'il devait maintenant remonter jusqu'à la Varune. Six bornes à pinces ! Lorsqu'il quitta le bistrot, il se demanda s'il pourrait se rendre à Aix le lendemain. La grève des cars gagnait la région et il risquait de se retrouver coincé comme un rat au cœur du massif de la Nerthe.

À chacun ses soucis…

Le journaleux enchaîna sur la grève de la navigation aérienne, et on se sentit immédiatement moins concerné. Les avions, c'était pour les riches et tant qu'on emmerdait les riches, il n'y avait pas grand-chose à redire.

Noël, Joël et Jackie allèrent s'asseoir à une table près de la fenêtre tandis que Léon poursuivait ses démonstrations, que Justin et Norbert broyaient leur acrimonie et que tous les autres picolaient comme si la fin du monde était annoncée pour minuit.

— Alors, Jackie, t'as vu Mado à midi ? Elle était toute moite. Elle en pouvait plus…

— Déconnez pas les gars, je sais pas ce qu'elle a, cette femme, mais ça m'a mis mal à l'aise. En plus, elle m'a parlé d'un gosse, et moi, les gosses, c'est un truc qui me trouble toujours…

Noël et Joël ne relevèrent pas l'allusion. Jackie était un

gosse abandonné, un gosse de l'assistance publique. Placé dans des familles d'accueil, il n'avait pas eu une enfance des plus roses. Du moins, c'est ce qu'ils pensaient, car Jackie n'était pas très loquace sur le sujet. Et puis, c'était le genre de choses dont on ne parlait guère, surtout entre garçons.

— Vous savez, les gars, j'ai toujours pensé qu'un jour ou l'autre, je retrouverais mes vrais parents...

— Te torture pas pour ça, Jackie, ça peut te faire que du mal... T'as un boulot, une gonzesse, des collègues, de quoi faire ta vie, répondit Joël.

— Vous en avez de bonnes, vous. C'est facile de parler comme ça quand on a son père et sa mère... Moi j'ai personne, dégun...

Il en avait presque les larmes aux yeux.

C'est Noël qui reprit, avec un brin d'agressivité :

— Et tu crois que d'avoir des parents comme les miens, c'est coton ? J'ai un vieux qui picole, qui claque les quatre ronds que ma mère récolte en se crevant le cul dans des ménages. Il lui faut ses trois litrons de carbure par jour ! Ét malgré ça, en dépit des gnons qu'elle morfle, ma mère le défend envers et contre tous. Elle tabasse même mon petit frère pour la simple raison qu'elle se fait elle-même cogner par le vieux. C'est une famille, ça ? C'est ce que tu m'envies, toi ?

Les consommateurs se retournèrent vers le jeune homme qui avait haussé le ton. Ils connaissaient tous le père de Noël. C'était vraiment un ivrogne, ce mec. Non, il n'était

pas comme eux. Eux ne buvaient que du jaune et presque pas de pinard. Ici, on savait que c'était le pinard et pas le pastaga qui faisait les ivrognes. Et puis, ils ne frappaient pas leur gonzesse, ou seulement lorsqu'elle le méritait. Ça n'avait rien à voir...

Jackie haussa les épaules. Il aurait mieux fait de se taire. Comment leur faire comprendre ? À quoi bon leur faire comprendre, d'ailleurs ? Faire sa vie, disait Joël. Faire sa vie sur quoi ? Comment bâtir quelque chose quand on n'a pas de racines, pas de repères ? Est-ce qu'une maison sans fondations est solide ?

Il se résolut, une fois encore, une fois de plus, à ravaler toutes ses questions, toute sa rancœur, son manque d'affection, son manque d'existence même.

Comment leur raconter sa chienne d'enfance, les familles d'accueil qui l'avaient souvent exploité comme un esclave avec la bénédiction de la République, son éducation négligée ?

Rien de tout cela n'était oublié.

Rien ne pouvait s'oublier.

Depuis toujours, il était mal dans sa peau, parfois agressif, souvent instable. Il savait qu'il menait une vie terrible à tout le monde, même à ceux qui voulaient l'aider. Il se demandait parfois comment Michelle arrivait à le supporter. Comment pourrait-il s'en sortir avec un caractère pareil ?

Et cette Mado... Pourquoi cette Mado avait-elle cru le reconnaître ?

Et s'il avait un frère qui lui ressemblait et s'appelait Vincent ?

Cette idée l'enthousiasma. Oui, il était certain d'avoir un frère, un frère qui lui ressemblait, un frère qu'il retrouverait un jour.

Et si ce fameux Vincent c'était lui ?

Après tout, il avait entendu dire qu'on changeait parfois l'identité des enfants abandonnés...

Mardi 14 mai

Ce qui devait arriver arriva : programmés sur la première chaîne tous les soirs à 20 h 30 depuis le 29 avril, la diffusion des Shadoks fut interrompue le 13 mai, suite à une avalanche de lettres de protestation de téléspectateurs indignés.

Décidément, cette société sclérosée à l'esprit étriqué, qui ne supportait ni les infâmes shadoks, ni les gentils gibis, ne méritait-elle pas un grand coup de balai ?

Ce qui devait arriver arriva : les ateliers de chaudronnerie Fournier furent occupés dès les premières heures de la matinée du mardi 14 mai.

La veille, les délégués avaient convoqué une assemblée générale du personnel pour sept heures et demie. Malgré l'heure matinale, tout le monde était là et on vota, à main levée, l'occupation des ateliers sur-le-champ. L'arrêt du travail fut évidemment reconduit pour une durée indéterminée et un piquet de grève se mit en place immédiatement devant la porte de l'usine.

On avait tendu des banderoles en travers de la cour. Il était clair, pour tous, que la réticence initiale des délégués cégété avait cédé sous la pression virulente de Léon et de ses nouveaux amis. Le Limougeaud entraînait une partie des ouvriers qui commençaient à trouver les apparatchiks thoréziens passablement ennuyeux, hyper conformistes et désespérément mouligas.

À l'atelier, la bande à Léon supportait de moins en moins l'orthodoxie intellectuelle bétonnée des défenseurs patentés de la classe ouvrière dont chaque initiative (ou manque d'initiative) montrait combien ils restaient fermés à la vie moderne. Chez eux, la contraception et la sexualité restaient des sujets tabous. Ils semblaient, en fait, enkystés dans une morale petite bourgeoise qui n'avait pas grand-chose à envier à celle des conservateurs, même si elle s'en distinguait par la forme.

Pour Léon, le pécé participait à sa manière à la vieille société française. Il avait manqué le train en marche de ce printemps 68 et restait, malheureusement comme les autres partis qui n'avaient rien compris au mouvement, autoritaire et archaïque.

— Ce sont des crypto-staliniens qui sont davantage habitués à combattre leurs partenaires que leurs adversaires. Ce n'est pas étonnant qu'ils aient une réaction des plus conservatrices face aux gauchistes. Et puis, selon eux, le bonheur des peuples, c'est le Parti et le Parti seul qui peut l'assurer, qui est autorisé à l'assurer, devrais-je dire. À force de centralisme démocratique, ils sont devenus encore moins révolutionnaires que les curés intégristes.

Quelques grognements et protestations s'élevèrent : comparer les marxistes léninistes aux curés intégristes ! Fallait quand même pas déconner... Ce Léon y allait un peu fort !

Heureusement, pour l'orateur, que ce sont les jeunes qui réagirent le plus bruyamment.

— Il a raison, Léon !

Ce qui les agaçait ces jeunes, dans ce parti qui avait su fédérer une partie du peuple de l'après-guerre, c'était le légalisme mollasson, la révérence absolue à l'égard de l'URSS, le mépris de la démocratie interne, le refus des débats sur la Chine… L'attitude souvent timorée des communistes pendant la guerre d'Algérie accentuait cette impression de malaise sur les ados qui avaient échappé aux randonnées touristiques dans le djebel.

Pour la majorité des ouvriers de l'atelier, les événements du mardi constituaient le premier contact avec la démocratie directe. Ils allaient vivre leur première assemblée, leur première AG comme disaient les étudiants. Jackie en connaissait le principe, Joël et Noël lui avaient longuement relaté celles qui occupaient durant des journées entières les amphis de la Fac. Les discussions sans fin étaient souvent stériles. On voguait de séances publiques en séances de commission. C'était parfois des combats théoriques aussi abstraits que virulents entre groupuscules gauchistes. Mais on parlait, on s'exprimait sans entrave.

Et ça, c'était vraiment nouveau.

Un orateur en bleu de travail souhaita qu'on explique davantage les motifs de l'occupation des ateliers à ceux qui ne l'avait pas votée. On décida alors de diffuser un tract afin d'expliquer les causes du mécontentement et de gagner quelques indécis. Sans véritables moyens de reprographie, on se résolut à reproduire à la main la centaine de feuillets nécessaires.

Jackie débuta donc sa journée de mardi en écrivant des dizaines de fois le même texte. Ce fut son premier acte militant, un investissement qui semblait dissoudre ses angoisses.

L'ambiance était joyeuse et fraternelle. On avait enfin un objectif commun. On plaisantait, on se plantait parfois en transcrivant le texte, oubliant un mot ou tronquant une phrase, et cela déclenchait les rires et les moqueries. Et puis, ça n'avait pas d'importance, on n'était pas des cadors en orthographe. « Sinon, on serait pas là. Pas vrai ? » reconnaissait-on volontiers et avec bonne humeur.

Chacun avait apporté de quoi boire et manger, histoire de tenir le coup, histoire aussi de partager.

On picolait au rouge et au jaune qui étaient, en quelque sorte, les couleurs de la Provence révolutionnaire. On saucissonnait, on picorait les cerises du jardin d'Antoine, l'aîné des ateliers, un gars rougeaud à la face éclairée par un sourire lumineux, un gars davantage attiré par l'alcool que par les fruits de son verger, un gars dont le cœur était peint en rouge, comme ses cerises, comme le drapeau de la commune, et pas en jaune, comme le fly qu'il adorait et les briseurs de grève qu'il détestait.

— Les jeunes, vous avez raison de boulèguer tous ces counas. Moi, j'ai connu les événements de 47 et je peux vous dire que c'était pas de la gnognotte. À l'époque, on avait des couilles ! Aujourd'hui, on est trop gras, trop habitués au confort... Mais vous savez, on n'obtient que dalle avec la parlote. Des fois, faut aller au combat. Si vous avez besoin de moi pour la castagne, faut pas hésiter à me...

— Ouais, ça va. On te convoquera pour le baston...

On étouffait un rire.

— Manquerait plus que toi dans ce bordel !

On voyait mal ce que pourrait apporter le pauvre Antoine, avec son quintal ravagé par l'alcool et son arthrose au genou, dans la bagarre. D'ailleurs aucune bagarre n'était prévue...

L'atmosphère était plutôt à la rigolade dans ces ateliers austères et froids où régnaient habituellement les odeurs de soudure et d'huile minérale.

Parfois, un des plumitifs tâchait maladroitement un tract

avec du gros rouge. Il était alors obligé de recommencer, en râlant, son travail d'écriture. Du pinard sur les motifs de la grève générale, ça n'aurait pas fait très sérieux...

Le temps consacré à la bonne cause et les plaisanteries qui fusaient n'empêchaient pourtant pas Jackie de malaxer ses idées noires. Il pensait sans arrêt au bistrot du boulevard National. Il avait réfléchi toute la nuit et une évidence s'imposait : il lui fallait revoir cette Mado au plus vite, savoir qui était ce fameux Vincent.

Savoir...

Avec les années, sa situation de gosse abandonné influait de plus en plus sur son caractère. Depuis la veille, depuis la visite au Bar des Amis, le manque de confiance le submergeait à nouveau. C'était une souffrance insidieuse, de la même nature que celle qu'il ressentait habituellement aux alentours de Noël, lorsque les autres se retrouvent autour d'une table familiale. Lui n'avait connu que les noëls de l'Assistance, les noëls de solidarité à bon marché où l'on vous sourit affectueusement en vous remettant un cadeau et un goûter de merde l'après-midi, mais où on vous oublie dès que vient le soir. Alors, on vous laisse affronter la nuit tout seul, sans histoire, sans bise, sans espoir...

Jackie avait besoin d'agir. Maintenant.

Si la piste de Mado n'aboutissait pas, il recommencerait à zéro. Encore et encore... C'était promis-juré : il ne lâcherait jamais plus le morceau.

Il aurait voulu parler de tout ça à Michelle, mais il n'avait pas pu. Il avait l'impression que personne ne le comprenait, et elle encore moins que les autres. Elle savait lui dire qu'elle l'aimait, mais elle paraissait paralysée par la crainte de son père et par le poids du souvenir de son pays perdu. Alors, de ses problèmes existentiels, elle n'en avait certainement rien à faire...

Comment pourrait-il fonder une famille s'il ne savait pas, lui-même, d'où il venait ? Oh, bien sûr, ce n'était pas pour demain. Ce n'est pas à Michelle qu'il comptait faire trois nistons. Michelle, c'était une copine, une fille bien, une fille qui partageait quelques moments avec lui, sans plus. Quant à l'amour, le vrai, celui des films et des romans photos, ce serait pour plus tard. Il lui fallait savoir qui il était avant de s'autoriser à aimer...

Michelle venait souvent le rejoindre dans son studio du boulevard Bernabo. Elle descendait de la rue de Lyon en solex, se donnait à lui sans retenue, puis restait là, nue contre lui, l'espace d'une heure ou deux, sans trop lui parler. C'était un bonheur diffus. Elle lui disait simplement qu'elle l'aimait et lui ne savait pas exactement quel sens donner à ses paroles. Il se recroquevillait aussitôt. Plus elle lui affirmait son amour, plus l'avenir lui paraissait difficile. D'ailleurs, les parents de Michelle ne voulaient pas entendre parler de lui. Un gosse de l'assistance, un gosse dont on ne connaît pas les gènes, ça ne peut jamais faire un gendre convenable. Imaginez qu'il ait eu un père voyou ou, pire, négro. Ça saute parfois une génération, la couleur de la peau...

Jackie se mettait parfois à rêver. D'une famille. Une autre famille, la sienne, mais pas celle dont il serait le père, celle dans laquelle il serait le fils. Comme au jeu des sept familles, un jeu qu'il abhorrait...

Le fils de qui ?

Une famille c'était quoi au juste ?

Il n'avait jamais su...

Il écrivait maintenant sans réfléchir, machinalement, et empilait les tracts manuscrits.

Et sa mère ?

Qu'est-ce qu'elle avait fait, sa mère ?

Quelle souffrance avait-elle endurée pour le délaisser comme un chien ?

Était-elle encore vivante ?

Est-ce qu'il lui ressemblait ? Bien sûr qu'il lui ressemblait. Il recherchait souvent une similitude en dévisageant les femmes qu'il croisait dans les rues de Marseille. Il traînait parfois dans les quartiers chauds de la cité portuaire dans l'espoir de la retrouver, car c'était sans doute une pute. On lui avait dit que les putes abandonnaient leurs gosses…

Et s'il la retrouvait, que dirait-elle ?

Et lui, que lui dirait-il ? Tant pis si elle lui claquait la porte au nez, l'important serait de l'avoir vue…

Car sa mère n'était qu'une ombre floue, même pas une image.

Et puis, dans une famille, il n'y avait pas que la mère. Le père paraissait moins important que le reste de la famille, mais il restait les frères et les sœurs.

Avait-t-il des frères ? Ce serait bien des frères…

Et des sœurs ? Il n'y avait jamais pensé. Cette éventualité le troublait. Il ne comprenait rien aux filles, ou si peu. Une sœur, ce serait différent de ce qu'il avait pu connaître avec Michelle, c'était certain, mais il ne serait pas à l'aise avec une sœur.

Tout compte fait, il préférerait des frères. Il s'entendrait mieux avec des garçons…

Pouvait-on rattraper le temps perdu lorsqu'on les retrouvait adultes ? Sans doute pas, mais il s'en fichait…

Il avait des frères, c'était sûr…

Peut-être même ce fameux Vincent qui venait d'apparaître dans sa vie…

Peut-être que Mado savait tout ça.

Oui, il fallait qu'il voie Mado…

Il quitta l'atelier sur le coup de deux heures de l'après-midi en promettant à la cantonade de revenir en soirée, pour y passer la nuit. L'occupation des locaux s'organisait, on constituait les équipes afin de se relayer vingt-quatre heures sur vingt-quatre, on prévoyait la logistique pour tenir le coup. Tenir combien de temps ? Personne ne le savait. Mais on tiendrait jusqu'au bout...

Il enfourcha sa mobylette, dévala le chemin de la Madrague-Ville, longea la gare d'Arenc jusqu'au boulevard National qu'il emprunta en virant à gauche. Les feuilles des platanes, parcourues par un frisson fugace, bruissaient sans que leur murmure parvienne à couvrir le bourdonnement de la rue.

Il retrouva sans peine le Bar des Amis, à quelques dizaines de mètres de l'intersection de la rue Honnorat et du tunnel large et sombre qui permettait au boulevard National de passer sous la voie ferrée.

Jackie poussa la porte du bistrot.

Il y avait toujours des gars collés au comptoir qui s'enfilaient des mominettes, des vieux qui s'escrimaient à déballer des ramis doubles. Ici, rien ne semblait avoir bougé depuis la veille. La radio ronronnait derrière le comptoir, Adamo demandait à sa brune de venir écouter la mer et cela fit sourire Jackie. Lorsqu'il avait emmené Michelle voir la mer, dans la calanque de Corbières, leur rencontre avait pris rapidement un tour beaucoup plus charnel que la jérémiade du pauvre Salvatore.

Mado essuyait les verres en commentant les dernières infos, comme pour passer le temps. De Gaulle était parti en voyage officiel en Roumanie, afin de rencontrer le bon Ceaucescu, celui qu'on aimait bien car il s'opposait souvent aux Soviétiques. On serinait que c'était un brave type attaché à la liberté de son peuple.

Les pochards échangeaient des propos graveleux sur l'opportunité d'un tel voyage alors que le pays était au bord de la faillite.

Jackie eut la sensation que Mado pâlit lorsqu'elle l'aperçut, mais peut-être n'était-ce qu'une impression…

— Salut, lança-t-il d'une voix éteinte faussement insouciante.

Il ne reçut en écho que les grognements des buveurs et un « bonjour » anormalement timide de la bistrotière.

— On peut encore manger ?

— Bien sûr, installe-toi. J'arrive.

Jackie choisit une table au fond de la salle étroite, loin du comptoir, loin aussi des vieux accros au rami. La discussion y serait plus discrète.

— Un sandwich au sauciflard et un demi. Comme hier, demanda le jeune homme d'une voix maintenant assurée.

— Tout de suite…

Lorsqu'elle revint avec la commande, quelques minutes plus tard, Mado s'assit face à Jackie et le fixa.

— C'est pas pour manger que t'es revenu, toi. C'est pour savoir.

Elle lui sourit avec assurance.

— Savoir quoi ? répondit-il avec un soupçon d'acrimonie, comme s'il était vexé que cette femme qu'il ne connaissait pas puisse ainsi lire dans ses pensées.

— Savoir qui était ce Vincent, pourquoi j'ai pensé que c'était toi, pourquoi j'ai été troublée… Savoir tout ça, quoi.

Il mâcha une bouchée de sandwich et grogna en baissant les yeux. Pourquoi les femmes possédaient-elles autant d'intuition ?

— Ouais, c'est un peu ça…

Après tout, rien ne servait de finasser avec elle. Il avait besoin d'elle, alors autant jouer cartes sur table.

Il débita en la fixant :

— J'ai pas de parents, pas de famille. Je sais pas d'où je viens. Je sais pas qui je suis. On m'a ballotté de foyers en familles d'accueil. Et faut pas croire que ça laisse pas de traces une enfance pareille…

Il en avait presque les larmes aux yeux.

— Je sais…

Le ton était doux, compatissant même. Elle posa une main sur la sienne d'une façon très naturelle et il en fut ému.

Il haussa un sourcil :

— Tu sais ?

Elle sourit :

— Je sais parce que j'ai pas mal bossé au bureau d'abandon. J'y ai bossé pendant vingt ans, en fait… Et puis, un jour, j'en ai eu marre.

Elle alluma une Royale mentholée et souffla la première bouffée au plafond. Jackie se taisait.

— Alors, on a pris ce bistrot avec Bébert, il y a trois ans. Oh, je sais, Bébert n'est jamais là et je me tape tout le taf, mais enfin, je vois autre chose que cette misère qui conduit chaque jour des mères à abandonner leurs gosses.

— Et ce Vincent, tu l'as rencontré au bureau d'abandon, pas vrai ?

— Ce Vincent, c'était encore un bébé. J'ai pensé un instant que c'était toi à cause de ça.

Elle posa son index sur l'envie que Jackie arborait sous l'oreille droite.

— Il avait la même tache que toi. Je m'en souviens bien car elle a la forme d'une feuille de platane. Ça doit pas être commun cette forme-là…

— Une feuille de platane ?

— Oui. On te l'a jamais dit ? Bon, je sais, des mecs avec des taches de vin, il y en a des tas, et ce n'est pas pour ça que…

— Mais la forme, tu es sûre de la forme ?

— Ah, ça oui !

— On m'a dit qu'il arrivait parfois qu'on change le prénom des bébés abandonnés. C'est vrai ?

Une étrange excitation le submergeait.

— C'est arrivé, bien sûr.

— Il date de quand, l'abandon de Vincent ?

— Attend, faut que je réfléchisse.

Elle tira quelques goulées. Le tabac aiderait-il à la réflexion ?

— Juin 45. La guerre était finie depuis un bon mois. Ça devait être un peu avant la Saint-Jean. Le gosse devait avoir environ trois mois.

Elle le regarda droit dans les yeux :

— C'est à peu près ton âge, non ?

Vincent posa son sandwich. La dernière bouchée resta coincée en travers de sa gorge. Il avala une lampée de bière et acquiesça d'un signe de tête. Il ne pouvait plus parler. Ce Vincent, en tout cas, ne pouvait pas être son frère.

Mado sembla le comprendre et continua :

— Un bébé avec une tache de vin, ça m'a frappé, évidemment. C'est une femme qui l'a amené.

— Une femme ? Sa mère ?

— Non, je crois pas, je crois que…

— Oh, on crève de soif ici, patronne ! Tu sers ou tu dragues ?

Le cri rauque des arapèdes de comptoir en manque d'anéthol interrompit le récit de Mado. Elle répliqua sur le même ton :

— Oh, ça va, j'arrive ! Y a pas le feu ! Vous tiendrez bien trente secondes, non ?

Elle se leva, puis se retourna vers Jackie :

— Je reviens de suite…

Il ne lui fallut effectivement qu'une poignée de secondes

pour remplir les mominettes. Jackie l'attendait, immobile.

— Bon, où on en était ?

— À cette femme qui a abandonné le gosse. Je te demandais si c'était sa mère.

— Ok… Non, manifestement pas. Elle ne parlait pas du gosse comme une mère. Elle semblait avoir une certaine habitude de type de démarche. Je pense que c'était plutôt une sage-femme.

— Une sage-femme… Et elle venait d'où ?

— Ça, j'en sais rien. C'est vieux tout ça, ça fait vingt-trois ans quand même…

Jackie parut un peu déçu.

— Comment elle était, cette femme ?

— Oh, j'en sais rien non plus. Elle était normale, banale. Il n'y a que le gosse qui m'ait vraiment marqué. À cause de la tache… Tu sais, je ne pourrais pas t'aider beaucoup plus, faudrait que tu ailles jusqu'à la DDASS. Sans doute, là-bas, ils seront capables de te renseigner. Il y a sûrement un dossier qui traîne quelque part. On rédigeait systématiquement un dossier pour chaque abandon…

— C'est où, la DDASS ?

— Rue Saint-Sébastien, du côté de Castellane. Au 66, rue…

— C'est ouvert aujourd'hui ?

— Je pense que oui, mais tu devrais te magner. À cause de la grève, tout risque de fermer d'un moment à l'autre…

Mercredi 15 mai

L'atelier occupé conservait un petit air de fête, mais l'euphorie des premières heures avait disparu. Les conversations s'éternisaient. Elles avaient duré toute la nuit.

La radio était branchée en permanence sur Europe N° 1 qui donnait des infos un peu moins partiales que les chaînes nationales restées à la botte du gouvernement.

La grève devenait sauvage – c'est-à-dire violente – en particulier à Nantes. À Nanterre, les étudiants avaient proclamé la fac libre et autonome. De tous côtés, le mouvement s'amplifiait.

À l'atelier, ça chauffait parfois entre les vieux syndiqués, des militants inconditionnels qui avaient vécu les grandes heures de la Libération et l'époque dorée du pécé, et les jeunes qui refusaient par avance une société préformatée.

Les discours de Léon devenaient de plus en plus agressifs. Il désirait accroître son influence sur les plus jeunes et grimpa sur une des tables de travail au plateau d'acier. Son accent « pointu » détonnait dans ce lieu habituellement livré à la gouaillerie marseillaise un tantinet graveleuse et lui conférait un sérieux de bon aloi.

— Ne vous trompez pas, camarades. Les événements actuels marquent la fin du syndicalisme réformiste, du syndicalisme de dialogue et de collaboration de classe. Si ça peut satisfaire encore les vieux militants traditionalistes, tant mieux pour eux ! Mais cette attitude ne correspond ni à nos aspirations, ni à nos exigences. Aujourd'hui, les jeunes sont promis au chômage et les vieux au placard. Ne vous y trompez pas, camarades, le rajeunissement de la masse des travailleurs à un moment particulièrement difficile, à un moment marqué par les pertes d'emplois, par les attaques du gouvernement capitaliste sclérosé, va faire éclater le syndicalisme réformiste et placer les syndicats traditionnels à leur véritable place, celle qui se trouve loin en arrière de la poussée révolutionnaire des travailleurs.

Le discours de Léon souleva des acclamations chez les jeunes et un tollé du côté de Manu et des vieux militants de la cégété pour lesquels la réforme était nécessaire. La réforme, mais pas la révolution...

Jackie passa une partie de la nuit à discutailler avec les uns et les autres, à jouer à la belote en attendant fébrilement que le jour se lève.

Il s'était bien rendu la veille au service des abandons où on l'avait baladé de bureau en bureau. Il s'était finalement retrouvé au premier étage du vieux bâtiment, devant la porte 116, la porte derrière laquelle on stockait les lourds secrets. Mais elle était close.

Il toqua à la porte 117 et s'inquiéta de savoir s'il pouvait être reçu.

— Revenez demain, y aura quelqu'un, lui rétorqua un petit homme myope à la calvitie précoce.

Une partie des agents semblait être déjà en grève, aussi Jackie était-il bien décidé de tenter sa chance en tout début de matinée, avant que toute la DDASS soit paralysée.

— Vous pensez qu'on me laissera consulter mon dossier, ajouta Jackie.

Le petit homme avait un regard fuyant et inexpressif derrière ses verres épais.

— Ça dépend… Vous voulez savoir quoi et pourquoi ? C'est un besoin ou une simple curiosité ? Vous comprenez, c'est pas pareil…

Jackie devait-il lui répondre ? Ça le regardait en quoi ce mec, ce scribouillard miraud qui s'érigeait en juge ? Fallait-il qu'il se foute à poil devant lui, qu'il dévoile ses pensées et ses espoirs, qu'il étale sa vie ?

Il préféra garder le silence.

Ça ne servirait à rien de tout raconter à ce gars insignifiant. Il tourna les talons et disparut sans répondre.

Il attendrait le lendemain.

La relève arriva sur le coup de huit heures. Un parfum de café envahissait doucement l'atelier. Les yeux boursouflés par une nuit de veille et les interminables discussions qui avaient mis aux prises jeunes et vieux, les piquets de nuit quittèrent les lieux qu'ils réinvestiraient sur le coup de huit heures, du soir cette fois-ci.

Pour Jackie, il n'était pas question de retourner chez lui et de goûter quelques heures de repos bien mérité. Il avait mieux à faire, même si Michelle devait l'attendre. Elle lui avait dit qu'elle ne reprendrait son boulot, à l'épicerie, qu'en fin de matinée et qu'elle viendrait le rejoindre tôt le matin. Il l'imaginait dans les draps froissés, alanguie et lascive, offerte dans l'attente de son retour. Il ne l'avait pas avertie de ses intentions, ni même de sa recherche. C'était trop tôt, il n'aurait pas su en parler correctement…

Il fit démarrer sa mob et prit la direction du centre-ville.

Le chemin de la Madrague-Ville, Arenc, le boulevard de

Paris, la porte d'Aix, le boulevard des Dames, le Vieux Port, la rue Paradis... Marseille sombrait dans la somnolence. Quelques poubelles traînaient çà et là dans la ville endormie, comme pour témoigner du début des arrêts de travail chez les employés municipaux.

Les fonctionnaires du bureau 116 seraient-ils eux aussi en grève ?

La question – ou plutôt son éventuelle réponse négative – torturait Jackie.

La mob dévala la rue du docteur Escat et s'engouffra dans la rue Saint-Sébastien.

L'antivol, une escalade de l'escalier du vieux couvent transformé en bâtiment administratif, et il se retrouva devant la fameuse porte 116. À travers la vitre dépolie, il devinait des ombres mouvantes. Le bureau était occupé ! Son cœur battit plus vite.

Il toqua à la porte.

— Entrez !

La voix de femme était bourrue et, hélas, l'employée ressemblait à sa voix. Les cheveux gras, constellés de pellicules, des lunettes à verres épais, le teint grisâtre, la blouse bleue trop large. Non, elle n'avait rien de Raquel Welsh, la reine du 116 !

Et l'accueil fut à la hauteur du look. Elle cracha :

— C'est pourquoi ?

Jackie exposa brièvement son problème, un problème très simple : il désirait simplement consulter le dossier de Vincent. Son dossier.

Elle le fixa par-dessus ses lunettes.

— Votre dossier ? Et comment vous savez que c'est le vôtre ? Comment vous savez que vous êtes ce Vincent ? C'est pas votre nom que je sache. Y a des lois en France, n'importe qui peut pas voir n'importe quoi...

Une fois de plus, on le culpabilisait. L'employée se lança

alors dans une palabre sur les règlements avant de lui conseiller de tourner la page, de ne plus vivre avec le passé.

— Ça n'arrange rien, vous savez. Et puis, il faut voir le bon côté des choses : vous avez eu à manger, on vous a placé dans une famille... Vous vous en êtes quand même pas mal sorti, non ?

Ainsi, il n'avait pas le droit de se plaindre puisqu'on l'avait tiré du ruisseau.

Merci la République, merci les contribuables... C'est tout juste si, à cause de sa démarche, elle ne lui reprochait pas de cracher dans la soupe.

Au lieu de se rebeller contre cette arrogance, Jackie parut s'effondrer et resta sans réaction. Devant la mine dépitée du jeune homme, l'employée remonta ses lunettes qui glissaient sur l'arête de son nez et se radoucit un peu :

— Écoutez, c'est pas que je veuille pas, mais il y a un problème. Si ça date de 45, il n'y a plus de dossier. C'est trop vieux, votre cas. Et même s'il y en avait un, je ne pourrais pas vous le montrer aujourd'hui : il faudrait déposer une demande et ça prendrait trois mois avant que vous puissiez le consulter.

Comme il semblait se ressaisir, elle conclut avec amertume :

— Et puis, vous savez, on n'a pas que ça à faire, nous. En plus, avec ces grèves... Vous croyez que c'est rigolo de se braquer le boulot des collègues, de ces branleurs qui se foutent en grève et se la coulent douce chez eux. C'est toujours les mêmes qui trinquent...

Il quitta le quartier de Castellane avec une seule idée en tête : retourner au boulevard National. Mado avait travaillé durant vingt ans dans cette administration pourrie. Elle devait bien avoir une combine, connaître quelqu'un, savoir dans quelle armoire on planquait les dossiers...

Les accros du comptoir devaient encore être au lit, histoire de cuver leur biture de la veille. Seuls, deux vieillards trônaient dans le fond de la salle et se mesuraient à la belote découverte en sirotant des cafés arrosés.

Mado avait passé une robe vert d'eau assez décolletée pour la rendre désirable. La radio dispensait un fond sonore indéfini entre deux flashs d'info. Une voix nasillarde annonça que la grève sauvage avait gagné l'usine Renault à Cléon et que l'Odéon était occupé par les étudiants.

Mado accueillit Jackie avec amabilité.

Le jeune homme lui raconta ses démarches de la matinée, la fin de non recevoir qu'il s'était vu retourner à ses interrogations. Elle le sentit déçu et assez mal en point. Il répétait machinalement des phrases incompréhensibles : « Je cherche pas une mère mais mes origines », « J'ai pas de passé, et si j'ai pas de passé, j'aurai pas d'avenir », « Ma vie, c'est que des papiers administratifs, des papiers de merde que j'ai même pas le droit de voir »...

Elle essaya de le réconforter, mais rien n'y faisait. La fatigue accumulée lors des manifs et de l'occupation des locaux n'arrangeait rien. Jackie semblait épuisé. Il rabâchait les mêmes propos, les yeux baissés.

— Putain, mais dégun peut comprendre... Je viens de rien... Je veux plus venir de rien, moi. Même le plus con, même le plus ivrogne des mecs qui picolent dans ce bistrot vient de quelque part... Ils savent qui ils sont, mais moi, non. Parce que je viens de rien... De rien...

Mado en fut émue. Le souvenir de ses vingt années de travail au bureau d'abandon lui remonta en mémoire. Un reflux aigre. Elle prononça un prénom : Yvonne, une de ses collègues de travail. Yvonne travaillait-elle toujours à la DDASS ? Si c'était le cas, elle l'aiderait, c'est sûr. Surtout s'il venait de sa part.

Les yeux de Mado brillèrent légèrement lorsqu'elle avoua : « Nous avons fait tant de choses ensemble... ».

Après tout, pourquoi pas ?

Mado décrocha son combiné téléphonique et composa un numéro. Jackie reprit espoir. C'était une nouvelle piste. Il ne quittait plus Mado des yeux.

— Yvonne ?

....

— C'est Mado

....

— Très bien, je te remercie. Et toi, tes gosses ?

Question à ne jamais poser à une mère de famille d'origine italienne... Il fallut bien sept à huit minutes pour que Mado puisse reprendre le fil de la conversation.

— En fait, je t'appelle pour un ami. Il voudrait consulter son dossier.

....

— Oui, je sais, mais il est vraiment dans l'embarras. J'ai pensé que tu pourrais sans doute...

....

— C'est un dossier de la fin juin 45. Le gosse s'appelait Vincent. Il ne doit pas y en avoir des tonnes de Vincent. Mais lui se nomme Jackie, Jacques je pense...

...

— Je comprends bien, c'est pas évident... Il pourrait passer demain, ça te donnerait du temps pour la recherche... Bureau 126, c'est noté...

...

— D'accord, tu es un ange ! Si un jour tu passes dans le quartier, viens me voir, ça me ferait vraiment plaisir, tu sais.

...

— Moi aussi. Je t'embrasse.

Elle raccrocha et Vincent comprit que le coup de fil n'avait pas été vain. Mado se retourna vers lui avec un air de triomphe :

— Et voilà le travail ! Demain, tu passes la voir à deux heures. Elle aura eu le temps de mettre la main sur ton dossier, enfin sur le dossier de Vincent. Bon, je te promets pas qu'elle le trouvera. C'est si vieux... Mais si le dossier a été conservé, elle le dénichera, c'est sûr.

Jackie quitta le bar des Amis sur le coup de onze heures.

Il croisa les accros de l'apéro qui arrivaient, les uns après les autres, et s'agrippaient au comptoir comme des naufragés à une bouée.

Mado posa les bouteilles de Ricard, de 51 et de Casa sur le zinc afin de pouvoir répondre plus rapidement aux exigences des assoiffés qui n'allaient pas tarder à déferler.

Jeudi 16 mai

Lorsqu'il retourna à l'atelier, le jeudi, Jackie constata avec une once de satisfaction que la totalité du personnel était mobilisée, qu'il y avait de plus en plus de volontaires pour les piquets de grève. C'était une bonne nouvelle, cela lui laisserait davantage de temps pour ses recherches personnelles.

Il se contenterait de passer une partie de ses nuits sur place et pourrait ainsi disposer de ses journées pour mener à bien ses investigations.

La grève se généralisait dans tout le pays. Elle était bien réelle, quoique non-officielle et ça, c'était nouveau : aucun syndicat n'y avait appelé et aucun n'en revendiquait la paternité, même s'ils se trouvaient en première ligne. Car les syndicats, et la cégété soutenue par le pécé en premier lieu, cherchaient à limiter les dégâts avant d'en tirer profit. Ils ne pouvaient décemment pas rester en deçà d'un mouvement populaire de cette ampleur sous peine de perdre leur crédibilité.

Léon dénonçait la gauche « officielle » qui s'efforçait d'immuniser les travailleurs contre l'influence des « groupuscules».

L'Humanité n'avait-elle pas stigmatisé les participants de la « nuit des barricades» comme des « provocateurs», voire comme « la pègre» ?

Europe N° 1 rendait compte régulièrement des rébellions parisiennes. Depuis le 15 mai, des manifestations estudiantines se rendaient régulièrement de la Sorbonne à Billancourt. La révolte gauchiste allait-elle contaminer les ouvriers de Renault ? Par précaution, la cégété placarda des affiches autour de l'usine, des affiches mettant en garde les travailleurs contre « des milieux étrangers à la classe ouvrière qui servent la bourgeoisie».

On avait sacrément peur de la méchante contagion anarchiste venue des facs dans l'entourage de Georges Seguy !

Jackie écoutait Léon distraitement. Il se fichait bien des humeurs des syndicats officiels. Sa seule obsession était sa rencontre prochaine avec Yvonne. Avait-elle trouvé quelque chose ? Lui serait-elle de quelque utilité ?

Lorsque la relève de jour arriva, il se précipita sur sa mob bleue. Direction le centre-ville. Il lui fallut moins de vingt minutes pour atteindre la rue Saint-Sébastien.

Il martelait toujours les mêmes phrases dans sa tête, comme pour se persuader de la légitimité de sa démarche, des phrases toutes faites qu'il ne pouvait confier à personne, ni à Michelle, ni à Noël et Joël : « Pour savoir qui on est, il faut savoir qui on a été » ou « Si on replante une fleur sans racine, elle ne peut pas repousser. Pour nous, c'est pareil ».

Il était assez satisfait de la pertinence de sa dernière comparaison.

C'était plus concret. Et puis les fleurs, c'est si joli…

Il grimpa quatre à quatre les marches et se retrouva au premier étage, devant le bureau numéro 126.

Sa vie, une vie bâtie sur des papelards enfermés dans un dossier, était-elle cachée derrière cette porte ?

Suffisait-il de frapper, de rentrer (on avait noté « frappez et rentrez sans attendre » sur le battant) pour retrouver une identité, pour se retrouver ?

Les choses étaient-elles aussi simples que ça ?

Sans doute pas, mais seule la consultation du dossier pourrait l'informer réellement de sa situation, de ses origines. Cela constituerait un moment de vérité, la première rencontre effective avec une infime partie de son passé.

C'est Yvonne qui l'accueillit. Elle avait la cinquantaine, une bouille à réussir divinement les pennes à la putanesca, trois enfants et six petits-enfants.

Elle semblait avoir compris son problème :

— J'ai reçu une femme hier, juste après le coup de fil de Mado. Elle devait avoir la quarantaine. Comme vous, elle était à la recherche de ses origines. Elle me disait que les animaux étaient souvent tatoués, que les voitures avaient un numéro de série, mais que les enfants abandonnés ne possédaient rien de tout ça, qu'ils avaient moins de valeur qu'un caniche ou qu'une 4L. Je n'avais jamais pensé à ça, mais c'est un peu vrai, non ?

Il se tut. Que répondre à cela ?

Elle poursuivit :

— Vous savez – elle le vouvoyait – dans l'administration, tout le monde sait tout de vous, mais il faut se battre pour qu'on daigne vous expliquer. Ne pas savoir d'où l'on vient, c'est être face à un trou noir, non ?

C'était la première fois qu'un être normal, doté de famille et d'enfants, exprimait des sentiments qu'il comprenait parfaitement. Cette Yvonne lui serait sans doute d'un grand secours.

— Vous avez trouvé mon dossier ?

— Votre dossier ? Je n'en sais rien. J'ai trouvé le dossier de Vincent, mais vous ne vous appelez pas Vincent d'après ce que m'a dit Mado.

— Le prénom est important ?

— Oui et non. Vous savez, il y a eu une loi qui permettait de changer le prénom et le lieu de naissance des enfants abandonnés pour brouiller les pistes. Parfois on a même changé les dates de naissance, ce qui fait que vous pouvez toujours avoir un doute sur le jour de votre anniversaire. Vous pouvez toujours vous demander « Et si c'était la veille ou le lendemain ? ». Tout ça n'a l'air de rien...

Mais c'est important. Fondamental même, le jour de son anniversaire est une référence pour chaque individu. Jackie n'avait jamais pensé que même sa date de naissance avait pu être modifiée.

Yvonne se leva, ouvrit la porte de bois d'une armoire d'où s'exhalaient des odeurs de vieux papiers humides.

— Je vais chercher le dossier de Vincent. On va voir ça...

Elle parlait toujours du « dossier de Vincent », du dossier d'un autre.

Sur une pile, elle récupéra une chemise cartonnée décolorée. Jackie fut déçu : le dossier était mince, il ne comportait qu'une dizaine de pages.

— C'est tout ?

— C'est tout. Vous savez, je suis bien placée pour connaître l'administration, bien placée pour vous dire que lorsqu'on fait des démarches officielles, on nous demande toujours de fournir de la paperasserie et des justificatifs. Vendez votre maison, demandez un prêt à une banque, faites immatriculer une voiture, vous verrez tous les imprimés et certificats qu'on va exiger. Eh bien, pour ceux qui veulent abandonner leur gosse, c'est beaucoup plus simple. Une signature, et hop, le tour est joué ! C'est tout. Vous savez, le paquet qu'on peut le plus facilement abandonner aujourd'hui, eh bien c'est un gosse ! Bon, rien ne sert d'être négatif, mais à la longue... Il y a quand même quelques éléments là-dedans. Enfin, c'est déjà un début...

Le dossier était constitué de feuillets manuscrits et dactylographiés. Ces documents étaient un peu de lui. C'était une porte qui s'ouvrait sur la réalité qu'il recherchait. Chaque mot était important, chaque phrase était la pièce d'un puzzle qui le conduirait jusqu'à ses origines.

— Voici l'historique des différents placements, ainsi qu'un rapport psychologique, précisa la grosse femme en compulsant les pages jaunies.

— Vous pouvez m'indiquer les placements ?

Le cœur de Jackie se mit à battre plus fort. Si ces placements correspondaient aux familles qui l'avaient accueilli, il n'aurait plus de doute : Vincent et Jackie ne feraient qu'un !

— Vous savez, je n'ai pas le droit. Normalement, il faut faire une demande et...

— Et attendre trois mois, je sais !

— Ne vous énervez pas, Mado m'a téléphoné. Donc il n'y a pas de problème pour vous communiquer les différents éléments. Je peux vous les lire.

Yvonne égrena les placements. Chacun des noms de la liste taraudait l'esprit du jeune homme. C'était bien les familles d'accueil qu'il avait connues. Il revoyait les visages, des visages parfois oubliés, et une foison de souvenirs, des souvenirs pas toujours bons. Il y avait eu de braves gens soucieux de rendre service, des pauvres qui trouvaient dans cet accueil l'occasion d'arrondir les fins de mois, des exploiteurs qui dénichaient, par le biais de la DDASS et de la complicité de quelques-uns de ses employés, le moyen de récupérer une main-d'œuvre à bon marché.

Jackie serrait les poings dans les poches de son pantalon tandis qu'Yvonne psalmodiait sa litanie : les noms, les lieux, les dates, un long poème en prose qui résumait une vie d'enfant, un long poème douloureux qui rimait avec la solitude…

— Et sur la mère – il n'osait pas dire « ma mère » – vous n'avez rien ?

Yvonne feuilletait le dossier.

— Attendez… Voilà… Oui, Thérèse, elle s'appelle Thérèse. Mais ce n'est pas elle qui a procédé à l'abandon de l'enfant, non, c'est une sage-femme qui est venue au bureau…

Les faits concordaient bien avec le récit de Mado.

Yvonne poursuivit sa lecture :

— Il n'y a pas de nom de famille. Assez normal à cette époque… Par contre le lieu de résidence de la mère est indiqué. Sainte-Apostasie, Bouches-du-Rhône. Sa situation également : célibataire. Ét son âge, son âge aussi… Vingt ans…

Le cœur de Jackie battait plus fort, c'était un peu comme si l'horizon s'éclaircissait. Il avait eu plus d'indications en trois minutes que durant toute sa vie !

En sortant du bureau 126, il griffonna hâtivement les quelques informations qu'il venait d'entendre sur un morceau de papier. Il craignait de ne plus s'en souvenir, même s'il devinait que les paroles d'Yvonne resteraient à jamais gravées dans sa mémoire.

Jackie était encore dans un état d'excitation extrême lorsqu'il rentra chez lui.

Michelle ne l'avait évidemment pas attendu, mais il s'en fichait. Elle lui avait laissé un mot, des phrases tendres qui auraient été, en d'autres occasions lénifiantes, mais qui l'irritèrent. Ce n'est pas de cela dont il avait besoin !

Il alluma son transistor habituellement voué aux hit-parades et s'allongea sur son lit. Il avait une envie folle de musique, il ne reçut que la litanie des infos du jour.

La grève qui paralysait Renault Cléon avait gagné Renault Billancourt. L'usine symbole de la classe ouvrière cédait sous la pression des jeunes travailleurs. C'était eux qui avaient lancé le mouvement contre l'avis des dirigeants syndicaux.

Mitterrand avait contacté Waldeck Rochet. Sûr que ces deux-là espéraient bien exploiter une situation qui les dépassait. En guise de réponse, les étudiants du Quartier Latin s'étaient rendus de nouveau en cortège à Boulogne-Billancourt en gueulant « Étudiants, travailleurs, même combat ! ».

Pour Jackie, la radio ne devint plus qu'un bourdonnement indistinct et lointain, un ronronnement vaguement rassurant.

Son obsession était de localiser sur la carte du calendrier des PTT le village de Sainte-Apostasie…

Vendredi 17 mai

Sainte-Apostasie... Jackie aurait bien aimé en parler à Michelle, mais il lui fallait une occasion, et cette occasion ne se présentait pas. Il n'avait jamais été très loquace mais sur sa quête, il restait tout bonnement muet. Il préférait évoquer quelques anecdotes sans importance sur l'occupation des ateliers plutôt que d'exprimer ses angoisses. Était-ce par timidité ? Par manque d'assurance ? Il n'en savait rien... C'était sans doute la conséquence de ces années de solitude, de ces années sans confession ni aide.

Michelle était venue le voir le vendredi soir, après la fermeture de l'épicerie. Il était encore sous le coup de sa discussion avec Yvonne, de sa découverte de Sainte-Apostasie. Elle était restée une paire d'heures avec lui. Leur conversation avait été banale. En fait, c'est surtout elle qui parlait. Elle l'avait senti préoccupé et l'avait longtemps caressé, comme pour le détendre sinon l'amadouer. Mais il était resté fermé, loin d'elle. Il lui avait fait l'amour avec attention mais sans trop d'imagination.

Michelle habitait à quelques kilomètres du boulevard Bernabo, dans la rue de Lyon.

Son père, Raphaël Ibanez vivait mal sa nostalgie. Dans sa petite épicerie, chaque objet, chaque événement était prétexte à se replonger et à s'enfouir dans le passé, un passé encore récent, cela faisait seulement six ans que leurs vies avaient basculé.

Et quel changement depuis !

Les Ibanez – Raphaël, sa femme Maria et sa fille Michelle – étaient arrivés sur le « Ville d'Alger » en juillet 62, avec quatre valises. Ils n'avaient pas eu vraiment le choix : entre les valises et le cercueil, ils avaient opté pour les valises...

Ils avaient été hébergés quelques semaines dans les dortoirs du lycée Nord qui dominait la rade de Marseille. Ils étaient parqués là, comme des bestiaux de passage, en attendant... En attendant quoi ? Raphaël ne savait pas. Il n'espérait plus rien. De Gaulle les avait trahis, la France les avait laissé tomber, Marseille les accueillait du bout des lèvres. Ici, on véhiculait dans les rues l'image des colons aux immenses maisons blanches cernées d'orangeraies sans fin, celle des petits soldats du contingent traversant la Méditerranée pour défendre les privilèges de quelques proprios pleins aux as !

Comment leur faire comprendre ? Comment leur raconter son quartier populaire de Choupot ? Il n'y avait pas de grands colons milliardaires à Choupot.

Michelle Ibanez avait dix-neuf ans, la peau mate, le cheveu noir et le regard sombre des filles du soleil. Elle avait abandonné les parfums et les musiques de son enfance oranaise et, comme si sa propre nostalgie n'était pas assez lourde, il lui fallait supporter celle, aigrie, de son père et celle, exubérante, de sa mère.

Michelle avait rencontré Jackie un an plus tôt. Le garçon, de prime abord insignifiant, l'avait conquise par son caractère réservé mais pugnace, sa gaucherie un peu décalée, ses caresses protectrices et douces, ses emportements soudains contre les injustices, son exaltation qui succédait à des abattements incompréhensibles.

Non, Jackie n'était pas comme les autres. Il était parfois fragile comme un gosse, apeuré à l'approche des grandes fêtes familiales comme Noël ou Pâques, et ces moments de faiblesse le rendaient encore plus attachant.

Par moment, Michelle craignait que ce soit la mère que toute fille porte en elle qui soit à l'origine de son attachement, qui cherche l'enfant dans l'amant, la protection dans les caresses prodiguées. Mais il suffisait qu'il pose ses mains sur elle, sa bouche sur sa peau, qu'elle sente son désir, pour que cette appréhension disparaisse. Le plaisir était là, fort, intense et brûlant.

Elle était bien avec lui. L'amour, c'était sûrement cela.

Pourtant, elle ne sentait pas chez lui la même attirance. Ce vendredi moins encore que les autres jours. Sans doute était-ce à cause de son indolence... Il l'aimait avec application, mais elle attendait davantage. En bonne méditerranéenne, elle aurait voulu de la folie, de la fougue, de l'exubérance...

Il lui parlait du présent, rarement de son passé dérobé, jamais de l'avenir.

Choupot...

Quand Raphaël Ibanez y pensait, sa gorge se nouait, les images le submergeaient et un mal de vivre insidieux l'enserrait. C'était la grande vitrine des Galeries d'Eckmuhl, le magasin chic où ils allaient rarement, préférant la Maison Kalfon, plus abordable. C'était la salle immense du Century, le ciné de la rue Schneider où l'on se rendait en famille, c'était le

Prisunic voisin devant lequel on achetait de longs cornets d'amandes grillées, c'était les balades dans la rue d'Arzew, le loueur de vélos ivrogne de la rue Charleroi, le bureau de tabac et l'école des sœurs de l'avenue d'Oujda, le bar de l'Avenir avec son baby-foot et son scopitone, c'était…

C'était loin…

Mais c'était un paradis à côté de ce quartier noyé par les odeurs mêlées des savonneries, des usines d'engrais et d'eau de javel. La vapeur qui s'échappait de toutes les bouches d'égout conférait au lieu un look londonien. Cette atmosphère détonnait avec le soleil et les accents des travailleurs qui peuplaient habituellement les bistrots sur le coup de sept heures du soir. Habituellement, car depuis quelques jours, c'était de sept heures du matin à minuit pour cause de grève générale.

Et cette grève générale…

Raphaël dodelinait du chef. Ça montrait bien que le pays partait en vrille. Abandonner l'Algérie et laisser, maintenant le bordel s'installer partout.

— Salope de Grande Zohra… marmonnait-il entre ses dents en rangeant sur les étagères les boîtes de conserve de petits pois.

De la conserve, c'est tout ce qu'il avait à proposer. Mais pour combien de temps encore ? Avec ces grèves, plus d'approvisionnement… Le bordel vraiment… Et comme si ça ne suffisait pas, il y avait Michelle avec ce garçon, ce mec qui venait d'on ne sait où…

— Ce coulo… grommelait-t-il en posant ses petits pois fins.

Un vinyle de Reinette Sultana Daoud, la Reinette d'Oran, grinçait sur l'électrophone. Il avait rencontré plusieurs fois, lors de mariages au pays, la chanteuse aveugle que Saoud l'Oranais avait initiée à la musique arabo-andalouse.

Même cette musique, sa musique, n'avait pas le même goût de ce côté-ci de la Méditerranée.

Michelle allait rejoindre Jackie chaque fois qu'elle le pouvait. C'était des rendez-vous clandestins depuis le jour où les hurlements de son père avaient ébranlé tous les quartiers nord. Raphaël les avait surpris main dans la main dans un bistrot de la Calade. Il n'avait rien dit sur le moment mais Michelle n'avait rien perdu pour attendre. Le soir, l'engueulade avait fait vibrer la vitrine.

Elle était trop jeune, la morale s'était perdue dans ce pays, une jeune fille doit écouter ce que dit son père, et patati, et patata…

Raphaël était un homme robuste, un grognon au grand cœur, mais il était bourré de principes et l'exil avait altéré son caractère. Aussi, quand il apprit que Jackie, outre le fait de courtiser sa fille, n'avait pas de famille, qu'il n'avait jamais connu ses parents, il interdit à Michelle de le revoir.

En dépit de cela, Michelle se rendait de plus en plus souvent chez le jeune homme.

Ce qu'elle aimait en lui, c'était moins ce qu'il avait que ce qu'elle pourrait lui apporter. Ce garçon était souvent mal dans sa peau, il vivait des périodes de déprime et elle était certaine de pouvoir lui donner – ou lui rendre – le goût de la vie.

Elle l'aimait assez pour cela et cette réussite, sa réussite, serait le meilleur gage de son amour.

Ces instants de cafard n'altéraient pas la détermination de la jeune fille.

Pour elle, tout était d'une aveuglante clarté.

Elle devait refaire sa vie. Avec Jackie. Se construire ici, à Marseille, afin de ne plus souffrir des souvenirs de là-bas. Refaire sa vie sur d'autres bases sans renier les délices de son enfance algérienne. Refaire sa vie pour échapper à la longue litanie traumatisante des repas du soir, lorsque son père rappelait, entre la poire et le fromage, entre les pleurs et la colère, les bonheurs enfuis. L'Empire, où ils avaient suivi un concert de Paul Anka, les arènes d'Eckhmulh bercées par le chant des Platters, la Foire d'Oran, dans le merveilleux jardin public avec son lac et ses cygnes... Et les parfums d'épices, d'anisette et de jasmin...

Non, elle ne supportait plus ces inventaires des plaisirs passés, de ces tranches de vie qui paraissaient alors d'une grande banalité mais qui prenaient, avec le lustre du temps, la brillance des étoiles.

Elle caressait doucement les cheveux de Jackie.

Qu'y avait-il dans cette tête de mule ? Étaient-ce de lourds secrets ou simplement des manques de repère.

Elle ne pouvait pas savoir qu'il n'y avait plus qu'un nom de village, d'un village perdu.

Sainte-Apostasie.

Samedi 18 mai

— Sainte-Apostasie, c'est une vraie pacoule ! Là-bas, les gens s'emmerdent à cent sous l'heure. J'avais une cousine qui habitait ce village de cons, et...

— Ta cousine, c'était une grosse feignasse, et c'est pas étonnant qu'elle s'y soit emmerdée, à Sainte-Apostasie.

Mélie coupa la chique à Fred. Les visions constamment négatives de son homme l'irritaient. Elle se retourna vers Jackie :

— Tu sais, jeune, ne s'emmerdent que ceux qui le veulent ! Regarde, je suis sûre que mon Fred, il s'y emmerderait lui aussi à Sainte-Apostasie. D'ailleurs, avec ses mains palmées, il s'emmerde de partout...

Jackie ne perdait pas un mot des conseils des bistrotiers. À huit heures du matin, le samedi, le Beau Bar était désert. Les fanas de la pêche avaient avalé leur café à la première heure et devaient déjà avoir jeté l'ancre entre Corbières et le Frioul. Les autres traînassaient au lit ou entre les cuisses de bobonne. Bref, c'était un moment privilégié pour discuter avec Mélie.

La patronne poursuivit :

— C'est sûr que Sainte-Apostasie, c'est pas Marseille, ni même les Martigues. Mais y a sûrement des gens qui vivent là-bas depuis soixante ans et qui ont pas pour autant pensé à se suicider. Tu veux y aller pourquoi, toi, à Sainte-Apostasie ?

Jackie avait recherché Sainte-Apostasie sur la carte du département, et il avait fini par repérer le petit cercle noir qui marquait son emplacement, quelque part entre la Roque d'Anthéron et Mallemort. Le village se situait au bord de la Durance, face à l'adret du Luberon. Mais repérer un point sur une carte, ça ne renseigne pas forcément sur le lieu et encore moins sur les moyens pour s'y rendre.

Il avait simplement relevé les indications de l'INSEE que le calendrier des postes reprenait scrupuleusement : 5 084 habitants, marché les mercredis.

— J'ai un copain à voir là-bas, et je voulais profiter des grèves pour…

C'est Fred qui l'interrompit :

— Profiter des grèves ? Mais tu sais qu'il y a aujourd'hui entre trois et six millions de grévistes ? Que le pays est paralysé ? Qu'on peut plus se déplacer ? Quand ma cousine descendait à Marseille, elle prenait deux cars : celui d'Aix, puis celui de Marseille. Je sais pas ce qui se passe pour les cars d'Aix, mais ceux de Marseille sont en grève. Tu devrais leur téléphoner pour savoir.

La nuit précédente, Jackie avait écouté les infos sur le transistor de l'atelier.

On en était au cinquième jour d'occupation et le rythme était pris. On tenait le coup parce que le mouvement revendicatif se généralisait dans toutes les régions.

Les doléances étaient diverses. On réclamait ici des hausses de salaires, on se révoltait là contre l'autoritarisme des patrons ou pour la défense de la Sécu. Les arrêts de travail s'étendaient peu à peu à toutes les couches de la société.

Le laxisme et les hésitations du gouvernement, illustrés par le séjour de De Gaulle en Roumanie alors que le pays partait en vrille, donnaient une image apathique et irrésolue du chef de l'État.

Michelin, Peugeot, Citroën, les ports et les mines venaient de déclarer la grève totale. Les journaux, l'ORTF, l'Opéra, l'Odéon, les chauffeurs de taxi et même les laboratoires du Commissariat à l'Energie Atomique de Saclay – où des conseils ouvriers étaient organisés – les rejoignirent.

Même chez les paysans, supports traditionnels de l'État conservateur, la révolte grondait.

Enfin, on annonça le retour de De Gaulle de Roumanie.

Avait-il fait de bonnes affaires avec le père Ceaucescu ?

Allait-il enfin remettre un peu d'ordre dans la baraque ?

On n'en savait trop rien. Et Jackie s'en fichait, son souci était d'un autre ordre : comment atteindre Sainte-Apostasie en ces temps d'extrême confusion ?

Lundi 20 mai

Après avoir buté toute la journée du dimanche sur la question du transport, Jackie prit sa décision dans la nuit suivante : puisque les autocars étaient en grève, il se rendrait à Sainte-Apostasie en cyclo.

Sa mob n'était ni une bé emme, ni même un Malaguti. Plafonnant à quarante-cinq kilomètres l'heure, elle incitait à la modestie mais était quand même capable de rouler une centaine de bornes avec un minimum de carburant.

Mais voilà, le carburant commençait à manquer…

Le lundi, à la première heure, Jackie se rendit à la station BP de l'Estaque. Il connaissait bien le pompiste qui venait d'agrafer la pancarte « Y a plus d'essanse » et qui le brancha aussitôt sur la défaite de l'ohème à domicile face à Sochaux. Même en ces périodes troublées, même dans la défaite, le club au maillot blanc, celui de Bonnel, Zwunka, Djorkaeff et Joseph, alimentait les conversations.

— Bon, c'est pas terrible, mais c'est moins pire qu'Aix, constata le fort en orthographe qui se gaussa du malheur des Aixois qui en avaient pris cinq à Rouen.

Les Aixois s'enfonçaient ainsi dans les bas-fonds du classement de Première Division sans que les Marseillais ne s'en émeuvent.

— Les Aixois sont tous des cons, bougonna le pompiste avant d'ajouter : quant aux nôtres...

Jackie confirma que « les nôtres » étaient tous des chèvres. Ce jugement péremptoire étaya l'avis du pompiste qui se trouva illico dans de meilleures dispositions.

C'est en grognant « Tous des chèvres... Avec le blé qu'ils ramassent, ces enculés... Perdre contre Sochaux... Mais où on va ? » qu'il consentit à actionner la manette du mélange essence-huile pour faire le plein du réservoir de la mob et du petit jerrycan de cinq litres soigneusement arrimé, par un sandow, au porte-bagages.

Entre supporters, fallait bien s'entraider pour oublier les malheurs de l'ohème...

L'enchaînement des pénuries résultait d'une évidente logique : il n'y avait plus de transport d'essence, donc plus d'essence, donc plus de transport du tout, donc on allait manquer de tout... Comme pendant la guerre...

Les boîtes fermaient les unes après les autres, soit parce qu'elles étaient occupées par leurs employés, soit parce qu'elles manquaient des matières premières que d'autres entreprises en grève ne leur fournissaient plus.

Le trafic de la SNCF était paralysé. Cent mille voyageurs, dépourvus de tout moyen de communication, se retrouvaient bloqués dans les gares en ce lundi matin.

À Cannes, les réalisateurs et les acteurs contestataires avaient provoqué l'annulation du festival. Du jamais vu sur la Croisette des pleins aux as !

Jackie avait quitté Michelle la veille au soir pour prendre son tour de piquet de grève à l'atelier, comme les autres jours. Il ne lui avait pas parlé de ses histoires de famille – il aimait bien appeler sa recherche ainsi, ça lui donnait l'impression d'avoir déjà une famille – pas plus qu'il n'en avait parlé à Joël ou Noël.

Que pouvaient-ils y comprendre ?

Il avait détaché la carte du département du calendrier des PTT et l'avait enfouie, pliée en quatre, dans sa poche.

Il passerait bien la journée à l'atelier, comme d'habitude, mais le soir, au lieu de rentrer chez lui, il filerait jusqu'à Sainte-Apostasie. Il avait assez d'essence pour ça. En cyclo, ce serait sans doute un peu long, mais qu'importait…

Il s'arrêterait quand même en route pour avertir Michelle. La moindre des choses était de l'informer qu'il ne rentrerait pas de quelques jours… en évitant de lui donner trop de précisions.

La journée s'écoula dans la morosité d'une occupation des ateliers désormais sans surprise.

On discutait moins qu'aux premiers jours, comme si chacun avait usé ses arguments jusqu'à la corde. On écoutait les nouvelles à la radio. On passait le plus clair de son temps à jouer à la belote ou à la pétanque. Le parking avait été transformé en terrain de boules et ça ne gênait personne puisque toutes les voitures restaient désormais au garage à cause de la pénurie d'essence, de cette essence qui était devenue une marchandise clandestine. Comme au bon vieux temps du marché noir.

Dans la capitale, il ne se passait plus grand-chose.

La radio avait annoncé que le Général avait bien tenu une conférence à l'Élysée la veille, qu'il avait même donné l'ordre de libérer la Sorbonne et l'Odéon avant d'y renoncer. On ne savait vraiment plus si le pays était gouverné… Le Général avait pourtant habitué les Français à plus de détermination.

Pompidou n'était guère plus ferme puisqu'il avait absous les étudiants, devant la nation. Et les flics n'avaient pas digéré l'ingratitude d'un pouvoir qu'ils protégeaient. S'ils donnaient des coups, s'ils en prenaient parfois, ils désiraient, en contrepartie, un minimum de reconnaissance et, si possible, un peu plus de fric. En son temps, Carthage avait failli périr pour ne pas avoir voulu payer ses mercenaires. Qu'adviendrait-il des représentants de l'ordre français ?

Le Général répondit assez cavalièrement au préfet de Police venu se plaindre : « Donnez-leur de la gnôle ! », avant de consentir à céder quelques menus avantages. Sans doute connaissait-il l'histoire de Carthage…

Si le gouvernement avait mis son action en standby, ça bougeait toujours du côté des insurgés : Europe N° 1 avait annoncé, dans la journée, que les lycées étaient désormais occupés par les Comités d'Action Lycéens. La nouvelle fit grincer les dents des plus vieux syndiqués. « Maintenant, même les minots s'y mettent », regrettaient-ils. Ils devinaient sans doute que l'époque où, seuls, les responsables syndicaux décidaient des grèves et des reprises du boulot était bel et bien terminée.

Rien ne serait plus comme avant.

L'encasernement quasi napoléonien des lycées volait en éclat, l'archaïsme de l'institution se brisait sous les coups de boutoir des ados. Terminés les rangs par deux, les interdictions de fumer pendant les récrés, l'obligation des cheveux courts pour les garçons et des jupes longues pour les filles, les cours de récré séparées…

On rêvait de musique, d'amour (on n'osait dire de sexe), d'autogestion (sans savoir exactement ce que c'était).

Mais on rêvait.

Et c'était déjà ça…

Les ateliers Fournier étaient occupés depuis maintenant une semaine.

La rotation des piquets de grève devenue routinière, Jackie pensa qu'on n'avait plus guère besoin de lui du côté de la Madrague-Ville. Il se rendit donc libre…

Libre de découvrir qui il était.

Il quitta l'atelier un peu avant six heures du soir. Au lieu de descendre le boulevard Bernabo pour regagner son studio, il vira dans la rue de Lyon qu'il suivit jusqu'à Saint-Antoine avant d'emprunter la nationale vers Aix. Cap vers le nord !

Il n'y avait plus guère de circulation. Il roulait assez lentement afin d'économiser la précieuse benzine.

Il s'arrêta du côté de Luynes afin de téléphoner à Michelle. Elle se montra étonnée par son appel et ne comprit rien à son histoire. Il haussa les épaules : Michelle ne comprenait jamais rien à rien ! Mais ça n'avait aucune importance, il avait fait son devoir, celui de l'avertir.

Il contourna Aix par l'ouest, emprunta la Nationale 7, puis vira sur la droite dans le massif de la Trévaresse.

La route étroite serpentait entre le vert sombre des pinèdes et celui, tendre et neuf, des chênes pubescents. Il éprouva tout à coup une sensation de totale délivrance. Peut-être parce qu'il était seul à rouler sur la route parfumée, peut-être parce qu'il savait qu'il se trouverait, lui, au bout du chemin. C'était un sentiment mêlé d'euphorie, de crainte et de fierté. Après tout, c'est à lui et à lui seul qu'il devait d'être là, ce lundi 20 mai dans la fraîcheur relative d'un soir d'espérance.

Le soleil allait disparaître derrière le Luberon quand Sainte-Apostasie lui apparut à l'arrière d'un champ de pêchers.

Au fur et à mesure qu'il roulait sur la petite route, la silhouette du village se dévoilait dans la lumière oblique. On distinguait les façades, les toits, les fenêtres.

C'était un de ces villages que les anciens ont perché sur les monts de la Haute-Provence, un de ces villages aux pierres dorées patinées par le temps, aux ruelles tortueuses peuplées d'ombres et de mystères.

Ainsi, il était né ici...

Enfin, il l'espérait...

Il éprouvait un curieux sentiment de bien-être. Une sérénité nouvelle. Cela confirmait, dans son esprit, qu'il revenait au bercail.

Sainte-Apostasie était un savant agencement de maisons de pierre aux toits roses, regroupées autour d'un clocher massif et dominées par une bâtisse fortifiée. Un château, sans doute... Les rayons cuivrés du soleil couchant soulignaient la puissante architecture du site et ensanglantaient les champs de coquelicots.

Une double haie de platanes immenses bordait le chemin goudronné. Les arbres n'avaient pas été taillés, leur frondaison déjà généreuse dispensait une ombre fraîche et accueillante.

Le village était posé sur un éperon rocheux, sans doute pour s'épargner quelques crues déferlantes de la Durance. Au premier plan, la vaste plaine était plantée d'arbres fruitiers. En arrière, la silhouette massive et sombre du Luberon donnait encore plus de relief à l'enchevêtrement savamment agencé des maisons autour de l'église.

C'était donc ça que Fred, le patron du Beau Bar, appelait une pacoule !

Mai 1968 à Sainte-Apostasie

Au reste, leur esprit, balourd en toute chose,
Marcherait en sabots à travers droit, devoir,
Justice et liberté – l'instinct les ankylose ;
Un almanach crasseux, voilà tout leur savoir ;
Et s'ils ont entendu rugir, au loin, les villes,
Les révolutions les ont tant effrayés,
Que, dans la lutte humaine, ils restent les serviles,
De peur, s'ils se cabraient, d'être un jour les broyés.

Emile Verhaeren « *les paysans* »

Mardi 21 mai

Jackie avait rarement aussi bien dormi. La chambre sentait un peu le renfermé, et le papier peint, avec ses minuscules bouquets de roses rouges, devait dater de la guerre, mais le village somnolait dans un calme apaisant.

On était loin, très loin, de l'activité bruyante de l'Estaque...

Ici, on ne s'interpellait pas en braillant, on parlait à mi-voix. C'est le choc métallique des boules de pétanque qui tira Jackie de sa léthargie sur le coup de neuf heures.

Ce mardi serait un grand jour. Enfin, il l'espérait... Car il était bien décidé à tout découvrir assez rapidement. Il se sentait chez lui et cela lui donnait une énergie nouvelle. Retrouverait-il Thérèse ? Il n'en était pas sûr... Mais la vie semblait s'être arrêtée depuis des décennies dans ce village loin de tout, il rencontrerait certainement quelques vieillards avides de lui raconter les anciennes histoires.

Il était arrivé la veille au soir et avait passé sa première nuit à l'hôtel des Voyageurs qui semblait être le seul du village. Il était parvenu sans difficultés au centre-ville, place de la Libération. D'ailleurs, tous les chemins convergeaient vers cette vaste esplanade rectangulaire.

Une fois sa chambre réservée, il avait voulu s'imprégner de l'ambiance du lieu. La vie semblait se concentrer toute entière autour de cette grande place ombragée par des platanes centenaires. L'épais feuillage devait protéger efficacement les indigènes des canicules estivales de l'arrière-pays provençal.

Une épicerie et un bistrot voisinaient avec l'hôtel des Voyageurs. Le bar des Platanes – Jackie avait toujours admiré l'imagination des patrons de bistrot lorsqu'il s'agissait de baptiser leur troquet – proposait une agréable terrasse sur la place, à proximité immédiate du jeu de boules.

Tous les commerces s'étaient regroupés ici. On allait et venait sans répit entre la boulangerie, la mercerie, la boucherie, la poste, le notaire, le médecin.

À l'ouest, une fontaine et un bassin prouvaient que Sainte-Apostasie – à l'instar de tous les villages voisins de la Durance – ne manquait pas d'eau. À l'est, un hideux monument aux morts révélait que ses fils, pour leur part, n'avaient pas manqué de courage en 14-18 (ou avaient manqué de chance, c'est selon…).

Un autre que Jackie aurait été plus sensible au charme des vieilles pierres, des petites ruelles, des quelques façades du dix-septième siècle assez bien conservées, et de la vigoureuse église paroissiale Saint-Barthélemy, le plus vieux monument du village construit au onzième siècle dans un style roman provençal.

Mais lui n'était pas venu pour ça. Et puis ces antiquités, cette fausse érudition, c'était tout juste bon pour les riches, pour ceux qui avaient du temps à y consacrer, du temps à perdre en quelque sorte…

Les venelles grimpaient vers le château, une imposante demeure à l'aspect médiéval surmontée d'un donjon qui devait offrir un panorama unique sur les toits du village et sur la vallée. Le donjon était coiffé de la barbarote, une girouette en fer forgé en forme de charançon, l'insecte maudit ravageur de céréales, placée ici comme un talisman pour éloigner ces coléoptères goulus.

L'atmosphère du bar des Platanes le déçut.

La Provence n'était pas Marseille. Il n'y avait ni cette chaleur, ni cette volubilité qui faisaient le charme du Beau Bar.

L'arrière-pays était un pays de labeur, de silence, de secrets, de tradition, de réserve. On appelait le patron Monsieur Albert alors qu'en ville – c'est-à-dire à Marseille – on lui aurait tout simplement donné du Bébert. Et Monsieur Albert était distant, aussi distant que les proprios de l'hôtel des Voyageurs auxquels Jackie n'avait pu tirer quatre mots.

Le jeune homme les avait questionnés. Il voulait savoir s'ils connaissaient une certaine Thérèse, une femme qui devait avoir aujourd'hui dans les quarante-trois ans – à la DDASS on lui avait dit qu'elle en avait vingt au moment de l'abandon, une femme qui avait vécu ici durant la guerre et qui avait eu un gosse en quarante-cinq. Sans doute était-elle même née dans ce village qui ne paraissait pas être un lieu de grandes migrations.

Les tenanciers de l'hôtel s'esquivèrent rapidement par un : « Vous savez, nous, on n'est pas ici depuis très longtemps, on connaît peu de monde et surtout pas les histoires des autres ».

Ces histoires des autres qui étaient peut-être aussi les siennes, à lui…

La réponse de Monsieur Albert avait été plus laconique : « Non, connais pas ».

Manifestement, à Sainte-Apostasie, on n'appréciait guère

les estrangers curieux même si on ne crachait pas sur leur fric. Car, même dans les coins les plus reculés, le commerce reste le commerce (en pseudo anglais : bizness is bizness).

Derrière l'apparente sérénité, la « pacoule » puait la province agricole et catholique. Travail, famille, patrie, ça existait encore... C'était un pays de notables, de petits patrons, de commerçants et de paysans aisés. Ici, le 13 mai, le jour du grand défilé marseillais, les rues étaient restées vides, personne n'avait manifesté. Même la conserverie, seule entreprise importante du coin, n'avait pas bougé. C'est à peine si on remarquait qu'elle était partiellement touchée par les grèves, les grèves des autres, celles de ses fournisseurs et de ses transporteurs. Les travailleurs, d'origine rurale, n'avaient certainement pas encore assimilé les traditions de la classe ouvrière. La lutte des classes, ce serait pour leurs petits-enfants !

On se contentait de suivre les événements à la télé.

On regardait avec stupeur Paris s'enflammer sans comprendre. On découvrait, médusés, des rejetons ingrats secouer un joug qui ne semblait pas aussi insupportable que ça. On regrettait que le Général hésite encore à foutre tous ces perturbateurs au boulot à grands coups de pied au cul.

À Sainte-Apostasie, on était donc loin, très loin, de l'atmosphère fébrile des grandes métropoles, de l'effervescence des manifs, des harangues déjantées et des occupations d'usines.

Jackie passa la matinée à traînasser, de l'hôtel au bistrot, du bistrot aux commerces, des commerces à la place ombragée où l'on jouait aux boules. Il eut de la difficulté à lier la conversation. Il interrogeait de préférence les vieux, ceux qui avaient connu la guerre, ceux qui auraient pu côtoyer cette Thérèse et son niston.

Mais ici, même les vieux ne parlaient pas.

C'est la boulangère, une grosse femme transpirant abondamment derrière son comptoir, qui lui donna un premier indice :

— Une Thérèse de cet âge-là ? Voyons voir… Vous savez, moi j'étais jeune pendant la guerre, mais il y avait bien une Thérèse, la fille du postier… Je crois bien, qu'elle s'appelait Thérèse… Et vous, monsieur Kodak, ça vous dit rien cette Thérèse ? Vous l'avez connu, vous, le postier ?

Elle s'adressait à un vieillard décharné qui venait d'entrer dans le magasin. Il portait un béret et des vêtements de travail, des bleus reprisés qui devaient dater d'avant sa mise à la retraite. Il fumait un tabac gris à l'odeur infecte dans une bouffarde aussi vieille que lui.

— Oh, vous savez, Mâame Martin, j'ai plus guère de tête pour me souvenir de tout ça…

— C'est ce tabac qui te crame le cigare, Kodak, reprit une voix dans l'arrière-boutique.

Le boulanger apparut avec une brassée de baguettes. Un vrai boulanger de crèche. L'homme était rond et rougeaud, son calot et sa blouse blanche accentuaient la couperose qui apparaissait entre les traînées de farine maculant son visage.

Il s'adressa à son épouse, ignorant Jackie.

— Rosette, ça peut pas être la fille du postier. Réfléchis deux minutes, c'est vrai qu'elle s'appelait Thérèse, c'est vrai qu'elle doit avoir maintenant dans les quarante quarante-cinq balais… Mais elle a jamais eu de gosse, cette Thérèse-là.

— Et vous savez si elle habite toujours par ici ?

C'est le père la boulange qui répondit :

— Oh là là, mon pauvre, ça fait belle lurette qu'elle a quitté le village…

— Vous connaissez au moins son nom de famille ?

Le boulanger fit mine de chercher :

— Ça, je dois connaître… Attendez voir… Raspi…

Raspigole. Je m'en souviens à cause de raspi, ajouta-t-il en souriant.

Raspi, ce qui signifie radin en argot.

La poste était de l'autre côté de la place, face au monument aux morts, près de la boucherie et du Cercle. Les employés n'avaient jamais connu Raspigole. Jackie s'y installa pourtant et feuilleta tout l'après-midi les bottins et les annuaires sous le regard soupçonneux du receveur. Il n'y avait pas de traces des Raspigole dans les bleds voisins. Mais la poste de Sainte-Apostasie ne possédait que les bottins de la région, peut-être que cette Thérèse était-elle allée plus loin, dans un coin perdu du nord ou de l'est. Il lui aurait fallu consulter d'autres annuaires...

En quittant la poste, Jackie tenta une incursion au Cercle voisin.

La salle n'avait plus dû être repeinte depuis un siècle et le mobilier était en piteux état. Un quatuor d'ancêtres – qui avaient dû naître à l'époque du dernier coup de peinture – jouait aux cartes en silence. Il reconnut le vieux rencontré à la boulangerie, celui qui tirait sur un brûle-gueule bourré au gris. Aucun des joueurs ne daigna lever les yeux. Une odeur aigrelette de tabac froid stagnait. La gérante, une grosse femme peu amène, sortit de sa cuisine et s'interposa en lui indiquant assez sèchement que le lieu était privé et que l'accès était strictement réservé aux membres.

Le soleil avait disparu. Une petite brise rafraîchissait la place, histoire de rappeler que l'été n'était pas encore là... Les joueurs de boules devaient disputer leur huit cent treizième partie de la journée. Les plus âgés et les plus frileux s'étaient réfugiés dans la grande salle du bar des Platanes et préféraient se mesurer à la belote. Le comptoir était assez calme, bien plus calme en tout cas que celui du Beau Bar. On ne s'excitait guère sur les événements du jour qui semblaient concerner une autre planète. Le seul point commun avec le bistrot de l'Estaque était la télé en noir et blanc allumée en permanence qu'on regardait sans un mot. À Paris, le débat s'ouvrait à l'Assemblée Nationale alors que la grève paralysait complètement le pays. Même les médecins et les architectes s'y mettaient : ils occupaient les sièges de leurs Ordres respectifs.

Du côté des parties de pétanque, le ton était plus effronté à cause des lycéens et des ouvriers bloqués au village pour cause d'absence de transports. Ces « gauchistes » locaux traînaillaient en colportant la parole de leurs camarades rebelles des lycées et des usines, sans doute davantage pour heurter la rigidité des bourgeois du coin que par conviction personnelle. Leur credo n'allait jamais jusqu'à la frénésie.

Ici, la grève prenait des allures de congé d'été au printemps.

On jouait aux boules ou aux cartes, on se baladait (à pied, bien entendu), on pêchait au bord de la rivière. On était confortablement isolés dans la somnolence rurale et on laissait les comités de grève et les syndicats gérer l'Histoire.

Pendant que les plus jeunes vivaient dans l'insouciance, les plus âgés stockaient les pâtes, le sucre, la farine, le riz et l'huile en prévision des mauvais jours.

Un quart de siècle après, 39-45 laissait encore des traces sombres…

C'est le mardi soir que la conserverie fut occupée après quelques arrêts de travail partiels les jours précédents. Les choses s'étaient brusquement aggravées depuis qu'une main anonyme avait barbouillé les murs de l'usine avec des slogans importés d'on ne sait où et un tantinet anarchistes : « Staliniens, vos fils sont avec nous », « Les syndicats sont des bordels » et « Laissons la peur du rouge aux bêtes à cornes et la peur du noir aux Staliniens ».

Ce n'était pas un langage du pays, ces mots venaient d'ailleurs, et ces graffitis ne firent plaisir à personne, aux rares Staliniens visés encore moins qu'aux autres.

Aussi, la réaction des délégués cégétés fut immédiate : on occupe l'usine avant que d'autres – mais qui, au fait ? – ne le fassent.

Louis Castelli, le premier magistrat qui était aussi contremaître à la conserverie, aurait préféré que son village reste à l'écart de la violence. Il avait tout à perdre dans ce type d'embrouille, lui qui n'était maire que depuis trois ans.

Castelli était accoudé au comptoir du bar des Platanes en compagnie de Bernardin Cabestany, un de ses collègues de l'usine. Dépassé par les événements, il tentait de rejoindre le mouvement en expliquant le bien-fondé de l'occupation de la conserverie aux consommateurs du bistrot dont certains se réjouissaient de la tournure que prenaient les événements : il se passait enfin quelque chose à Sainte-Apostasie ! C'était le ouaille à l'usine et les conversations, inexistantes jusque-là, allaient pouvoir se déchaîner sur les cafouillages locaux.

Socialiste modéré, comme savent si bien l'être les caciques du péhésse de l'arrière-pays, Louis accusait à la fois la droite et le pécé d'être à l'origine des perturbations.

— Je vous dis que le Pierre-Marie, il n'a jamais digéré sa défaite de 65. Il compte reprendre la mairie lorsque les choses vont rentrer dans l'ordre.

— T'es dingue, Louis, il a septante-deux balais, il est trop vieux.

— Croyez pas ça ! Il est pas trop vieux ! L'ambition et l'orgueil, ça ne tarit jamais dans des tronches pareilles, surtout dans celles des fachos. Et puis, un notaire, ça s'use pas au boulot comme nous autres, vous le savez bien.

On acquiesça du chef. C'est vrai que Pierre-Marie

Heurtefeuille, notaire de son état, n'avait effectivement pas dû beaucoup se lever le cul !

— Entre un boulot pépère et un mariage de raison avec la fille du château, il a eu le temps de se reposer, le bâtard ! ajouta Bernardin qui suivait toujours le maire comme un toutou.

— Mais c'est pas tout : les cosaques sont aussi dans le coup, c'est sûr. Demandez à Ramirez et Escragnolles ce qu'ils branlent en ce moment. Ça fait une semaine qu'ils sont en grève aux chemins de fer, et je suis sûr qu'ils en ont profité pour inciter les syndicats à occuper l'usine avant que les gauchistes s'en emparent. Ils jouent un jeu drôlement dangereux, aux aussi. Ah, on n'avait pas besoin de ça, à Sainte-Apostasie !

— Non, on n'avait pas besoin de ça à Sainte-Apostasie, répéta l'écho Bernardin.

Mercredi 22 mai

Le mercredi constitua la première vraie journée de perturbation à Sainte-Apostasie.

Ce n'est pas la conserverie, occupée depuis la veille au soir, mais bien la manifestation regroupant plus d'une centaine de personnes qui fut la cause principale des troubles.

Comme on n'avait ni la Bastille, ni la République, ni Denfert-Rochereau à se mettre sous la dent, on se contenta de la place de la Libération, on en fit trois fois le tour en scandant des slogans empruntés aux Parisiens. L'irruption des drapeaux rouges dans le cortège choqua les riverains, certains se signèrent même au passage de ces modernes sans-culottes qui n'allaient pas tarder à ériger des guillotines et à violer les bonnes sœurs. Quelques jeunes excités poussèrent même la plaisanterie jusqu'à brandir d'horribles drapeaux noirs provoquant l'effarement des cagots de service.

À Saint-Apostasie, comme à Paris, le diable était décidément descendu dans la rue !

Fernand Ramirez et Adrien Escragnolles paradaient, fiers

comme Artaban, le brassard rouge au sigle CGT noué haut sur le bras. Les employés de la conserverie défilaient aux cris de « Liberté syndicale » et quelques étudiants, riches de leur récente expérience de révolutionnaires marseillais, apportaient un peu d'air frais en scandant un « Déboutonnez votre cerveau aussi souvent que votre braguette » qui manquait sans doute de poésie mais sûrement pas de pertinence.

Le maigre service d'ordre fut rapidement débordé par les excités au drapeau noir qui détournèrent la manif vers la coopérative agricole. Dans le vaste hangar où stagnaient d'agréables parfums de fruits, on vota la création d'un syndicat CFDT qui recueillit illico une cinquantaine d'adhésions.

Faisant contre mauvaise fortune bon cœur, la cégété s'associa au nouveau syndicat afin de dresser un cahier de revendications qui croula rapidement sous un flot de protestations contre des délégués du personnel – ils visaient ceux de Force Olympique – trop liés à la direction, l'exigence de la refonte des horaires et la création d'une prime d'ancienneté.

Ces devoirs d'écriture occupèrent les grévistes toute la journée.

Le traditionnel marché du mercredi fut réduit à la portion congrue. Peu de paysans, peu de forains s'étaient déplacés, because la pénurie d'essence.

Jackie continua ses recherches dans les commerces et à la mairie. Il n'obtint rien que des silences embarrassés. Thérèse ne semblait jamais avoir vécu par ici.

Seul, le boulanger lui avait ouvert une piste, une piste bien fragile. Pourtant Jackie avait remarqué les regards fuyants des plus âgés dès qu'il évoquait sa quête.

Les vieux savaient quelque chose, c'était sûr. Et puis, personne ne parlait dans ce village. Était-on soucieux de garder ses secrets ? Y avait-il seulement un secret ? N'était-ce pas l'imagination du jeune homme qui débordait sous la pression des vieux fantasmes ?

Sur le marché, un paysan tenta bien de lui répondre, mais son épouse le fit taire avec cette autorité qu'ont les maîtresses femmes sur les pauvres mâles : « Arrête de faire l'intéressant. Tu sais rien ! Et puis, c'est pas nos affaires. Ici chacun se mêle de ce qui le regarde ».

Tous évitaient scrupuleusement de s'étendre sur le sujet et la remarque de la paysanne apparut presque à Jackie comme une sourde menace.

Jackie traîna encore toute la journée sur la place, il tenta bien de lier connaissance avec les badauds, mais les seules conversations admises concernaient les grèves.

Les arrêts de travail des enseignants étaient certainement parmi ceux qui indisposaient le plus la population rurale : « C'est que des fainéants qui laissent tomber nos gosses ».

Les parents scandalisés et aveugles ignoraient évidemment que les gosses en question, leurs propres gosses, griffonnaient, à la même heure, sur les murs des lycées : « Professeurs, vous nous faites vieillir ».

Qu'est-ce qu'ils pouvaient comprendre, ces parents, aux rêves de leur progéniture séduite par le ton insolent, les vêtements ou la gesticulation sensuelle des rockers ? Qu'est-ce qu'ils pouvaient entraver des baragouinages de John Lennon, Mick Jagger, Bob Dylan ou Joan Baez, baladins surdoués du protest song promus maîtres à penser d'une génération ? Quels échanges pouvaient-ils soutenir avec leurs rejetons aspirant au jerk, à la marijuana, aux nuits sans fin, aux longs voyages, au bouddhisme ou à la sexualité sans contraintes ?

Les gosses, leurs gosses, rêvaient tout éveillés.

Et eux, les parents, qu'avaient-ils à leur offrir en retour ? Avaient-ils autre chose à leur apporter qu'une réaction rigide, sclérosée par le puritanisme de la France gaulliste, de la France engoncée dans la culture étriquée de la petite bourgeoisie catholique de province, de la France étouffée par le respect des hiérarchies, la morale sexuelle d'un autre temps, les non-dits…

Jackie se fichait de tout cela, de tout ce bordel, de toutes ces incompréhensions. Il n'avait pas peur de l'avenir, il était jeune. Pour lui, le plus dur était passé. Il avait désormais un objectif, un projet : retrouver sa mère.

Et il la retrouverait, il le savait maintenant, même si elle dormait depuis des lustres sous la terre froide.

Retrouver sa mère pour se trouver lui-même.

Dans ce pays – cette « pacoule » dixit Fred – on savait des choses, il en était certain.

Un jour ou l'autre, il percerait ce mystère…

La journée s'écoula pourtant sans que Jackie ne progresse véritablement dans sa quête. Autour du jeu de boules, les discussions devinrent plus animées à cause de l'occupation de la conserverie. Il y eut même quelques altercations lorsque Fernand Martinez s'aperçut que certains tentaient de gagner discrètement leur poste à l'usine, histoire de montrer au patron qu'ils étaient là, qu'ils n'avaient rien à voir avec les anars et les enragés, qu'ils seraient toujours à ses côtés… et qu'ils espéraient bien qu'il s'en souviendrait le moment venu.

L'intervention de Martinez – qui était employé aux chemins de fer et non pas à la conserverie – en irrita quelques-uns qui lui conseillèrent vertement de s'occuper de ses locomotives plutôt que des conserves des autres.

À l'heure de l'apéro du soir, la télé annonça le rejet de la motion de censure – ce n'était pas une surprise – et la création du comité national de défense de la République.

La droite réagissait et maître Heurtefeuille, cloîtré chez lui depuis le début des manifs, devait certainement reprendre un peu du poil de la bête. Pourtant, les étudiants ne cédaient rien puisqu'ils manifestaient pour protester contre l'interdiction de séjour d'un Cohn-Bendit qui avait troqué le rouge de sa tignasse contre une teinture brune plus anodine.

Les vieux du Cercle ne prêtaient aucune attention aux événements parisiens. Ce qui les préoccupait, c'était de savoir si Panisse – oh, pardon, leur partenaire ! – coupait à cœur. À chacun sa merde…

Jackie relança Monsieur Albert sur Thérèse. Il lui confia son impression de se heurter à des murs, mais le bistrotier resta fermé. Il était lui-même un mur… Non, il ne connaissait pas cette Thérèse, il lui avait déjà dit. Et le postier ? Il s'en souvenait bien sûr, de sa fille aussi. Peut-être bien qu'elle s'appelait Thérèse puisque le boulanger le disait. Lui, ça ne l'avait pas marqué…

Décidément, Jackie n'avançait pas…

Il sortit et s'assit sur la margelle du bassin. Les réverbères se miraient dans l'eau verte et dévoilaient la silhouette de grosses carpes qui se faufilaient sur un fond de détritus.

Il se demanda ce que devenait Michelle.

Le lundi, il l'avait appelée d'une cabine près de Luynes. Directement à l'épicerie.

Fort heureusement, c'est elle et non son père qui avait décroché. Elle lui avait paru lointaine, sans doute un peu vexée de ne pas avoir été mise dans la confidence. Elle paraissait ne rien avoir compris à son histoire. Et il s'était alors demandé si lui-même y comprenait quelque chose.

Il devrait sans doute la rappeler, lui expliquer…

Mais cela servirait à quoi ?

Pour lui dire quoi ?

Elle l'assommerait sans doute de questions, comme à son habitude, de ces questions qui l'énervaient et auxquelles il ne savait pas répondre.

Non, cela ne valait pas la peine de la rappeler…

Il tournait en rond et cela l'irritait.

Il lui fallait découvrir la trace de ces satanés Raspigole. À la poste, ses recherches à travers les bottins régionaux n'avaient rien donné. Par contre, à Marseille, le bureau de la rue de Rome disposait des annuaires de la totalité des départements. Là-bas, à son retour, il retrouverait certainement ce nom…

À moins que la poste soit fermée…

Oui, elle devait être fermée… La télé avait annoncé que la grève gagnait tout le pays. Et les postiers ne sont jamais les derniers à cesser le travail…

Mais un jour ou l'autre il faudrait bien reprendre le boulot, alors, ce jour-là, il…

— Oh, jeune, ça a pas l'air d'aller bien fort.

Le vieux en bleu, au béret et à la bouffarde, avait terminé ses parties de manille au Cercle.

— Bof…

— Tu sais, je voudrais pas me mêler de ce qui me regarde pas, car c'est pas trop le genre chez nous. Ici, chacun sa merde et il y en a pour tout le monde !

Jackie l'observait sans répondre. Le vieux – le boulanger l'avait appelé Kodak – semblait en veine de confidences. Ça changeait un peu du reste de la population. Il avait peut-être quelque chose à lui dire. Alors, Jackie s'efforça de pas l'interrompre.

— Voilà, la Thérèse, je sais pas où elle est partie. Les Raspigole, je sais pas ce qu'ils sont devenus…

Ça commençait bien. Il voulait lui apprendre quoi, ce Kodak, s'il n'en savait pas plus ?

— Je connais seulement son frère, Félicien. Enfin je le connaissais parce que ça fait un moment que je l'ai plus vu, cet abruti. Il a épousé une fille de nulle part, mais je crois qu'elle l'a laissé tomber il y a quelques années. Faut te dire que c'était pas un cadeau, le Félicien, un vrai bourricot ! Sa femme, par contre, je l'ai aperçue récemment. Elle habite à Tavan-sur-Durance. Elle a une piaule juste à côté de l'épicerie. Oh, c'est pas loin, c'est un petit village à quatre bornes d'ici. Tu peux même y aller à pied si ça te dit. Elle s'appelle Raymonde. Tu te souviendras, Raymonde... Elle sait peut-être quelque chose sur les Raspigole...

Il tira sur sa bouffarde, recracha une fumée âcre et rajusta son béret.

— Bon, c'est pas tout ça... Moi, il est temps que je rentre. À mon âge, faut pas trop traîner le soir...

Il se dirigea vers une Ami6 crème et mit le moteur en marche.

Jackie n'avait posé aucune question. Il regarda la Citroën s'éloigner en cahotant, puis rentra à l'hôtel.

Une fois arrivé dans sa chambre, il déplia la carte arrachée au calendrier des postes puis l'étala sur son dessus de lit.

Il avait entouré d'un trait rouge Sainte-Apostasie.

Tavan-sur-Durance, c'était un petit carré noir sur la carte, juste à côté du trait rouge.

Jeudi 23 mai

Tavan-sur-Durance était à moins d'une lieue de Sainte-Apostasie.

C'était un petit village provençal sans véritable attrait. Les maisons hautes et serrées se répartissaient de part et d'autre de la départementale, comme pour l'étouffer.

Jackie arriva par la route qui serpentait à travers les pinèdes, en surplomb du hameau. Il s'arrêta un instant sur le parvis de la chapelle de Sainte-Croix, construite sur un promontoire qui permettait d'embrasser du regard la puissance du Luberon. En contrebas, les toits roses du village cernaient le ruban sombre de l'asphalte. Au-delà de la double haie de maisons, la Durance sinuait paresseusement dans son lit trop large.

Le village était d'un calme absolu, le calme des journées torrides du mois d'août. Mais c'était moins la canicule que la pénurie d'essence qui était la cause de cette léthargie pastorale. Les habitants se retrouvaient coincés ici. Seuls les plus courageux s'étaient rendus à vélo jusqu'au bar des Platanes, à Sainte-Apostasie, pour jouer aux boules ou à la belote. Là bas, au moins, ils pouvaient voir du monde, discuter, vivre en quelque sorte. Ils ne rentraient chez eux qu'à la nuit tombante.

Tavan somnolait dans le giron de la grève générale.

Jackie redémarra sa mob et descendit. C'est à peine si le ronronnement de son moteur troublait la quiétude cotonneuse de la fin de matinée.

Le village était minuscule et il n'eut aucun problème pour localiser l'épicerie. Les denrées commençaient à manquer si l'on en croyait les feuilles quadrillées punaisées sur les volets et sur lesquelles on avait maladroitement griffonné « Plus de ceci » ou « Plus de cela ».

L'épicière, une forte femme à la lèvre supérieure épaisse et saupoudrée d'un indélicat duvet noir, lui rappela vaguement un mousquetaire. Il dissimula son amusement lorsqu'il lui demanda où habitait Raymonde. Elle émit un grognement pour toute réponse. Manifestement, à l'instar de Sainte-Apostasie, on n'aimait guère les intrus dans le quartier.

Jackie ignora le borborygme incompréhensible et sortit du magasin. Après tout, elle n'avait que deux voisines, il avait donc une chance sur deux de tomber sur cette Raymonde du premier coup.

Et si ce n'était pas du premier coup, ce serait du second !

La première porte fut la bonne.

Raymonde était une femme sèche, énergique mais sans charme, d'une quarantaine d'années. Elle entrebâilla le battant vitré afin d'apercevoir son visiteur et le referma prestement d'un geste fruste lorsqu'il se présenta.

Jackie sortit un billet de deux cents balles et le plaqua contre la vitre en guise de carte de visite. Il avait retardé le plus longtemps possible l'usage de la corruption par le fric pour une raison toute simple : il ne roulait pas sur l'or et ses possibilités en la matière restaient très limitées.

La vignette de la Banque de France eut l'effet miraculeux d'un sésame. Raymonde ouvrit la porte. Elle était vêtue d'une blouse à fleurs ringarde comme on n'en trouve qu'aux tréfonds des campagnes. Elle posa un regard sans complaisance sur Jackie et tendit sa main droite pour récupérer les deux cents balles promis.

— C'est pourquoi ?

Le ton était bourru.

— C'est au sujet de votre belle-famille. Je viens de Sainte-Apostasie et…

— Je les connais pas ! Je les connais plus, ces bordilles !

Manifestement, elle ne voulait plus entendre parler des Raspigole.

— Je sais le mal qu'ils vous ont fait. Moi aussi, ils ne m'ont pas épargné, vous savez. Je vous raconterai ça un de ces jours… Je vais leur en faire baver, vous verrez.

— Leur en faire baver ?

Elle esquissa un vague sourire. Un éclat sardonique traversa son regard. Le propos de Jackie commençait à l'intéresser.

— Votre mari, Félicien, vous savez où il se trouve ?

— Où il se trouve ? Mais avec le reste de sa smala de merde, je présume. Ça fait des années qu'on est séparés, et toujours pas de divorce… Rien d'officiel… Et je suis sans cesse emmerdée à cause de ce connard !

— On pourrait pas rentrer pour en parler ?

— Non. On peut en parler aussi bien ici. Et puis, qui me dit que vous êtes pas un de ses collègues ?

— C'est comme vous voulez. Alors, elle se planque où, la smala des Raspigole ?

Elle marqua une courte hésitation.

— Ils vivent comme des sauvages, comme des primates qu'ils sont, dans une masure des bords de la Durance. Plus personne les fréquente. Et c'est mieux ainsi, car ils seraient capables de flinguer le premier qui s'approcherait…

Elle lui décrivit le lieu paradisiaque où s'étaient réfugiés les Raspigole : une ancienne cabane de cantonnier, une baraque aux murs de planches mal jointes et au toit de calandrite, située au milieu d'un terrain vague en bordure de Durance, à proximité d'une casse abandonnée. Les cadavres rouillés des voitures à demi concassées ajoutaient au charme du décor.

Une question brûlait les lèvres du jeune homme.

— Bon, Félicien vit là-bas. Et Thérèse, elle vit avec lui ?

— Après la mort du père, il y a cinq ans, ils se sont tous retranchés dans cette cabane, la mère, Émilien, le fils aîné, Félicien et la Thérèse.

— Vous étiez déjà séparés ?

— Bien sûr, j'ai quitté Félicien en 62, un an avant la mort de son père. Je l'avais épousé au début des années cinquante. Ah, ils vont bien ensemble, tous les trois.

— Tous les trois ? La mère est morte ?

— La vieille a crevé il y a deux ans. Et ça a été tout un binz pour l'enterrer. Ils ne voulaient pas que les pompes funèbres emmènent le corps. En plus, cette histoire m'a pourri la vie comme c'est pas permis. Vous comprenez, j'étais toujours mariée légalement avec Félicien, alors les croque-morts m'ont envoyé la facture… Enfin…

Elle souffle de dépit.

— Je sais pas ce que vous leur voulez à ces connards, mais faites gaffe, ils sont dangereux. Ils sont armés et ils ont déjà tiré sur des curieux qui passaient par-là.

— Et les flics ? Ils ne disent rien, les flics ?

— Oh, vous savez, les flics, moins ils en font… Ils ont bien tenté de les déloger. Faut dire que le proprio du terrain voudrait bien récupérer son bien. Il leur a loué la baraque dans le temps pour trois fois rien, mais ça fait belle lurette qu'ils ne payent plus de loyer. Le proprio a déposé une plainte et a fait établir plusieurs arrêtés d'expulsion, des arrêtés que les flics sont incapables d'appliquer.

Quand c'est pour tabasser les étudiants, elles sont là les forces de l'ordre, mais face à des jobards armés, ils sont moins fringants les pandores, pensa Jackie. Une réflexion toujours facile à l'encontre de la maison poulaga… Mais il trouva inutile de confier à Raymonde cette puissante cogitation.

— Vous les voyez quelquefois ?

— Vous savez, je passe jamais près de cette baraque. Qu'est-ce que j'irais faire là-bas, moi ? Mais, il paraît qu'ils sortent jamais. Y a que Félicien qui s'échappe parfois, histoire de faire quatre courses et de toucher la pension minable de son frère. Les autres, on les a plus revus depuis la mort de la vioque. Déjà, à l'époque, on les aurait dits séniles, avec leurs cheveux blancs, hirsutes. Ils étaient sales comme des peignes, puants, agressifs... Ils ont jamais joué les aristos, mais quand même, être tombés si bas ! Voilà, je crois que je vous ai dit tout ce que je savais.

Il glissa son pied dans l'entrebâillement de la porte qu'elle tentait de refermer afin de clore l'échange. Il en désirait sans doute davantage pour ses deux cents balles !

— Une dernière question. Où se trouve la cabane ?

— Oh, pas très loin d'ici, vous descendez jusqu'au chemin qui longe la Durance, vous verrez c'est une petite route goudronnée, puis vous tournez à droite, en direction de Pertuis. La casse est à dix bornes environ, et la baraque en planches sur le terrain juste à côté. Vous pouvez pas vous tromper. Mais faites gaffe, ils sont jobastres. Jobastres et armés !

Vendredi 24 mai

Fortuné Ventarelle habitait une maison tristounette, étroite et délabrée, un peu en dehors du village, sur la route de Mallemort. Le site, un verger adossé à une pinède, était bien plus agréable que la bâtisse elle-même.

Fortuné devait son surnom de Kodak à son boulot de photographe. Dans le village, la plupart des habitants ignoraient d'ailleurs son véritable nom, il était Kodak pour tout le monde. Ses clichés avaient été utilisés régulièrement par la presse locale. Depuis quelques mois, il avait fermé sa petite boutique située sur la place de la Libération. Il se sentait le droit de jouir d'une maigre retraite sans avoir à courir les mariages tous les samedis et à développer les photos ineptes que les uns et les autres conservaient comme de pieux souvenirs.

Kodak gara son Ami6 beige devant la terrasse et rentra chez lui.

Jackie attendit quelques minutes, dissimulé derrière un cade. Un chien jappa lorsqu'il s'approcha. Jackie devina le passage furtif de la silhouette de Kodak derrière les rideaux diaphanes. Le vieux semblait tenir un fusil dans sa main droite.

Il craignait sans doute les voleurs dans ce coin perdu.

Jackie hurla :

— Kodak, c'est Jackie ! Ne tirez pas !

La porte s'ouvrit et Kodak apparut, hilare, un balai à la main.

— Et avec quoi tu veux que je tire, jeune ?

Ça commençait bien ! Voilà maintenant qu'il confondait un balai avec une arme à feu !

Mais cette méprise était sans doute à mettre sur le compte des événements qu'il avait vécu l'après-midi.

— Ben, je savais pas, moi... Comme j'ai déjà failli me faire flinguer cet aprem, je fais un peu gaffe...

D'un signe de la main, Kodak invita le jeune homme à entrer.

Une ombre glissa sur le mur et quitta la pièce, en s'engouffrant dans le couloir du fond.

— C'est ma sœur, c'est une sauvage, fais pas attention... T'as failli te faire flinguer ? Ça alors...

Un tourne-disque rabâchait une chanson de Fréhel.

« Où est-il mon moulin de la place Blanche ?
Mon tabac et mon bistrot du coin ?
Tous les jours pour moi c'était dimanche !
Où sont-ils les amis les copains ?
Où sont-ils tous mes vieux bals musette ?
Leurs javas au son de l'accordéon
Où sont-ils tous mes repas sans galette ?
Avec un cornet de frites à deux ronds
Où sont-ils donc ?»

Kodak posa son balai, releva le bras du Teppaz afin de retirer le microsillon de la platine, en marmonnant.

— C'est ma sœur. Elle écoute ça à longueur de journée. Je

me demande bien ce qu'elle a... Ça serait Alibert, je comprendrais, mais une chanson aussi triste qui parle de Paris alors qu'elle n'a jamais quitté cette baraque...

Il hocha la tête de dépit, hésita un moment, avant de se tourner vers Jackie en lâchant :

— Tu disais que t'as failli te faire flinguer... Ça veut donc dire que t'es allé voir ces salopards, non ?

— Ces salopards ?

— Ouais, les Raspigole...

— Vous... Vous saviez ?

Il haussa les épaules et reconnut d'un air désolé :

— Ouais, je savais. D'ailleurs, ici, tout le monde sait où ils habitent...

— Mais, putain, vous pouviez pas me le dire !

— T'énerve pas, jeune... Té, viens t'asseoir deux minutes...

Il désigna une chaise au jeune homme et prit place, face à lui, de l'autre côté de la table.

— Tu sais, jeune, la règle dans le pays, c'est que chacun s'occupe de ce qui le regarde et tout le monde s'en porte mieux. Ça, tu peux pas le comprendre, c'est sûr, puisque tu viens de Marseille. À Marseille, les gens tchatchent à tort et à travers. Y a même des mecs qui se font la bise comme des tantounes pour se dire bonjour. Ici, c'est pas pareil, les chichis, on n'en a rien à foutre ! Chez nous, même les frères et les sœurs se font pas la bise. On vit dans la retenue, dans la discrétion. Alors, les affaires des autres...

— Vous êtes bon, vous ! Ça fait une semaine que je me lève le maffre pour les retrouver, ces Raspigole, et personne ne me dit rien !

— Allez, on va boire un coup. Tu me raconteras ce que tu as fait, et ça ira mieux après...

La veille, en quittant Tavan-sur-Durance en début d'après-midi, Jackie avait suivi les conseils de Raymonde. Il était descendu à travers des champs roses de sainfoin. Arrivé à la Durance, il s'était engagé vers l'est, en direction de Pertuis. La petite départementale était déserte. C'est à peine s'il avait remarqué quelques pêcheurs indolents en contrebas, au bord de la rivière.

Il s'était arrêté à mi-chemin pour réfléchir. Une fois arrivé devant la cabane, qu'allait-il faire ? Comment allait-il les aborder ?

Comment se comporterait-il si sa mère était là ? Si c'est elle qui lui ouvrait ?

Allait-il tout lui avouer, sa longue recherche, son besoin ? Ou bien jouerait-il le mec paumé dans la cambrousse, histoire de voir ?

Il ne se sentait guère le courage de jouer la comédie.

Sa mère…

Il en avait les guibolles flageolantes… Encore heureux qu'il ait un cyclo. Avec un vélo, il aurait été incapable de pédaler cent mètres de plus !

Sa mère…

Il arrivait au terme de sa quête et, paradoxalement, la peur le paralysait. Dans quelques minutes, il rencontrerait une femme qui était sa mère, une femme qui l'avait porté durant neuf mois, qui l'avait mis au monde avant de s'en débarrasser comme un chien. Il avait vu parfois, les larmes aux yeux, des films de série B où des gars retrouvaient leur mère. Ils se jetaient dans les bras l'un de l'autre, ils chialaient comme des gosses et tout s'arrangeait en un instant. La fin de ces films était toujours heureuse. Sans doute parce qu'il fallait faire plaisir aux spectateurs qui adorent que « ça finisse bien ». Ne payent-ils pas leur place pour ça ?

Mais était-ce la réalité ? Serait-ce ainsi pour lui ?

Qu'avait dit Raymonde ? Des jobastres... Elle avait dit qu'ils étaient jobastres. Sa mère aussi ? Il tressaillit.

La Durance courait sur les galets gris avec un friselis monotone, le Luberon barrait l'horizon au nord. Il trouva tout à coup le paysage sinistre.

Maintenant, il redoutait cette rencontre, cette rencontre qu'il avait tant attendue, tant espérée... Des crampes vrillaient son estomac. Sans doute parce qu'il n'avait rien mangé à midi. Ou bien à cause de l'angoisse qui le torturait.

Il grimpa sur sa mob, actionna d'un coup sec la pédale et le moteur ronronna. Une pie s'envola d'un bosquet proche.

Il fit demi-tour et reprit la direction de Sainte-Apostasie.

Mais il n'était pas question de raconter son anxiété à Kodak. D'ailleurs le vieux ne lui avait jamais demandé – sans doute en vertu de la discrétion de mise dans ce coin perdu de Provence – pourquoi il cherchait cette Thérèse avec tant d'insistance.

Il s'enquit simplement :

— Alors, finalement, tu l'as trouvée cette cabane ?

Jackie passa la nuit à l'hôtel des Voyageurs, il ne demanda plus rien à personne, il n'en avait plus besoin. Il ne prit aucun repas ce soir-là, préférant s'abîmer, au bar des Platanes, dans des apéros à répétition agrémentés de variantes fortement pimentées.

Il se réveilla assez tard, en fin de matinée, à cause de son sommeil très agité. L'abus d'alcool embrumait son cerveau mais, dès son lever, il se décida : « Ce sera pour aujourd'hui ».

Il lambina un peu avant de déjeuner rapidement d'une cuisse de poulet rôti et de nouilles au jus. Ensuite, il enfila son blouson de gabardine, puis enfourcha son fringant destrier de quarante-neuf centimètres cube. Un mistral léger offrait le ciel au soleil printanier et faisait frissonner le feuillage ténu des acacias. Jackie connaissait maintenant parfaitement la route de Tavan et celle qui, longeant la rivière, le conduirait jusqu'à la cabane.

Tavan était toujours aussi apathique. Le rose des champs de sainfoin lui parut encore plus vif. Les pêcheurs du bord de la Durance ne semblaient pas avoir bronché depuis la veille. Des alignements de genêts en fleurs ensoleillaient la grisaille des berges de la Durance.

Jackie passa, avec un petit pincement au cœur, devant le parking à camions sur lequel il s'était arrêté avant de renoncer. Il retint un instant sa respiration puis accéléra. Son cœur battait plus vite mais, curieusement, il n'avait plus peur.

La cabane ne devait plus être qu'à quatre kilomètres…

Kodak repoussa les trois gros tomes de l'encyclopédie Quillet qui monopolisaient l'épais plateau de la table de chêne. Il lui fallait la place de déposer deux verres.

— Le dictionnaire, c'est ma passion. J'apprends tous les mots de la langue française par cœur. Oh, des fois, j'oublie vite les définitions, mais ça m'occupe…

Il pointa du doigt un mot sur un des volumes.

— Par exemple, tu sais ce que ça veut dire ouananiche ?

Il referma le bouquin, puis sortit une bouteille sans étiquette au bouchon de liège. Jackie hésita quelques secondes :

— Ben non, c'est de l'arabe ?

— Tu le sais pas, et c'est pas de l'arabe. Dégun sait d'ailleurs ce qu'est l'ouananiche. Eh bé, au Canada, c'est un saumon d'eau douce. C'est écrit là-dedans ! proclama-t-il en posant triomphalement son index sur la couverture en simili cuir.

Il versa du pastis dans deux verres en complétant fièrement son propos :

— C'est un mot que je viens tout juste d'apprendre ! Remarque bien que c'est pas sûr que je m'en souvienne encore demain, mais aujourd'hui, je le sais et ça me suffit. Parce qu'à part moi, dégun le sait.

Le pastis n'avait pas la teinte habituelle. C'était un liquide aux curieux reflets verts. Cette couleur s'affirma lorsque l'eau troubla l'alcool.

— C'est quoi comme marque, votre fly ?

La question de Jackie était mouillée de crainte. Il avait pensé immédiatement à de l'absinthe, cet apéro qui a rendu dingues des générations de picoleurs. Mais ce n'était pas de la fée verte, Kodak le confirma.

— Oh, c'est un pastaga que je fais moi-même. Tu sais, j'ai des bonbonnes d'eau-de-vie, du marc de raisin de la coopé. Alors j'achète quelques doses à un Gitan qui passe trois fois par an. Une dose dans un litre de gnôle, et le tour est joué !

— Mais c'est pas dangereux, ça ? J'ai toujours entendu dire que le fly trafiqué rendait aveugle.

Le vieux haussa les épaules :

— Le fly trafiqué, peut-être... Mais le mien, il est pas trafiqué. Y a que des produits naturels. Et puis, je peux te dire : je bois que ça depuis cinquante ans et j'y vois mieux que les lynx !

Le marc de raisin conférait un parfum surprenant au nectar dont le titre alcoolique devait allégrement dépasser les quarante-cinq degrés réglementaires.

— Ah, c'est vrai, il est un peu fort. C'est à cause de la gnôle, elle sort à plus de soixante degrés, alors forcément, c'est pas une boisson de tantounes... Bon, on en était à ta balade. Tu l'as trouvée, finalement, la cabane des chtarbés ?

— Sans problème. Faut dire que j'ai rencontré personne sur la route. J'ai vite repéré la casse abandonnée, avec toutes les vieilles carcasses rouillées, le terrain vague et la baraque en bois. C'est plus un poulailler qu'une piaule, cette bicoque.

— Tu y es allé ?

— J'ai essayé… J'ai laissé le cyclo contre le portail de la casse, puis je me suis dirigé vers la baraque, à pinces. Je mouillais un peu, vu ce que m'avait dit la belle-sœur.

Kodak avala son verre cul-sec. Son œil brillait de gourmandise.

— Et alors ?

— Alors, j'ai traversé le terrain vague en diagonale. C'était un spectacle irréel : une masure branlante, des carcasses de voitures rouillées émergeant d'un champ plein de coquelicots, un champ rouge sang. J'étais à peu près à trente mètres de la baraque lorsqu'un mec a gueulé « Tu veux quoi, toi ? ». Alors, j'ai joué la comédie « Je suis en panne de cyclo et j'aimerais savoir si… », la voix m'a interrompu : « Fous le camp d'ici, sinon je te flingue ! ». J'ai insisté « J'en ai juste pour une minute et… ». Le coup de feu a claqué. Il a tiré en l'air, mais je peux vous dire que j'ai détalé comme un dératé. Ils sont fêlés dans cette baraque !

— Tu les as vus ? Et Thérèse ? Il y avait une femme dans la baraque ?

— J'en sais rien, moi. Je me suis barré comme un malpropre, sans trop me poser de questions. C'était la première fois qu'on me canardait. J'avais une putain de peur de prendre une décharge dans le dos ! Je suis retourné directo à Tavan. J'avais besoin de comprendre ce qui avait pu rendre ces mecs cintrés. Alors, je me suis rendu chez Raymonde. Elle m'a reçu en ronchonnant.

Kodak esquissa une moue.

— Ça m'étonne pas, elle a jamais eu bon caractère, celle-là. Et puis, elle est pas du coin. Félicien l'a épousée au début des années cinquante, et dégun sait où elle vivait auparavant. Tu sais, y faut jamais marier des femmes qui sont pas de chez nous. Regarde-moi : j'ai trouvé dégun ici, pas une fille pour moi, alors je suis resté seul avec ma sœur. On est comme deux vieux couillons. On se parle guère, mais c'est ma sœur. Alors je la supporte, par esprit de famille. Si j'étais marida, ce serait pire : je vivrais avec une vieille sartan que je baiserais même plus et qui m'emmerderait parce que je passe ma vie au bistrot. Ah, les femmes, c'est bon quand on est jeune, quand on a besoin de chair fraîche toutes les nuits dans son plumard pour jouer à la bête à deux dos, mais à mon âge… Enfin, là n'est pas la question, comme ils disent à la télé. Qu'est-ce qu'elle t'a dit, cette mégère de Raymonde ?

— Ce qu'elle m'a dit, c'est qu'elle n'a connu les Raspigole qu'en 51, un peu avant son mariage.

— Et pourquoi elle t'a parlé de ça ?

Jackie eut un sourire narquois :

— Parce qu'elle m'a dit que les embrouilles des Raspigole, elle les connaissait pas, elle. Qu'elle voulait surtout pas les connaître. Mais qu'à Sainte-Apostasie, tout le monde était au courant, alors elle m'a donné un conseil…

— Un conseil ?

Kodak fronça son sourcil droit en se reversant une dose de son fly personnel.

— Oui, un conseil. Elle m'a dit : « Le mieux que vous ayez à faire, c'est de reprendre votre cyclo et de retourner dans ce village de merde de Sainte-Apostasie. Et une fois là-bas, allez voir celui ou celle qui vous a donné mon adresse et demandez-lui de tout vous raconter ». C'est pas curieux qu'elle m'ait donné un conseil pareil ?

Jackie avait singé la voix de Raymonde. Il posa son regard sur le vieil homme qui parut s'affaisser.

— Pas au courant, pas au courant… C'est vite dit… Sûr que le Félicien a quand même dû lui raconter, à l'époque où ils se fréquentaient… Enfin, on sait jamais, avec eux…

Il semblait s'adresser à lui-même, ignorant l'œil interrogatif du jeune homme.

Jackie renchérit :

— Et puis elle a ajouté avant de claquer sa porte : « Faut demander aux vieux, à ceux qui étaient à Sainte-Apostasie pendant la guerre. Eux, ils savent forcément... ». Et moi, connement, j'ai pensé que vous, vous qui m'aviez envoyé chez elle, vous qui étiez ici durant l'Occupation, vous pourriez me renseigner. Alors, ce soir, je vous ai suivi quand vous avez quitté le bistrot. J'ai eu tort ?

Kodak souffla bruyamment. Il porta le verre à ses lèvres et lampa une gorgée du pastis vert. Il baissa son regard et marmonna dans sa barbe :

— Tort ? J'en sais rien... Peut-être... C'est des vieilles histoires, ça... Pas d'intérêt...

Puis il se redressa, fixa Jackie et débita d'un ton décidé :

— Écoute, après tout, si tu veux savoir, pourquoi pas ? Tu l'apprendras bien un jour ou l'autre.

Il marqua une courte pause, se servit un autre verre qu'il troubla avec un peu d'eau et l'avala cul-sec. Comme pour se donner du courage.

— Toutes ces merdes, c'est à cause de la guerre. Tu sais, jeune, je vais te dire : elle a pas tué que des morts la guerre, elle en a tué des qui vivent encore.

L'ÉTÉ 44 À SAINTE-APOSTASIE

« Comprenne qui voudra
Moi mon remords ce fut
La malheureuse qui resta
Sur le pavé
La victime raisonnable
À la robe déchirée
Au regard d'enfant perdue
Découronnée défigurée
Celle qui ressemble aux morts
Qui sont morts pour être aimés. »*

Paul Eluard

* Ce texte a été initialement publié dans Les Lettres françaises du 2 décembre 1944, avec ce commentaire : « Réaction de colère. Je revois, devant la boutique d'un coiffeur de la rue de Grenelle, une magnifique chevelure féminine gisant sur le pavé. Je revois des idiotes lamentables tremblant de peur sous les rires de la foule. Elles n'avaient pas vendu la France, et elles n'avaient souvent rien vendu du tout. Elles ne firent, en tout cas, de morale à personne. Tandis que les bandits à face d'apôtre, les Pétain, Laval, Darnand, Déat, Doriot, Luchaire, etc. sont partis. Certains même, connaissant leur puissance, restent tranquillement chez eux, dans l'espoir de recommencer demain».

Il a connu son heure de célébrité grâce au président Pompidou qui cita ces vers, lors d'une conférence de presse, en réponse à une question d'un journaliste sur l'affaire Russier.

Mai-juin 44 : les boches

Le generalmajor comte de Natangen prit possession du château dominant le village au matin du 25 mai 1944, sur ordre direct du Général Blaskowitz qui commandait le groupe d'armées G.

Ce groupe d'armée avait été créé une quinzaine de jours auparavant afin de coordonner les actions des Première et Dix-neuvième Armées. Blaskowitz s'était installé à Rouffiac, près de Toulouse. C'est lui qui avait choisi le site de Sainte-Apostasie afin d'y installer un petit détachement du Génie dont le rôle serait de fiabiliser et de consolider les voies d'accès à la Méditerranée, soit par la vallée du Rhône, soit par la route des Alpes.

Sainte-Apostasie était une bourgade tranquille, un peu à l'écart des grands axes, mais idéalement situé à mi-chemin de ces itinéraires.

Le haut commandement de la Wehrmacht avait longtemps considéré que le sud de la France présentait peu de danger. Les experts militaires allemands estimaient que l'éventuel objectif des Alliés en Méditerranée serait plutôt l'Adriatique que la Provence. En effet, un débarquement dans le golfe de Venise permettait d'espérer occuper rapidement Klagenfurt en Autriche et, à partir de là, d'effectuer une percée dans le sud de l'Allemagne.

Aussi, seules des divisions immobiles avaient été mises sur pied au début de 1943. Pour les stratèges de la Wehrmacht, il s'agissait surtout d'être présents dans le vaste carrefour qu'était devenu le sud de la France, d'accélérer la construction de fortifications et de familiariser les troupes avec l'environnement local.

Ces divisions, créées dans l'urgence, ne disposaient que du tiers de l'équipement normal d'une division d'infanterie en artillerie, chevaux, charrettes et véhicules. Elles comportaient un très fort pourcentage de soldats originaires d'URSS – des Russes blancs, des Arméniens, des Caucasiens ou des Azéris – qui ne parlaient guère l'allemand et dont la valeur combative n'était pas évidente.

La côte méditerranéenne, des Pyrénées jusqu'à Marseille, était défendue par des éléments de la Première Armée allemande et par le groupe d'armées Felber constitué pour l'occasion. La Wehrmacht avait confié la surveillance de la zone de Toulon à Menton aux unités de la Quatrième Armée italienne. Suite à la défaite de Mussolini en septembre 1943, les Italiens se retirèrent et l'armée allemande dut surveiller la totalité des cinq cents kilomètres de côtes.

Il fallut attendre la prise de commandement du Général Von Sodenstern, en 1943, pour que la situation se modifie. Les probabilités de plus en plus fortes de débarquement et les activités de plus en plus violentes de la Résistance incitèrent alors les Allemands à expédier de nouvelles troupes dans le Sud-Est.

Le groupe d'armées G fut créé dans le contexte de cette montée en puissance.

Ainsi, Sainte-Apostasie, qui ne connaissait de la guerre que quelques restrictions alimentaires, fut réveillée au matin du 25 mai par le ronronnement des moteurs d'une colonne de véhicules de la Wehrmacht. Le détachement stoppa sur la place du marché (devenue depuis place de la Libération) et un jeune officier se dirigea d'un pas décidé vers la mairie.

Le generalmajor comte de Natangen ne daigna pas quitter sa Mercedes 170 décapotée. Natangen était un officier prussien de soixante-huit ans qui portait fièrement ses origines aristocratiques et dirigeait la mission très spéciale de ce détachement du Génie. Les kübelwagen, bourrés de soldats, s'étaient impeccablement alignés derrière la Mercedes.

— Les Allemands, c'est quand même un exemple. Si ç'avait été des Français, t'aurais vu le boxon ! remarqua, le sourire aux lèvres, Valentin Bastifacci qui observait la manœuvre sur le pas de porte de son épicerie.

Ces Allemands n'avaient pas l'air bien belliqueux. Ils restèrent immobiles tels des statues jusqu'au retour du jeune lieutenant qui s'installa près de Natangen.

Le convoi s'insinua dans les petites ruelles qui grimpaient vers le château. Les badauds comprirent alors que la petite troupe allait s'établir là-haut et les avis divergèrent. La plupart estimaient que cette présence mettait en danger la population du village.

— Le jour où les Amerlos débarqueront, on va être au centre des combats. Et on morflera, c'est sûr, déplora Anatole Estripelle, assis à la terrasse du bar des Platanes devant un ersatz de Pernod.

À quelques mètres de lui, Bastifacci était moins inquiet. Voilà trente gaillards qui allaient avoir besoin de boire et de grailler. Et c'était qui, qui allait gagner quatre sous sur le compte des frisés ? Son épouse Marie-Éléonore anticipa la réponse. Elle enfourcha prestement son vélo et prit la direction des fermes environnantes afin d'augmenter son stock de nourriture.

Les époux Bastifacci allaient profiter de la présence des occupants en leur vendant de la bouffe trois fois le prix. Après tout, ils avaient des tas d'exemples de gars encore moins futés qu'eux qui s'étaient fait les roubignolles en or, à Aix ou à Marseille, en approvisionnant la Wehrmacht.

Natangen installa sa troupe dans le château surplombant le village. Il était secondé par le lieutenant Liedchen – celui qui était allé à la mairie – un jeune homme de trente-deux ans qui n'avait qu'un souhait : retourner chez lui, auprès de sa femme et de son fils de quatre ans, un gosse né en avril 1940, juste après son départ au front.

Leur mission consistait à prévoir et à organiser les itinéraires permettant d'acheminer les renforts qui risquaient, en cas d'invasion, de venir défendre les rives de la Méditerranée.

Les effectifs de la Dix-neuvième Armée augmentaient régulièrement. Ils atteignirent un maximum en juin 1944, mais le débarquement de Normandie perturba l'emprise des Allemands sur la région : les unités furent envoyées, les unes après les autres, sur le front du nord-ouest de la France afin de tenter de colmater la brèche.

À partir de là, les troupes défendant la côte méditerranéenne s'amenuisèrent. Le generalmajor comte de Natangen se laissa alors aller à son pessimisme naturel. Était-ce le fait d'une santé précaire qui avait été, avant la guerre, prétexte à une mise à la retraite ? Était-ce le fait de sa lassitude, fruit d'une méfiance envers un régime plus subi que choisi ?

Natangen sortait parfois dans sa Mercedes 170, sous la protection de trois soldats. Il descendait jusqu'en bordure de la Durance, à deux pas du village. Ce paysage d'eau, de roches grises et de montagnes sombres, devait lui rappeler sa Prusse natale. Il ne pouvait guère s'aventurer beaucoup plus loin à cause des maquis qui connaissaient un regain d'activité depuis le printemps, mais cela n'avait aucune importance : ce paysage sinistre suffisait à nourrir sa nostalgie.

Les parachutages, les sabotages, le maniement des armes et des explosifs préparaient les combattants de l'ombre aux opérations à venir. Toute la région bouillonnait. Les maquisards d'Eguilles se rassemblaient dans le massif de la Trévaresse où s'étaient réfugiés également des jeunes gens du Puy-Sainte-Réparade, de Saint-Cannat et de Saint-Canadet. Le groupe du Ligourès s'était fixé à dix kilomètres d'Aix, dans un massif stratégique à deux pas de la route Aix-Pertuis et de la voie ferrée des Alpes. Le Puy d'Ozon, dans la Sainte-Victoire était devenu le refuge des Républicains espagnols évadés des camps, des marins-pompiers déserteurs, des Malgaches de la MOI. Les résistants socialistes s'étaient regroupés au Plan d'Aups et à Trets. Du côté de Saint-Savournin, les puits de mines abritaient des armes et des explosifs...

En guise de réponse, Dunker, le chef de la gestapo marseillaise, monta rapidement quelques opérations contre ces « terroristes ». Des troupes de waffen SS venues d'Avignon et composées en grande partie d'étrangers – Bulgares et Espagnols en majorité – ratissèrent les collines provençales et laissèrent derrière elles quinze morts à Jouques le 10 juin, date du massacre d'Oradour-sur-Glane, cent morts deux jours plus tard à Sainte-Anne, quinze morts à Saint-Antonin le 18 juin, sans oublier les vingt-neuf victimes de Signes du 18 juillet...

En écoutant le chuintement du flot de la Durance entre les galets gris, le comte ressassait ses idées noires.

Il croyait – ou savait – la guerre perdue depuis longtemps et se laissait irrésistiblement envahir par une passivité bien peu militaire. Il n'avait jamais vraiment lutté énergiquement pour défendre ses idées et ses intérêts. Avec l'âge, il devenait résigné, et parfois sarcastique. Il se complaisait dans l'échec. Il pressentait – parce qu'il connaissait bien ses amis généraux – qu'il devait exister, à Berlin, une opposition anti-hitlérienne au sein même de l'armée. Mais il se sentait bien trop vieux, bien trop désabusé, pour participer à quoi que ce soit.

Et puis, Berlin, c'était si loin…

À la mi-juin, le generalmajor comprit que ses itinéraires d'invasion par la vallée du Rhône ou par la route des Alpes n'offriraient, en fait, que des solutions de repli et de retraite lors de l'inéluctable défaite.

Il se sentait vieux, regrettait sa petite ville de Natangen, son château puissant et sobre qui était davantage la demeure d'un hobereau que celle d'un comte, l'hiver prussien, l'âpreté de sa terre natale et le sourire un peu contrit de son épouse lorsqu'il rentrait fourbu de longues parties de chasse.

Ici, sur les bords de la Durance, derrière la grisaille, le printemps explosait comme il ne sait le faire qu'en Provence. Une profusion de fleurs blanches et roses inondait les plaines autour du village. La rivière roulait toujours des flots impétueux, fils d'un hiver alpin très enneigé, mais l'été perçait déjà sous les blés jaunissants.

Juillet et août promettaient d'être caniculaires.

L'étal de Valentin Bastifacci débordait de cerises. Les premières pêches, les premiers abricots apportaient des senteurs suaves et sucrées, une saveur insolente en ces temps où la majorité du pays crevait de faim. Mais ce qui enivrait Valentin, c'était moins le parfum de ses fruits que celui des billets que la troupe de Natangen abandonnait dans son tiroir-caisse.

Le village ronronnait, loin de la guerre, apathique, indifférent, infiniment moins touché que les villes par les restrictions.

Ici, on avait des légumes, des fruits, du vin, de la volaille, des moutons et des porcs. La petite troupe s'intégrait peu à peu à la vie du village. Sans heurts, sans doute parce les habitants trouvaient ces occupants inoffensifs, bien élevés et suffisamment aisés pour acheter des poulets ou des lapins au double de leur prix.

La présence des boches ne perturbait guère la tranquillité du coin. C'est tout juste si la moustache des quelques combattants ronchons de la Der des Der se hérissait à la vision des uniformes feldgrau.

Natangen, dans la grande tradition des reîtres prussiens, restait assez froid et maintenait une certaine distance avec le petit peuple. Il avait accepté que le notaire, Maître Pierre-Marie Heurtefeuille et son épouse, née De Castagnac, continuent à résider dans une aile du château. Les mauvaises langues prétendaient que c'était Heurtefeuille lui-même qui, contre l'avis de ses beaux-parents, avait proposé à Natangen de loger au château.

— Moi, ce comte teuton, je m'en cague. S'il se contente de faire le fier, on s'en tirera bien. Jusqu'à présent, il emmerde dégun. Pourvu que ça dure…

L'avis d'Anatole, qui plagiait le souhait de la mère de Napoléon, reflétait assez bien le sentiment général.

La froideur un peu raide du comte était compensée par la convivialité du lieutenant Herbert Liedchen, son adjoint.

Liedchen effectuait lui-même les achats de la petite troupe dans les commerces du village. Il parlait un français parfait et connaissait Baudelaire bien mieux que la plupart des habitants du lieu. Il lui arrivait de réciter quelques vers tirés des « Fleurs du mal ». Il aimait particulièrement les poèmes sur le vin. Il déclamait, avec une emphase exagérée comme pour se moquer de lui-même, quelques vers de « L'âme du vin » chaque fois qu'il chargeait dans le kübelwagen les bonbonnes de gros rouge vendues par Valentin :

> « J'allumerai les yeux de ta femme ravie ;
> À ton fils je rendrai sa force et ses couleurs
> Et serai pour ce frêle athlète de la vie
> L'huile qui raffermit les muscles des lutteurs.
> En toi je tomberai, végétale ambroisie,
> Grain précieux jeté par l'éternel Semeur,
> Pour que de notre amour naisse la poésie
> Qui jaillira vers Dieu comme une rare fleur !»

Bastifacci se fichait de Baudelaire comme de sa première chemise mais Marie-Éléonore, son épouse, se laissait attendrir par le charme d'un garçon aussi séduisant.

Bien sûr, au bar des Platanes et au Cercle, on évoquait à voix basse les maquis voisins. Il se murmurait que des jeunes du coin s'étaient évaporés sous la menace du STO et qu'ils avaient rejoint l'armée de l'ombre quelque part dans la Trévaresse. Mais ce n'était que des rumeurs. C'était un peu comme si l'on parlait d'une autre planète.

Car tout était calme à Sainte-Apostasie.

Trop calme.

Natangen savait bien qu'ailleurs la guerre présentait rarement un visage aussi bucolique.

Fin juin, l'état-major allemand se targua d'avoir lancé ses premiers V1 et V2 sur Londres. Il affirmait que ces armes décisives allaient donner la victoire au Reich. Berlin se vantait d'avoir envahi la Hongrie, mais taisait la chute de Rome du 4 juin, la gigantesque offensive de l'Armée Rouge à travers les pays baltes, la capitulation de la Finlande, la progression inexorable des Américains dans le Pacifique…

Natangen attendait l'issue inéluctable de ce conflit qu'ensanglantait inutilement la sauvagerie de la division Das Reich : quatre-vingt-dix-neuf otages pendus à Tulle le 9 juin, six cent quarante-deux habitants d'Oradour-sur-Glane massacrés le 10 juin…

La répression destinée à réduire les maquis de la région risquait, elle aussi, de dégénérer.

À quoi serviraient tous ces morts alors que la fin était déjà écrite.

Ici, Natangen voulait éviter ça.

D'ailleurs, les troupes du Génie, ses troupes, n'avaient rien de Das Reich…

Jackie écoutait religieusement le récit de Kodak. Il se hasarda pourtant à l interrompre.

— Bon, votre histoire d'Occupation, c'est bien joli, mais j'imagine qu'il y a des tas de villages qui ont connu la même mésaventure en France. Et ça n'explique pas votre remarque sur ceux que la guerre a tués et qui vivent encore. J'y com - prends rien, moi, à ce charabia.

Kodak manipulait son verre vide et le faisait tourner entre ses doigts, comme si cela l'aidait à réfléchir.

Il marqua une pause, puis répondit au garçon sans le regarder.

— Ce que je voulais te raconter, ça s'est pas passé pendant l'Occupation, ça s'est passé à la Libération. À la fin juillet 44, les troupes allemandes ont enregistré quelques succès face à la Résistance. À Marseille, dix-huit responsables des FFI et vingt-six autres, des soi-disant « terroristes », ont été exécutés. À Signes, dans le Var, ce sont trente-huit maquisards, des chefs de la Résistance provençale, qui ont été fusillés en deux fois, le 18 juillet d'abord, le 12 août ensuite. Tu peux com - prendre qu'à partir de là, le climat s'est détérioré. Les groupes de résistants avaient renforcé leur lutte depuis avril 1944. On ne comptait plus les sabotages d'infrastruc - tures ou d'ouvrages d'art importants sur le plan militaire.

La réaction violente des boches était la réponse d'une bête acculée et blessée aux actes des patriotes. La nervosité des occupants s'accroissait et ils envisageaient des actions de répression radicale contre la population civile.

C'est dans ce contexte que Kodak et les autres vécurent la Libération à Sainte-Apostasie.

Août 1944 : les libérateurs

En fait, tout changea véritablement le 15 août.

Lorsque les Alliés débarquèrent en force sur la côte provençale, la Dix-neuvième Armée allemande ne fut plus qu'un troupeau en perdition. Il devint essentiel, pour ses officiers, d'éviter d'être isolés ou débordés.

Face à l'invasion venue de la mer, les groupes d'artillerie côtière de l'armée de terre et de la marine, responsables de la défense des côtes, ne disposaient que d'un équipement hétéroclite, de matériels récupérés çà et là en Europe, de rares munitions.

Ces défenses avaient été concentrées en trois points – dans les régions de Sète, de Marseille et de Toulon – et leur artillerie n'avait qu'une portée maximale de vingt kilomètres. Le réseau de télécommunications, entièrement dépendant de la poste française, subissait de nombreuses pannes et interruptions.

La Dix-neuvième Armée ne put donc guère s'opposer aux forces alliées, bien que les autorités allemandes aient été au courant du projet dès le 10 juillet, soit plus d'un mois auparavant.

Elles avaient localisé la position des troupes en Méditerranée, une position qui ne laissait planer aucun doute sur l'approche d'un débarquement sur la côte, soit au sud de la France, soit dans le golfe de Gênes.

À partir du 20 août, alors qu'on se battait encore dans les rues de Marseille, les villages de l'arrière-pays étaient libérés les uns après les autres.

Partout, les maquis se dévoilaient et participaient activement aux combats. De nombreux jeunes les rejoignaient et prenaient les choses en main : on faisait sauter des ponts pour entraver la retraite allemande, on abattait des arbres sur les routes, on attaquait les véhicules isolés avec des armes de fortune.

Trets fut libéré le 20 août et Gardanne à l'aube du 21.

Les habitants de la cité minière étaient partis se réfugier dans les collines la nuit précédente pour éviter les garnisons allemandes repliées en ville. On craignait leur réaction mais les boches se contentèrent de réquisitionner tous les véhicules. Ils en manquaient cruellement pour fuir et ils emportèrent même le vieux vélo du maire. Le lendemain matin, le 21 donc, les Américains arrivèrent. Les habitants regagnèrent alors le village dans une allégresse générale. Certains ramassèrent les armes abandonnées par les Allemands, et encadrèrent les Américains. Quelques malins se firent passer pour les sauveurs de Gardanne. Les FTP et FTPE, commandés par un Bulgare nommé Pierre condamnèrent certains commerçants à de fortes amendes.

Le temps des représailles, nourries parfois des rancunes personnelles, était arrivé.

On constitua des groupes armés par l'arsenal récupéré, et on entreprit le nettoyage de la région.

Dans toutes les bourgades, c'était le même cérémonial : avec l'arrivée des Américains, les brassards FFI fleurissaient dans les rues. À croire que les GI's les distribuaient avec les paquets de chewing-gum !

Beaucoup furent étonnés : ils n'avaient pas remarqué, ces étourdis, qu'il y avait eu autant de résistants…

Les Allemands tenaient encore quelques points névralgiques comme Pertuis ou le canon de Meyrargues, une pièce d'artillerie lourde montée sur un wagon garé, bien à l'abri des regards, dans le tunnel qui permettait à la ligne des Alpes de franchir une barre rocheuse. Cette pièce d'artillerie semblait indestructible et tenait sous son tir la vallée de la Durance jusqu'à Mirabeau et Peyrolles.

Malgré cela, dans toute la région, la Wehrmacht dut envisager le repli. Décrocher pour mieux combattre, c'était le discours officiel… Les Allemands empruntèrent pour cela les fameux itinéraires d'invasion imaginés par le groupe Natangen. Leur retraite s'organisa rapidement. Ils refluaient en ordre vers le nord, sous les bombardements de l'aviation alliée.

En quelques jours, l'étroite vallée du Rhône fut constellée de carcasses de véhicules carbonisés. Le 24 août, le convoi se trouva sous le feu des unités américaines à l'est. La 11e Panzerdivision de Von Wietersheim protégeait la retraite. Le sort de toute une armée semblait dépendre de ses prouesses. Von Wietersheim se battait comme un beau diable afin d'éviter l'encerclement. Il reprit même Romans les 28 et 29 août, une conquête de courte durée qui apporta à Blaskowitz une satisfaction passagère. Le savait bien que, à la tête de ses panzers, Von Wietersheim ne déchaînait que de vains barouds d'honneur fanatisés sur les flancs de l'interminable exode.

Dans les villages voisins de Sainte-Apostasie, c'était toujours et partout le même scénario.

Les Allemands quittaient précipitamment leurs postes, les Américains arrivaient, précédés ou accompagnés par les membres des comités de libération qui émergeaient de la clandestinité, une clandestinité fort pratique pour certains car, par définition, celle-ci imposait le secret et chacun pouvait aussi se targuer d'exploits passés dans l'ombre.

Le 21 au matin, les Allemands fuirent Luynes et Les Milles où ils s'étaient installés dans l'ancien camp d'internement de la tuilerie.

Ils abandonnèrent leur dernière ligne de défense édifiée près de Charleval dans la nuit du 22. C'est l'avant-veille seulement qu'ils avaient décidé, à la hâte, cette fortification. De gros chars avaient été mis en position en divers points du village, des trous pour la troupe et les blindés avaient été creusés par la population réquisitionnée. Les habitants apeurés coururent se réfugier dans la vallée de la Durance et les Allemands en profitèrent pour piller les habitations. En fait, ils recherchaient surtout des chevaux pour se déplacer. L'objectif de l'occupant, en construisant ce barrage, était de stopper l'avance alliée sur la Nationale 56. C'était une aberration qui montrait bien l'état de panique dans lequel était plongé l'état-major : la position était intenable puisque les Alliés, avançant sur la Nationale 7, auraient pu prendre leur défense à revers au niveau de Pont Royal.

Rognes, la Roque d'Anthéron, Alleins, Sainte-Apostasie et Charleval furent libérés le 22, Mallemort et Alleins le 23.

Le 23 août 1944, les Allemands avaient abandonné la totalité du pays d'Aix.

Partout, ce n'étaient que drapeaux tricolores, fanfares, chants, cloches, allégresse, brassards FFI... On offrait des fruits et du vin, même si les fêtes du canton de Lambesc étaient altérées par le souvenir du drame récent des maquis de Sainte-Anne et des arrestations de juillet.

Les Américains quittèrent la région à hauteur de Lambesc afin de libérer les villes de la Nationale 7. Tout au long de leur parcours, les bords de route dévoilaient les sépultures sommaires des soldats allemands tués dans les embuscades tendues entre le 15 et le 21 août.

Sur la droite de leur progression, les GI's ignorèrent Sainte- Apostasie, Sainte-Apostasie qui célébrait la victoire, Sainte-Apostasie qui rendait la justice.

— La justice ? Mais quelle justice ? Je pensais que la Libération avait été un moment de joie collective, un moment d'allégresse, rien de plus.

Kodak esquissa une grimace.

— Je vois... L'image d'Epinal... Avec les lampions, un orchestre qui joue la Marseillaise, des GI's qui chantent quelques airs de Glenn Miller, les robes fleuries des filles qui tournoient dans le soir qui descend...

— Ben oui.

— Ah, ces jeunes ! Vous en avez encore des choses à apprendre.

Jackie haussa les épaules. C'est toujours ce que disent les vieux, ce que disent ceux qui, justement, auraient dû apprendre ces choses-là aux plus jeunes.

Il répliqua avec un zeste d'agressivité dans le ton :

— Au fait, Kodak, vous n'allez quand même pas me racon - ter toute la guerre. Moi, ce qui m'intéresse, c'est l'histoire de Thérèse.

— Sois pas impatient. Elle arrive, Thérèse, elle arrive. En fait, tout s'est déroulé les 22 et 23 août 44... Le 22 août, la

ligne de défense de Charleval est tombée. Alors, le groupe de Natangen a décidé de quitter Sainte-Apostasie pour se replier vers le nord. Tu sais, dès le débarquement en Provence, le 15 août, on sentait bien que les fridolins n'y croyaient plus. Le Natangen, il se la jouait grand genre, petits moyens, mais il avait la défaite dans le regard. Pourtant, il a fallu attendre le 22 août et son départ du château pour que nos « héros » daignent enfin sortir de leurs planques.

— Nos héros ?

Kodak haussa les épaules.

— Je rigole. Face à l'épreuve, le village s'est recroquevillé et s'est replié sur lui-même. On peut pas dire que pendant la guerre, on ait eu de grands combattants, non. Mais rien n'était évident... Après tout, on ne savait rien sur personne puisque la Résistance était, par définition, une lutte clandestine. Même si quelques jeunes ont rejoint le maquis en 43 pour échapper au STO, dans l'ensemble, la population a vécu en bonne entente avec les Fridolins qui occupaient le château. Faut dire que c'était un peu l'intérêt de tous qu'il en soit ainsi. Faut dire aussi, et à leur décharge, que les boches étaient polis, n'emmerdaient personne et faisaient travailler le commerce. Quand je parle du commerce, ça ne concernait pas que le boucher, le boulanger ou l'épicier, non, ça allait plus loin que ça. Ils achetaient des poulets, des fruits ou des légumes aux paysans du coin. Tout le monde, ici, y a trouvé son compte, sas...

— Qu'est-ce qui s'est donc passé le 22 août ?

Le vieux eut un sourire narquois.

— Tout a commencé avec Anatole...

22 et 23 août 1944 : les justiciers

« Jamais, au cours de son existence, ce pays n'avait payé un tribut aussi lourd à la guerre civile. Jamais tant d'excès n'avaient été perpétrés sur cette terre qui, tout au long de son histoire, a été pétrie d'humanisme.»

Robert Aron « *histoire de l'épuration*»

L'annonce de l'abandon de la ligne de Charleval parvint très tôt au village, vers les cinq heures du matin.

Le lieutenant Liedchen avait confié la veille que le repli vers le nord était imminent. Le Comte Natangen avait déjà quitté le château afin de gagner Avignon où il devait rejoindre la garnison de Toulouse. Blaskowitz avait abandonné son QG le 20 août et la jonction était prévue le 23. Le comte devait préparer l'arrivée du commandant du Groupe d'Armée G et le repli. C'était urgent car les forces alliées remontaient la Nationale 7 et risquaient de se trouver aux portes de la ville avant lui.

Au village, le premier à réagir fut Anatole Estripelle.

Anatole tenait la mercerie avec sa femme et ne semblait pas, jusque-là, avoir été trop gêné par la présence boche.

Au matin du 22, il s'affubla d'un pseudo et devint le Lieutenant Simone. Il décora sa boutique d'un drapeau tricolore frappé de la Croix de Lorraine, s'arma d'une mitraillette Sten récupérée après un parachutage, et créa sur-le-champ, avec quelques amis matinaux venus prendre leur café au Cercle, un Comité Local de Libération. « Pour mettre un peu d'ordre dans cette putain de cambrousse » déclara-t-il d'un ton péremptoire.

Sainte-Apostasie allait avoir ses libérateurs !

En ces temps un peu troubles, il devenait évident que le pays aurait besoin d'hommes dévoués et décidés à rendre la justice. Anatole fut rejoint rapidement par Valentin Bastifacci, un résistant de la vingt-cinquième heure comme lui. Valentin se targua rapidement d'un haut fait d'armes : il venait de zigouiller à bout portant un soldat allemand dans les escaliers des Coulets. Les mauvaises langues chuchotèrent que le fridolin était totalement inoffensif car il descendait du château pour acheter du pain comme il le faisait chaque matin depuis le 25 mai. Mais ces ragots restèrent étouffés. Que pesait le cadavre d'un futur vaincu face à la témérité d'un enfant du village ?

Personne ne chercha à savoir comment Valentin – « un gars qui bandait pour le Maréchal et même pour la Milice » selon les mêmes mauvaises langues – s'était retrouvé lui aussi affublé du grade de Lieutenant.

Il faut croire qu'en jouant les redresseurs de torts, beaucoup espéraient effacer leurs relations passées, mais non moins fructueuses, avec la Wehrmacht durant l'Occupation.

Il faut croire aussi que les mauvaises langues savent la boucler fort opportunément afin de mieux suivre et – surtout – de mieux profiter du mouvement.

Le tout nouveau Comité Local s'installa en grande pompe à l'hôtel des Voyageurs et s'équipa de mitraillettes larguées, opportunément récupérées par Anatole. Sa première décision fut de fêter dignement, à coup de bonbonnes de rouge, l'exploit de Valentin hissé au rang de tueur de nazis.

Les habitants râlaient mais ils la fermaient. Ils avaient une peur bleue de ces cinglés armés jusqu'aux dents ! Le cadavre du boche abattu avait volontairement été laissé sur les lieux et constituait, en quelque sorte, un avertissement pour les indélicats qui voudraient s'opposer au Comité.

Les Allemands quittèrent le château en début de matinée, après avoir récupéré la dépouille de leur collègue, sans qu'aucun des nouveaux héros ne s'interpose.

Pierre-Marie Heurtefeuille rejoignit assez vite le groupe des libérateurs. Il avait sûrement quelques menues broutilles à se faire pardonner. N'était-ce pas lui qui avait proposé à Natangen d'utiliser le château, au mois de mai précédent ?

En se rapprochant des deux zigotos, Pierre-Marie remettait ses compteurs à zéro.

On sait que le notaire avait épousé Marie-Hélène De Castagnac, l'héritière du château. Le couple y habitait avec les beaux-parents jusqu'à l'arrivée de Natangen. Les De Castagnac se replièrent alors sur Aix-en-Provence. Le père De Castagnac avait été gazé dans la Somme en 16. Il ne pouvait pas blairer les boches et la seule vue de l'uniforme vert-de-gris déclenchait systématiquement ses crises d'asthme. Il préféra donc mettre un peu de distance entre eux et lui.

Pierre-Marie, lui, ne souffrait ni d'asthme, ni de scrupules.

Lorsqu'il rejoignit le Comité à l'hôtel des Voyageurs, on préparait les festivités à venir et on dressait les listes de ceux que la justice populaire se devait de punir.

Pierre-Marie arriva tout juste à temps pour rayer son nom

du catalogue des infâmes. Anatole tenta alors de s'interposer, mais il suffit que le notaire lui rappelle discrètement les faveurs que sa fille aînée avait accordées à un sergent de la Wehrmacht, pour que les velléités du tout nouveau lieutenant Simone s'estompent illico. Et puis, Pierre-Marie arrivait avec un joli cadeau destiné à prouver sa bonne foi et son amour de la patrie : il venait de boucler Liedchen dans une cave du château. Le lieutenant constituait l'arrière-garde de la retraite du détachement, et ç'avait été un jeu d'enfant, pour le notaire, d'estourbir cet homme confiant avec lequel il entretenait de bonnes relations.

Un otage, c'était une aubaine. Ça pouvait toujours servir au cas où les Allemands reviendraient menacer la population. Et puis, ça donnerait l'occasion, au Comité, de juger un boche en grande pompe.

La première action patriotique du groupe fut de descendre un second frisé, un de ces vieux incorporés de la dernière heure dans la Volksturm, un gars paumé sur la route qui longe la Durance, à la recherche de son groupe.

Tout faillit pourtant se gâter sur le coup de midi avec l'arrivée tonitruante d'Adrien Escragnolles et de Fernand Ramirez qui ne comprenaient pas comment une cargaison d'armes larguées avait pu atterrir aussi facilement entre les mains d'Anatole et de ses sbires.

Adrien et Fernand avaient quitté le village quelques mois auparavant pour le maquis et la résistance communiste. Eux s'étaient vraiment battus contre les nazis. Leur combat avait cessé avec le repli de l'occupant. Beaucoup de leurs camarades s'étaient engagés dans la Première Armée française afin de poursuivre le Teuton jusque sur ses terres. Adrien et Fernand avaient préféré rester sur place. Il convenait maintenant de mettre un peu d'ordre dans le village, histoire de préparer l'avenir et la prise de pouvoir démocratique.

Certains pensèrent que les opportunistes du Comité local d'Anatole et les résistants FTP – les vrais – allaient s'affronter et que cela tournerait au vinaigre. Il n'en fut rien. Au nom sacré de l'union nationale. On décida de rendre la justice, tous ensemble, et de fêter dignement la Libération du pays.

La grande fête fut prévue pour le lendemain.

Il était nécessaire de l'organiser consciencieusement. Le Comité publia la liste des indésirables, c'est-à-dire de ceux qui s'étaient, à ses yeux, compromis avec l'occupant. On décida de dessiner sur-le-champ des croix gammées sur certaines façades afin de signaler les traîtres à la population.

La plupart des habitants étaient persuadés que les Allemands avaient bénéficié de connivences à l'intérieur même du pays. Le vieux fantôme de la cinquième colonne resurgissait… Trois maisons du village furent ainsi marquées, dont celle de Nicodème Raspigole. Plusieurs fermes des alentours subirent le même sort, sous le prétexte que certains paysans avaient fourni de la nourriture au groupe Natangen. Lorsque l'un des accusés, grande gueule, s'écria : « Eh alors, je leur ai quand même refilé moins de patates que votre Valentin de merde qui fait le fier et joue les résistants ! », il reçut un coup de crosse de pistolet mitrailleur dans la mâchoire, histoire de lui apprendre la correction.

En fait, l'opposition entre le village et la campagne provenait de vieilles jalousies : les paysans, avec leurs poules, leurs lapins, leurs cochons, leurs fruits et leurs légumes n'avaient pas trop souffert de la guerre, alors qu'en ville… Les vieilles rancunes accumulées pendant cinq années de misère exsudaient de toutes parts.

Sur chacune des maisons signalées par la svastika, le Comité apposa une affichette interdisant aux occupants de sortir durant les festivités prévues pour le 23.

La victoire ne les concernait pas.

La fête débuta effectivement le 23 au matin.

On s'y préparait en éclusant quelques fioles de rouge. L'alcool échauffait les cœurs et les âmes. On chantait, on s'interpellait. Les scènes de la Libération s'apparentaient à une forme de révolution villageoise de quelques heures. Très tôt le matin, la place était noire de monde. Le Comité, replié sur le château, avait conservé une antenne à l'hôtel des Voyageurs, plus proche du centre.

Devant le monument aux morts, on entassa les portraits du Maréchal, les affiches incitant au travail, à la famille, à la patrie, et tout ce qui pouvait rappeler la France de Vichy, cette France que tous avaient accueillie avec des cris de joie, cinq ans plus tôt, et qui était aujourd'hui la France honnie.

Bientôt les flammes purifièrent les miasmes de la France vaincue.

Ce fut un feu de joie où se consumaient, au milieu des farandoles, le pétainisme, son idéologie et l'ordre ancien. Certains s'empressèrent de jeter dans le bûcher tous les documents frappés de la francisque, les listes de membres de la Légion des Combattants ou des organismes de soutien au Maréchal. C'était sans doute moins pour alimenter les flammes que pour faire disparaître des preuves qui les accableraient demain. Leurs noms n'y figuraient-ils pas en bonne place?

Dans cet autodafé, la moustache du Maréchal cramait devant le monument qui célébrait une victoire à laquelle il avait tant participé.

La liesse était unanime et vindicative. On célébrait le retour des maquisards qui paradaient au grand jour, fusil en bandoulière, mais on recherchait aussi les coupables. Car il fallait des coupables, d'ailleurs il faut toujours des coupables…

La veille, Aix-en-Provence avait montré l'exemple.

Le mardi 22 août donc, on y avait coupé les cheveux de quelques Aixoises suspectées d'intelligence – souvent horizontale – avec les boches, puis on avait promené les tondues à travers la ville. Les témoins racontaient qu'elles étaient assez nombreuses, même si certaines avaient réussi à échapper à la tonsure en étant sanctionnées par où elles avaient péché.

Si Aix avait eu ses tondues, Sainte-Apostasie aurait les siennes !

Aussi, le Comité Local désigna sur-le-champ quatre filles qui furent emmenées, manu militari, le mardi soir dans les caves du château.

La cérémonie fut fixée au lendemain, en début d'après-midi.

Ce fut un moment d'harmonie exceptionnel. Estripelle et Ramirez, Bastifacci et Escragnolles, paradaient bras-dessous bras-dessus, le brassard bien en vue. L'union de tout un peuple. Pourtant, on scellait moins cette unité autour de la libération du pays que de l'exclusion de celles et ceux qui avaient trahi.

Dans le village, dans ce microcosme fermé géographiquement et culturellement, cette cohésion concrétisait avant tout la crainte de la division. On était tous de Sainte-Apostasie, on allait se débarrasser des fourbes et des fautifs afin d'enfouir leurs sales tronches dans l'arrière-mémoire intime, au creux des secrets réservés aux seuls fils du village.

Sainte-Apostasie était une grande et belle communauté qui entendait bien laver son linge sale en famille et faire bonne figure devant les autres. Les libérateurs du Comité Local furent d'autant mieux adoptés qu'ils faisaient tous partie du village. C'est tout juste s'il y eut quelques grincements de dents à l'encontre de Fernand Ramirez. C'était un Espagnol et un communiste, soit au moins deux raisons de déchaîner la méfiance, même si c'était le seul membre du Comité local à s'être vraiment dressé contre l'occupant les armes à la main, alors contre mauvaise fortune...

Mais des histoires des autres, on s'en fichait un peu, l'important c'était surtout de ne pas avoir d'emmerdes dans cette époque sans foi ni loi.

À Roussillon, à quelques kilomètres, le maire communiste n'avait été accepté que parce qu'il était un enfant de pays et un résistant notoire.

À Sainte-Apostasie, Anatole et Valentin n'avaient qu'une de ces qualités : ils étaient du pays.

Et cela, curieusement, suffisait.

À deux heures de l'après-midi, plusieurs centaines de personnes étaient rassemblées. On se tenait sous les platanes généreux, à l'abri de la lumière sèche et blanche qui brûlait les façades, comme si l'ombre, diluant les traits des visages, donnait au voyeurisme l'excuse de l'anonymat.

La place du marché n'était plus une agora, mais un lieu infâme où allaient pouvoir exploser toutes les passions négatives, toutes les haines morbides longtemps contenues dans les regards et enserrées dans les esprits étroits.

Quelques-uns ramenaient des nouvelles des alentours.

Des rumeurs plutôt que de véritables nouvelles...

Ces rumeurs qui étaient la seule source d'information, ces rumeurs qui se déformaient au gré de ceux qui les colportaient.

Les rumeurs indiquaient donc que les Allemands avaient quitté la région, qu'à Saint-Cannat, quelques filles avaient été tondues sous les ricanements de la foule, même si l'on ne cachait pas que celle qu'il aurait fallu vraiment raser, la Rose-Marie, avait mis les bouts depuis longtemps. À Charleval, cinq femmes avaient été également tondues dans une ambiance des plus festives.

Il était temps que Sainte-Apostasie fasse la preuve de son patriotisme, que le village montre qu'il était, lui aussi, capable de rendre la justice dans la joie populaire.

— Allez les chercher, ces salopes ! beugla Anatole, passablement aviné.

Un quart d'heure après, les quatre filles pénétraient sur la place.

On avait récupéré l'estrade du Cercle, un plancher étroit sur lequel deux violons et un accordéon faisaient guincher la foule les dimanches après-midi d'avant la guerre, et on l'avait dressée devant l'hôtel des Voyageurs.

Les quatre filles traversèrent la foule, tête baissée sous les crachats. Leurs semelles de bois martelaient les pavés.

Du premier étage de la poste, Nicodème Raspigole et sa famille, consignés chez eux par la croix tracée sur la façade, observaient Thérèse. Elle était blême et marchait tel un automate, la tête droite, les yeux secs. Le père pensa à l'image du Christ sur le chemin du mont des Oliviers, mais il s'en voulut immédiatement. Car sa fille, contrairement à Jésus, méritait mille fois ce châtiment. Elle avait fauté. Elle avait trahi. Pire : elle l'avait trahi.

La honte retomberait sur toute la famille.

Qu'allaient-ils devenir, lui, sa femme et ses fils ?

Autour de l'estrade, la populace, diverse et vindicative, se pressait.

Au premier rang, des hommes jeunes, avec ou sans brassard, avec ou sans armes, tentaient de contenir la foule.

Derrière eux, un deuxième cercle d'hommes, de femmes et d'enfants semblait plus agressif. C'était des insultes et des crachats. Ils étaient prêts pour la mise à mort et étaient bien décidés à en être les acteurs, encore plus que les spectateurs.

L'agressivité diminuait lorsqu'on s'éloignait. Dans le fond, on observait la scène de manière plus statique, on se taisait, mais cette foule faisait masse, c'était un seul corps, un seul regard vers les filles qu'on allait tondre.

C'était sans doute une occasion, la première occasion depuis cinq ans, de s'intégrer dans un collectif, de s'associer aux combattants, de participer à un événement.

Après des années d'humiliation, être là, c'était en quelque sorte, être vainqueur.

On avait disposé quatre chaises sur l'estrade et on fit asseoir les quatre coupables. Le préposé tondeur n'avait guère plus de vingt ans. Il portait le brassard de FFI et le bruit courait – toujours la rumeur – qu'il s'était illustré dans des opérations de résistance. Pour lui, plus encore que pour la population hurlante, la tonte de ces quatre femmes était relativement anodine en regard des massacres de la guerre et de la barbarie nazie.

Tous ceux qui se pressaient autour de l'estrade communiaient dans une violence libératrice, une violence à laquelle on ne pouvait que se rallier massivement, une violence légitimée et exutoire, prélude incontournable de la régénération nationale.

Les plaisanteries fusaient. L'obscénité était de mise. C'était presque une cérémonie joyeuse, soigneusement mise en scène, le pendant enjoué des funestes fusillades de traîtres prestement jugés.

Lorsque le jeune FFI s'empara des ciseaux, le silence devint assourdissant. On plongea alors dans des temps immémoriaux, lorsque les foules se déplaçaient pour assister à ces grandes cérémonies sacrificielles, à ces holocaustes où s'affirmait, autour de quelques victimes expiatoires, l'adhésion à une communauté ou à un groupe.

Les ciseaux se refermèrent sur la première mèche et la foule se libéra.

La première fille était brune et ses cheveux noirs jonchaient le bois clair de l'estrade. Elle éclata en sanglots. Les hommes du premier rang durent contenir le ressac de la foule. Quelques photographes amateurs, qui n'étaient ni Robert Capa, ni Lee Miller, opérèrent. Ils pressentaient qu'ils vivaient des moments intenses, que ces images fortes se graveraient forcément dans l'histoire collective, que ce rituel théâtralisé dédouanerait le village.

Le châtiment devait être immortalisé afin de prouver qu'à Sainte-Apostasie, comme ailleurs, mieux qu'ailleurs, on avait su faire le ménage, on avait su rendre la justice.

Thérèse fut la troisième à subir les ciseaux de l'apprenti coiffeur. Ses touffes de cheveux châtains se mêlèrent à celles de ses voisines de droite. Autour d'elle, la populace jubilait. La solidarité des lâches explosait dans un carnaval macabre et répugnant.

C'était la fête des cons.

C'était la Libération, bien sûr, mais la libération de la veulerie, de la haine, de la délation.

Ces hommes armés et embrassardés n'avaient-ils pas un cruel besoin de revanche sur la défaite de 40, sur la déroute des soldats de France ?

La débâcle avait concrétisé, qu'on le veuille ou non, la faillite des mâles. La Résistance, hier, et la Libération, aujourd'hui, étaient l'occasion de réaffirmer, à la fois, une appartenance patriotique et une virilité retrouvée.

La tonte des quatre filles conjuguait ces deux aspects. Elle effaçait la honte de la trahison sexuelle, réelle ou fantasmée. L'humiliation faite aux femmes n'était-elle pas, quelque part, une reconquête de ces corps souillés par les mains de l'ennemi ? N'était-elle pas la restauration de l'autorité et la vigueur des mecs ?

— Qu'est-ce qu'elles ont encore fait, ces salopes ?

— Elles ont fricoté avec les boches ?

— Fricoter ? Tu veux dire coucher. Elles ont couché avec les boches ?

— Les putes ! Pendant que nous, on se battait, elles en ont pris du bon temps, va…

Fureur des uns…

— Paraît que les membres du Comité leur ont fait passer une mauvaise nuit, elles ont payé par où elles avaient péché…

— C'est normal, mais si ça leur plaisait tant que ça avec les boches, ça a pas dû beaucoup les punir, ces connasses…

Ricanements des autres…

— Elles n'ont plus qu'à payer. Vive la France !

— Vive la France !

Patriotisme de tous…

Qu'avaient-elles fait, en vérité ?

Avaient-elles vraiment « couché avec les boches » ?

Sûrement. Sans doute. Peut-être. Pas forcément.

Elles avaient peut-être simplement plaisanté. On ne pouvait quand même pas tirer une tête d'enterrement chaque fois qu'on croisait un Teuton ! Comme la veille à Aix, la cérémonie du scalp visait davantage à punir des actes de collaboration que de sanctionner des relations sexuelles avec des soldats allemands.

À grands coups de ciseaux, les hommes reprenaient tout simplement le pouvoir qu'on leur avait confisqué durant cinq longues années.

Au premier rang, Fernand Ramirez baissait les yeux. L'image de ces filles tondues et humiliées le gênait. Il se souvenait d'autres images, des images semblables. Des scènes vécues en Espagne. Les tontes qu'infligeaient les Franquistes aux épouses des Républicains. L'humiliation, déjà. Mais c'était le fait des Franquistes, des pourris, alors qu'aujourd'hui…

Fernand baissait les yeux et serrait ses mâchoires…

Puisque c'était au nom de l'unité nationale…

Lorsque les quatre filles eurent été tondues, le préposé coiffeur trempa ses doigts dans un pot de minium et traça avec application, de son index droit, une croix gammée sur chacune des nuques offertes à la vindicte populaire.

Jackie était pétrifié. Il avait besoin de réagir, de dire quelque chose. Ainsi, sa mère avait été livrée à l'appétit putride de la populace. Elle avait été mortifiée, salie. Il avait un sale goût, des remontées de fiel, dans la gorge.

Il interrompit Kodak avec un ton qu'il aurait voulu détaché.

— Bon, d'accord, ça devait pas être joli-joli, ces filles rasées, mais ça s'est passé comme ça dans beaucoup de villages et de villes françaises. Et puis, avec le temps, les choses se sont estompées. Tenez, moi j'en connais quelques-unes, des tondues, du côté de Marseille, qui s'en sont bien remises. Par exemple, la femme d'un ami qui avait vingt-cinq berges à la Libération...

Kodak l'interrompit.

— Tu sais, on peut pas comparer les villes et les villages. Le village reste un monde fermé. Sur les quatre filles, il y en avait deux qui étaient là simplement parce qu'elles avaient vendu des lapins aux boches, pas parce qu'elles avaient couché avec eux. Ça laisse moins de traces. Quant aux deux autres, c'est sûr que c'était plus terrible pour elles.

— Thérèse était l'une des deux autres ?

Kodak soupira :

— Eh ouais. Elle était accusée d'avoir couché avec le lieutenant. Remarque, l'accusation était ambiguë. C'est Adrien Escragnolles qui avait convaincu le Comité Local de sa culpabilité. C'est vrai qu'elle était bien collègue avec le lieutenant, mais c'était pas la seule à sympathiser avec lui. Fallait voir la femme de Bastifacci, comme elle roucoulait et comme elle tortillait du cul dès qu'il rentrait dans l'épicerie ! Être bien collègues, ça veut pas dire coucher, hein ? Et puis, cet Escragnolles, à plusieurs reprises, il avait fait des propositions salaces à Thérèse et elle l'avait envoyé balader assez vertement. Alors, d'ici à penser que c'était une simple vengeance…

Jackie sentit son estomac se nouer. La femme dont parlait Kodak était sa mère. Il voulait en savoir encore plus sur elle, même si cela devait le blesser.

La question fusa :

— Et d'après vous, d'après vous qui étiez là à cette époque, elle a vraiment eu une relation avec le lieutenant, ma… Euh, cette Thérèse ?

— À l'époque, comme tu dis, j'avais pas encore quarante ans et je faisais moins attention aux gens et à leurs réactions qu'aujourd'hui. Tu sais, quand on est jeune, on est plus superficiel, moins à l'écoute des autres. J'ignore si Thérèse a couché avec le lieutenant Liedchen. À ma connaissance, ça n'a jamais été prouvé, mais je suis sûr, moi, qu'elle en était amoureuse. J'avais remarqué une lueur plus vive dans ses yeux quand il était là. Ce sont des choses qui ne trompent pas, ce sont des choses qu'on remarque parfois mais qu'on interprète souvent beaucoup plus tard. Oui, incontestablement Thérèse était amoureuse…

Mai - août 1944 : les amoureux

Oui, incontestablement, Thérèse était amoureuse, follement amoureuse, amoureuse comme on peut l'être à dix-neuf ans, comme on ne peut l'être qu'à dix-neuf ans.

Et quand on aime aussi fort, on ne choisit pas, ça frappe comme la foudre, on reste tétanisé, on demeure là sans comprendre, comme si on se retrouvait au cœur d'une autre galaxie, d'une éblouissante galaxie.

Elle n'avait pas particulièrement remarqué Herbert Liedchen la première fois qu'il était entré dans le bureau de poste. Son père, Nicodème, n'aimait pas les Allemands, donc elle ne les aimait pas. Par devoir filial. Par respect pour son père, mais aussi en souvenir de tous ceux qui portaient sur leurs corps les traces, souvent horribles, de 14-18. Et c'était bien les Allemands, les boches comme on disait, qui leur avaient infligé ces affreuses blessures : les visages défoncés et déchiquetés, les culs-de-jatte, les manchots, les aveugles, les fous qui hurlaient la nuit dans les rues, avaient été jadis jeunes et beaux. Jadis, avant l'été de 1914.

Nicodème avait combattu sur tous les fronts durant quatre ans. Il n'était pas un héros, mais il avait survécu là où ses camarades étaient morts. Il avait reçu la médaille militaire des mains de Pétain qui l'avait félicité pour son courage. Depuis, il vénérait le Maréchal. Lorsqu'en 1940 le vainqueur de Verdun avait fait don de sa personne pour que la France demeure, il en avait eu les larmes aux yeux. Le Maréchal sauvait la patrie une deuxième fois...

L'arrivée des Allemands à Sainte-Apostasie l'avait mis en rogne. Les boches restaient des ennemis. Il ne voulait pas les voir, pas les croiser, aussi il demanda à sa fille de s'occuper d'eux lorsqu'ils viendraient à la poste. Et ils y vinrent souvent car le réseau de télécommunications de l'armée d'occupation dans le sud dépendait entièrement de la poste française.

C'est le lieutenant Herbert Liedchen qui se chargeait de ces contacts.

Peu à peu les relations assez distantes des premiers jours s'assouplirent.

Sans doute parce qu'Herbert parlait un français impeccable dénué de l'abominable accent germanique. Et puis, il avait réussi à faire rire Thérèse lorsqu'il lui avait avoué avec un air faussement contrit que son nom, Liedchen, signifiait « chansonnette » en allemand.

Ainsi, le lieutenant de la fière Wehrmacht s'appelait « chansonnette » !

Petit à petit, le lieutenant s'intégra dans le village.

Petit à petit, il occupa de la place dans l'esprit et dans le cœur de Thérèse. De plus en plus de place. Il n'était pas un garçon fruste comme ceux du coin, comme cet Adrien Escragnolles qui importunait régulièrement la jeune fille avec des avances de mauvais goût, non, Herbert possédait bien des qualités. Il savait construire des ponts – il était ingénieur – et, surtout, réciter de la poésie. Les garçons de Sainte-Apostasie ne connaissaient que le travail des champs, la beuverie entre hommes, les plaisanteries grivoises. Quant à la poésie…

Herbert avait lu les poètes français. Il avait trente-deux ans, était marié et n'avait qu'un souhait : quitter cet uniforme, rentrer chez lui, retrouver son gosse, construire des ponts, encore des ponts, toujours des ponts. Des ponts pour relier les hommes à une époque où l'obsession de tous semblait être de les détruire.

Thérèse comprit qu'elle était amoureuse aux premiers frémissements de la jalousie. Elle s'aperçut que l'irritation la submergeait lorsque Herbert parlait de son épouse ou lorsqu'elle le voyait s'attarder chez Marie-Éléonore, l'épicière aguicheuse.

Il la rendait malheureuse lorsqu'il évoquait son retour en Allemagne, ses projets là-bas, des projets dont elle serait exclue.

Elle aurait voulu que le temps s'arrête, qu'Herbert reste là, dans le château, qu'il descende tous les jours à la poste. Elle ne se montrait donc pas très exigeante, se contentant d'un sourire, de quelques phrases, à condition que ce fut jusqu'à la fin des temps…

En ce début d'été, la nature explosait en fruits parfumés dans les vergers et en massifs de fleurs dans les jardins. Mais Thérèse ne parvenait pas à se défaire de ce rêve absurde, de ce désir inassouvi, de cet espoir dissimulé. Quand il lui arrivait de l'accompagner, de faire quelques pas avec lui, il lui récitait quelques vers de Goethe, de Rainer Maria Rilke, de Conrad Ferdinand Meyer ou de cette étrange Karoline von Günderode qui se planta un poignard en plein cœur.

Et cela suffisait à son bonheur.

Comment tout arriva ?

Elle ne le sut jamais, mais cela n'avait rien d'étonnant car personne n'a jamais rien compris à cela.

Elle était allée se balader au bord de la Durance. C'était au début du mois de juin, en fin d'après-midi d'une journée anormalement chaude. Il était là, assis sur une grosse pierre, près de l'eau bouillonnante, un livre à la main. Il avait posé sa veste près de lui et défait le col de sa chemise. Il marqua un instant de stupeur en l'apercevant. Sans doute parce qu'il enfreignait les directives de Natangen qui interdisait à ses hommes de s'éloigner du château en raison de la recrudescence d'activités des maquis.

Il lui sourit enfin et elle vint s'asseoir près de lui, sans rien dire. Il lisait Goethe. Un vieux bouquin aux pages jaunies et à la reliure de cuir usé. Elle ne connaissait rien du poète allemand, alors il lui récita « Lied und gebilde ».

— Ça veut dire « Chant et statue », précisa-t-il avant de dire les vers.

« Mag der Grieche seinen Ton	«Le Grec se plaît à l'argile
Zu Gestalten drücken,	Dont il exprime des formes,
An der eignen Hände Sohn	Et l'enfant de ses mains
Steigern sein Entzücken.	Fortifie son allégresse.
Aber uns ist wonnereich	Mais il nous est délicieux
In den Euphrat greifen	De plonger en l'Euphrate
Und im flüss'gen Element	Et dans l'élément fluide
Hin und wider schweifen.	De çà et là folâtrer.
Löscht ich so der Seele Brand,	Si j'ai étanché le feu de l'âme, le
Lied, es wird erschallen:	chant, lui, retentira:
Schöpft des Dichters reine Hand,	Puisée par la main pure du poète,
Wasser wird sich ballen.»	L'eau se fera boule.»

Le ton d'Herbert était doux, caressant même, il effleurait et magnifiait les mots du poète. Ce n'était plus cette langue braillarde et agressive, ces diatribes du chancelier qui jaillissaient des postes à galène et qui mettaient son père en fureur.

Elle le regardait comme elle n'avait jamais regardé personne. Sa voix n'était plus qu'un murmure qui se mêlait à celui de l'eau. Quand il eut terminé, il la fixa, puis lui caressa les tempes du revers de la main. Elle fermait les yeux, comme pour mieux ressentir cet effleurement nouveau, cette tendresse insoupçonnée. Il souleva la lourde chevelure brune et posa ses lèvres à la naissance de la nuque. Elle frémit de tout son corps et s'en voulut aussitôt.

— Non.

Mais son refus était à peine audible. Il n'en tint pas compte, et elle sut aussitôt qu'elle ne l'arrêterait plus jamais.

Elle vécut juin, juillet et la première quinzaine d'août comme dans un rêve.

Leur amour restait clandestin, mais c'était un torrent de bonheur et de plaisir qui la submergeait. Elle s'étonnait elle-même des ressources qu'elle découvrait en elle pour vivre cela.

Les Alliés avaient débarqué en Normandie, les maquis s'activaient et les nazis les réprimaient sauvagement. L'atmosphère était fébrile, le ton montait. On parlait d'otages, d'exécutions sommaires, d'attentats. Les images des pendus de Tulle, des femmes et des enfants d'Oradour, des hommes de Sainte-Anne et Saint-Antonin, tatouaient les mémoires.

Mais elle, elle ne voyait plus rien de tout cela. Pour elle, la guerre était ailleurs, loin... Elle ne cherchait rien qu'à entendre un cœur battre contre le sien.

C'était comment le cœur d'un homme, d'un homme amoureux ?

Cet amour caché lui suffisait.

Il le fallait bien, comment aurait-il pu en être autrement ?

Elle le vivait au jour le jour. Il n'était pas question d'un rêve comme ceux qui avaient peuplé son adolescence, d'un garçon que l'on aime, qu'on épouse, à qui l'on fait quelques gosses... Herbert était Allemand, un boche, un ennemi. Vivre, vivre avec lui, vivre par lui, vivre pour lui, tenait de l'utopie. Et la guerre a horreur de l'utopie.

Autour d'elle, la tension monta d'un cran, les accrochages entre les maquisards et les waffen SS venus d'Avignon se multipliaient, on parlait de la probabilité d'un prochain débarquement en Méditerranée. Curieusement, le conflit, la nervosité, la folie des hommes, accentuaient sa quête de l'impossible.

Herbert partageait la même incertitude, mais il n'en disait rien. Il savait que Natangen pouvait décider d'une heure à l'autre le repli vers l'Allemagne ou le combat jusqu'à la mort. Dans les deux cas, il la perdrait. Il pouvait disparaître sur l'heure sans même disposer du temps d'un adieu. Alors, ils décidèrent de vivre l'instant présent, de goûter la douceur des lèvres sur la peau, la puissance des corps soudés, la frénésie de la jouissance.

Carpe diem.

Demain n'avait pas d'importance, quant à l'avenir...

L'avenir n'était porteur d'aucune espérance.

Le débarquement en Provence du 15 août perturba encore plus leurs rencontres clandestines. Herbert était sans cesse sollicité. Ils devaient se contenter, le plus souvent, de regards ou d'effleurements. Elle ne dormait plus, ne pensait qu'à ces regards amoureux, à ces regards fiévreux, fruits fugaces d'un amour entravé...

Et puis le soir du 22 août arriva...

Lorsque Escragnolles força la porte de la poste avec trois résistants de la vingt-cinquième heure, débraillés mais armés jusqu'aux dents, elle comprit.

Elle comprit que tout s'arrêtait là, que c'était la fin de l'histoire, que les lendemains qu'elle n'avait jamais voulu entrevoir seraient sans amour. Y aurait-il seulement des lendemains ?

Ils la traînèrent jusqu'au château. Il y avait déjà trois autres filles dans la grande salle à manger. Valentin plastronnait, une Sten à bout de bras. La prunelle des membres du Comité Local qui dévisageaient les filles brillait d'un sale éclat de lubricité. Les libérateurs allaient pouvoir se payer sur de la chair fraîche, se distraire un peu.

Le repos obscène des faux guerriers en quelque sorte.

— On va leur montrer, à ces salopes, que nos viers sont meilleurs que ceux des boches, éructa un de ces héros flambant neufs.

Quelques-uns s'interposèrent. Ils parlèrent de jury, de juge, de tribunal... Valentin s'avança et les braqua avec sa mitraillette :

— Le tribunal, ici, c'est nous autres !

Il jeta les récalcitrants hors de la salle et la ronde put commencer.

Cela dura toute la nuit et ne fut interrompu que par la lumineuse idée qui jaillit du cerveau d'Anatole :

— Et si on allait chercher le boche, celui qui baisait la Thérèse, pour lui montrer comment on s'occupe de sa connasse ?

Lorsque Herbert fut amené, traîné par deux hommes de la bande, elle eut du mal à le reconnaître. Le sang avait séché sur sa veste et son cuir chevelu. Une arcade sourcilière était fendue. Son bras droit pendouillait, certainement brisé.

Ils l'enchaînèrent à un des piliers de la salle et la séance reprit.

Herbert voulut hurler. Il se débattit mais quelques coups de crosse eurent raison de ses cris et ramenèrent un peu de silence.

De grosses larmes roulaient sur le sang séché de sa joue.

Il redressa son visage, fixa Thérèse et murmura :

«...des menus bleus, s'éparpillent,
flottants et voletants,
comme de bleues brindilles
d'une lettre d'amour au vent...»

Du Rainer Maria Rilke.

Thérèse reconnut le lyrisme de ce poème qui évoquait un papillon. Un nouveau coup de crosse. Il s'abattit, puis se redressa à nouveau.

Il la regardait.

«...d'une lettre déchirée
qu'on était en train de faire
pendant que la destinataire
hésitait à l'entrée...»

Un autre coup de crosse. Alors Valentin remonta son pantalon, referma sa braguette, saisit la Sten et s'adressa à la fille.

— Tu vas voir ce que j'en fais, moi, de ton boche.

Elle eut la force de crier « non ».

Valentin posa le canon sur la tempe du lieutenant et pressa la détente. Herbert s'affaissa doucement. Il l'acheva à terre d'une balle dans la nuque. Les détonations résonnèrent dans la vaste salle. Il y eut une odeur de cordite, puis une flaque de sang brun s'élargit sur le sol, en dessous de son visage.

Jamais, Herbert ne construirait les ponts qu'il lui avait décrits.

Elle sut alors qu'elle aussi était morte, morte à l'intérieur, vidée de vie et d'espoir.

Tout pouvait désormais arriver, ces abrutis pouvaient bien

la violer et même la tuer si ça les amusait, elle s'en fichait.

Valentin posa sa mitraillette, déboutonna sa braguette, la lippe gourmande.

La fête pouvait continuer.

Ils revinrent le lendemain en tout début d'après-midi. Les héros étaient accompagnés par une foule braillarde, encouragés par toutes ces bonnes consciences qui n'avaient évidemment rien à se reprocher.

Thérèse ne se défendit pas.

Elle restait sans réaction depuis l'exécution d'Herbert. Elle aurait voulu aller s'allonger sur son cadavre, effleurer une dernière fois ses lèvres, caresser ses doigts qui lui avaient apporté tant de plaisir, mais Adrien et Valentin veillaient au grain avec un plaisir sadique. Ils avaient laissé la dépouille de l'officier allemand bien en vue, mais inaccessible à la jeune fille. L'odeur écœurante du sang séché qui stagnait dans la pièce se mêlait à celle de la transpiration des hommes en rut.

Elle traversa la foule sans un regard vers la poste où sa famille était consignée, s'assit sur l'estrade, se laissa tondre sans rien dire, sans pleurer.

Surtout sans pleurer.

Ne pas pleurer, garder le regard sec, défier cette foule sans honte, sans remords.

Qu'en savaient-ils, ces lâches imbéciles, de l'amour ? Eux qui se repaissaient, comme les hyènes des cadavres, de ce que d'autres avaient tué ? Eux qui se pressaient les uns contre les autres de la même manière qu'ils s'étaient agglutinés sur le quai du port, pour acclamer le Maréchal lors de sa visite à Marseille en décembre quarante ?

Ils braillaient, ces crétins. Ils beuglaient, ces abrutis…

Elle avait succombé à un garçon sublime, elle l'avait aimé de tout son être, elle ne regrettait rien, et elle recommencerait si c'était à refaire. Ils ne pouvaient pas comprendre cela, ils ne pouvaient pas comprendre sa fascination, car la fascination est fille de pureté.

Elle avait été éblouie, comme on ne peut l'être qu'au sortir de l'adolescence. Éblouie par un regard bleu, cristallin, par le sourire éclatant d'un garçon plein de vie et d'humanité, par quelques vers d'un poète. « Un poète allemand », auraient-ils relevé avec une pointe de dégoût, ces imbéciles, comme si la poésie avait une patrie, un uniforme et un casque.

Que pouvaient-ils comprendre à tout cela, que pouvaient-ils comprendre à l'amour, eux qui n'étaient que la haine et la mort ?

Kodak parlait de cette époque avec la gorge serrée.

Avait-il été, lui aussi, amoureux de Thérèse, ou bien était-ce le souvenir de ces temps révolus, de ces acteurs disparus qui le troublait à ce point ?

— Mais quoi qu'il en soit, à partir de ce moment-là, à partir de ces journées d'août, sa vie fut brisée.

— Brisée ? Mais, pourquoi ? Si les accusations d'Escragnolles étaient fantaisistes, elle pouvait le prouver, être réhabilitée, retrouver une vie normale...

Kodak haussa les épaules.

— Une vie normale... Tu crois que c'est aussi simple que ça ? Si tu avais vu ce spectacle des filles humiliées, de la foule hurlante... C'est pas des choses qu'on oublie. Le problème de Thérèse, c'est que les membres du fameux Comité Local, ceux qui l'avaient accusée, sont devenus par la suite des notables intouchables et protégés par leurs amitiés politiques. Elle ne pouvait que la fermer.

— Ok, mais elle avait bien une famille pour la soutenir ?

Jackie parlait avec de l'émotion dans la voix. Le mot famille l'ébranlait à chaque fois. En plus, il sentait qu'il approchait d'une vérité qui le concernait directement puisque c'était celle de sa mère, sa mère objet de sa quête chimérique, sa mère qui semblait surgir des profondeurs glauques d'une époque taboue.

Kodak hocha la tête.

— Tu sais, des fois, il vaut mieux pas en avoir, de famille...

Août-décembre 44 : la chienne de Sainte-Apostasie

Home, sweet home

« Le spectacle d'une poignée de petits fauves réclamant la curée d'un gibier qu'ils n'avaient pas chassé...»

René Char, poète et résistant

Thérèse rentra chez elle au soir du 23 août.

C'est sa mère qui ouvrit la porte. Son père Nicodème ne voulait plus la voir. « Je lui parlerai quand ses cheveux auront repoussé » hurla-t-il en s'engouffrant comme un fou dans l'escalier de la cave. Il avait toujours déploré la relation de sa fille avec cet officier, une relation de quelle nature, au fait ? Était-elle uniquement amicale ou allait-elle plus loin, comme le prétendaient les sbires d'Anatole ? Il n'en savait rien, il ne voulait pas le savoir. Il vénérait le Maréchal comme beaucoup de combattants de la Grande Guerre, mais exécrait les boches. Les soldats du Kaiser lui en avaient trop fait voir sur les fronts de 14-18 pour qu'il puisse un jour leur pardonner.

Et Herbert était un boche, un sale boche...

Combien de temps mettent les cheveux pour repousser ?

Thérèse ne s'était jamais posé la question. À son retour, il n'y eut pas le moindre réconfort, pas la moindre sympathie. Bien au contraire. Sa mère la dévisagea d'un air mauvais, ses frères se réfugièrent lâchement dans un coin de la salle à manger et plongèrent le nez dans les godasses.

Elle aurait apprécié qu'ils prennent son parti. Pourquoi n'avaient-ils pas eu le courage de s'interposer, d'agripper à part le chef du groupe, Anatole, en menaçant de révéler que sa fille aînée avait couché avec les boches ?

Au lieu de cela, elle avait seulement croisé le regard accusateur de son père et celui, fuyant, de sa mère. Elle aurait tant aimé percevoir un éclair de tendresse, une once de chagrin. Oui, elle aurait adoré cela, moins pour échapper aux pseudo-justiciers que pour recevoir l'assurance que sa famille était avec elle, auprès d'elle, quelles que soient les circonstances.

Mais personne ne broncha.

Elle en fut d'abord abattue, puis se résigna. Après tout, Herbert était mort, la vie n'avait plus de sens…

Elle n'eut ensuite plus qu'un objectif, qu'une obsession : se laver.

Se laver pour effacer les humiliations subies, les crachats de la foule, la semence visqueuse de ses violeurs. Toute la nuit, ils s'étaient succédé dans les caves du château. Des chiens en rut. Ils l'avaient pénétrée comme des brutes, elle et les trois autres filles. Les autres hurlaient et chialaient, mais elle, elle était restée immobile, impassible sous leurs coups de boutoir, sans montrer la moindre réaction de dégoût, et cela les avait énervés.

Mais elle resterait marquée à jamais.

Elle sentirait jusqu'à son dernier jour leur haleine aigre empestant l'ail et l'alcool, leur barbe rêche et râpeuse écorchant ses joues et son cou, leurs doigts rugueux s'incrustant dans ses hanches, leur respiration haletante, les relents de sueur aigre, les rires gras et fourbes, les ahanements rauques ponctuant chaque éjaculation.

Ils avaient fini par se calmer, repus, fourbus, au petit matin.

Seul, Adrien Escragnolles était resté près d'elle. Adrien, dont elle avait rejeté les avances paillardes quelques mois auparavant, Adrien qui était celui qui l'avait donnée, par vengeance, sans doute parce qu'elle avait ri en le croisant un soir où elle discutait avec Herbert.

Adrien qui l'avait violée, qui l'avait salie, comme les autres, avec les autres, demeura toute la nuit allongé à ses côtés. Il glissait sa main sous sa robe poisseuse, promenait sa langue épaisse et son haleine fétide sur sa poitrine. Il aurait voulu esquisser quelques gestes tendres, comme un amant rassasié au sortir de la longue étreinte d'un amour partagé, mais ses caresses étaient odieuses et vulgaires. Il lui susurrait qu'il était fou d'elle, il lui chuchotait qu'il l'aimait. Des mots indécents. Il n'était qu'un violeur qui avait voulu la punir en salissant son corps, un romantique obscène à la respiration putride.

Elle avait subi tout cela, impassible, raide et froide comme ces vierges austères taillées dans le marbre.

Se laver…

Effacer cette infâme croix gammée tracée au minium sur sa nuque…

Son frère aîné, Émilien, alla chercher un peu d'essence dans un bol qu'il lui tendit sans aménité, puis il reprit sa place et sa pose de statue indifférente aux misères du monde. Elle s'attacha à gommer la svastika infamante avec un vieux torchon trempé dans ce dissolvant.

Maintenant, après avoir subi l'outrage de la meute traquant les femmes pécheresses, elle devait endurer le rejet familial.

Elle aurait tant voulu se réfugier dans les bras d'un père, d'une mère, d'un frère, mais elle ne percevait qu'un troupeau en déroute, à la fois craintif et agressif, une famille ployant sous la honte à venir.

Que pouvait-elle espérer désormais de la vie ?

Sainte Apostasie et ses justiciers purificateurs

Les jours qui suivirent les festivités du 22 août, Estripelle, Bastifacci, Heurtefeuille et leurs acolytes opérèrent au grand jour, au nom de la justice. Ils profitèrent de leur statut de libérateurs pour rameuter rapidement une quinzaine de jeunes, des gars pas mécontents de jouer les gros bras, bien qu'ils n'aient guère manifesté leur tempérament héroïque durant l'Occupation. Tout ce petit monde s'installa dans le Château qui devint à la fois leur QG, leur bordel, leur prison et leur chambre de torture.

Le petit groupe se confectionna de belles cartes barrées de tricolore afin d'asseoir sa fausse légitimité.

Le palmarès de la bande est éloquent. En septembre 44, le groupe arrêta une dénommée Valentine B. qui habitait sur la route de Mallemort. Pourquoi ? Personne n'en sait rien… On a appris, plus tard, qu'elle fut incarcérée dans les caves du château. Là, nos héros l'ont copieusement violée durant quatre jours avant de lui faire subir des tortures raffinées. Ils lui ont labouré le ventre et les cuisses à la fourchette avant de répandre du sel sur ses blessures, ils ont fait mine de l'écraser sous un vieux pressoir à huile, puis de la fusiller avant de l'assommer à coups de crosse. Fin octobre, ils plastiquèrent la villa de ses parents pour les dissuader de porter plainte.

Élise V. s'en est, elle, moins bien sortie. Ils la cueillirent à l'arrêt de l'autobus et la battirent à mort sur la place du marché sans que personne n'intervienne. Auparavant, dans les caves du château, ils l'avaient dévêtue. Huit hommes la violèrent avant qu'un astucieux imaginatif décide de poser, sur son dos, des moules à pâtisserie en aluminium chauffés à vif.

Pour sa part, Valentin Bastifacci préféra rapidement les larcins aux viols. « Ça rapporte quand même plus » lâchait-il volontiers en ponctuant son assertion d'un rire graveleux. Il se spécialisa donc dans les pillages et les rackets de toutes sortes, dont celui de la villa d'une septuagénaire à laquelle il piqua deux millions.

Il faut dire que Valentin ne manquait pas de modèles. À Aix, certains épurateurs avaient mis le directeur des « Deux Garçons » à l'amende, la première fois pour trois cent mille francs, la seconde pour un million !

Valentin organisa également un véritable trafic. Il réquisitionnait des véhicules qu'il écoulait à Marseille, ce qui lui valut d'être inculpé, courant février 1945, d'escroqueries et de réquisitions indues, suite à de nombreuses plaintes.

Mais il s'en sortit sans trop de peine.

On n'emmerde pas les héros !

Derrière la rhétorique de la défense de la liberté, le groupe du Lieutenant Simone – alias Anatole Estripelle – s'adonna à un nombre incalculable de vengeances personnelles et de règlements de compte assouvis dans le plus grand désordre au nom d'un idéal politique et d'une étrange légalité.

Anatole créa un tribunal chargé de juger ceux qu'il accusait d'intelligence avec l'ennemi. Le tribunal siégeait dans la salle à manger du château, une vaste pièce débarrassée de ses meubles, celle dans laquelle les héros avaient violé quatre filles toute une nuit.

Après cinq années de guerre et de privations, tous ceux qui

avaient lutté, tous ceux qui avaient été blessés de voir leur pays défait, leur pays humilié, rêvaient certainement d'autre chose. D'un automne prodigieux, concrétisant les espérances de la Libération. D'un automne de paix, de sérénité, de fraternité.

Et que se passait-il ?

Des tribunaux de pacotille surgissaient un peu partout sur le territoire. À Sainte-Apostasie comme ailleurs. Et si cela se faisait ailleurs, pourquoi Sainte-Apostasie resterait-elle hors de cette mouvance ?

Ces tribunaux n'étaient souvent que des patchworks lamentables, souillés par la délation, la haine, l'aigreur, l'aveuglement, la vengeance, la xénophobie.

Pêle-mêle, on y retrouvait des résistants de la dernière heure, des condamnés pour marché noir qui se faisaient passer pour des héros, de vrais collabos qui avaient retourné leur brassard au bon moment, passant avec une surprenante aisance de la croix gammée à la croix de Lorraine, des militants communistes avides de débarrasser leur région des ennemis de classe et de ceux qui pourraient entraver la marche vers le pouvoir, des frustrés cherchant à régler des comptes ou des opportunistes désireux de profiter de la situation…

Le tribunal présidé par Anatole se laissa aller à liquider ceux dont les témoignages risquaient d'embarrasser les membres du groupe ou ceux qui leur portaient de l'ombre. Il profitait de l'excitation des premiers jours de la Libération, du bouillonnement violent visant les collabos, petits et grands. Mais les grands collabos, ceux qui étaient vraiment dangereux, les véritables salauds, avaient évidement mis les voiles avec des complicités que personne ne chercha à établir.

Certains d'entre eux s'étaient même opportunément reconvertis dans les nouvelles sphères dirigeantes. Il ne restait que le menu fretin, les sans-grades, qui payaient pour leurs anciens patrons.

La justice tant espérée tournait court. C'est le petit épicier qui subissait l'épuration et non pas le gros industriel qui avait mis toute sa puissance et toute sa fortune au service du Reich.

Personne ne se soucia jamais de ce qu'étaient devenus les deux cent soixante-quinze membres de la police parisienne, auxiliaires directs de la Gestapo, les treize commissaires, les quatre-vingt-quinze inspecteurs...

Jamais personne ne parut choqué par le fait que certains d'entre eux aient pu occuper d'importantes fonctions dans la hiérarchie policière jusqu'à leur retraite.

Sans doute parce qu'un pays a toujours besoin de flics...

Dans la région de Lambesc, les exécutions des maquisards par les nazis avaient enflammé les esprits et la réaction fut encore plus violente qu'ailleurs.

Les procès se déroulaient dans un climat d'allégresse indécente. La parodie de justice de la salle à manger du château n'était qu'une kermesse burlesque, une ribote à laquelle il ne manquait que le litron de gros rouge et les rondelles de saucif lard pour que la fête soit complète, une foire bouffonne qui aurait prêté à rire si elle ne s'était pas conclue, à chaque fois, par des morts.

À l'automne, les Comités de Sécurité Publique, créés le 15 septembre 1944, reçurent la mission de remettre de l'ordre dans la justice un peu trop expéditive des comités locaux. Le sous-préfet rappela, dans « La Provence libérée », que « les arrestations ne doivent être effectuées que par la gendarmerie, la police régulière, les forces républicaines de sécurité. Le plus grand soin doit présider à la constitution des dossiers officiels ».

Le Comité de Sécurité Publique d'Aix siégeait à l'hôtel de la mule noire, 2 rue Lacépède. On créa un camp, à Saint-

Mître, afin de regrouper les personnes arrêtées qu'il était difficile de garder dans les communes, à cause du manque de locaux disciplinaires et de l'impossibilité de surveiller et de nourrir tout ce petit monde.

À Sainte-Apostasie, on ignora résolument les ordres du sous-préfet, l'hôtel de la mule noire et le camp de Saint-Mître. « On se démerde bien sur place, on a besoin de dégun, et puis c'est nos affaires, pas celles des Aixois» répétait le lieutenant Simone lorsque l'éventualité d'un alignement légal fut évoquée.

Alors, naturellement, la phase extrajudiciaire sauvage qui avait précédé la mise en place des cours de justice se poursuivit au nom d'un besoin d'assainissement et d'une exigence de pureté retrouvée.

Et puis, qui oserait blâmer les quelques excès du lieutenant Simone alors que la rumeur, toujours cette satanée rumeur, apportait les faits d'armes autrement croustillants des libérateurs de la région.

À Marseille, un commandant nommé Gonzales s'offrit une douzaine de « collabos » dont il jeta les corps dans le Jarret. Comme il aimait les divertissements, le commandant avait institué la danse du fouet. Le principe était simple : les hommes et les femmes entièrement nus devaient guincher comme des dingues devant sa bande hilare. Lorsque les danseurs faiblissaient, le fouet claquait jusqu'à ce qu'ils ne puissent plus se relever.

C'est aussi à Marseille qu'un autre commandant auto proclamé, Fournier, institua le tourniquet. La règle du jeu était élémentaire : les prisonniers entièrement nus, devaient courir d'un mur à l'autre de la cellule et à chaque passage, ils prenaient un coup de cravache. Fournier battit ainsi à mort, à coups de nerf de bœuf, le dénommé André Weigarden. Ce dernier paya-t-il de sa vie son patronyme aux accents germaniques ?

Sans doute. Le seul problème, c'est que Weigarden n'était pas Allemand mais Alsacien et qu'il s'était illustré dans la Résistance, ce qui était loin d'être le cas de ses bourreaux !

C'est à Marseille enfin que Max, un autre résistant authentique, essaya de s'interposer afin de mettre fin à ces débordements qui n'étaient pas du goût de tous ceux qui avaient véritablement combattu les nazis dans l'ombre des maquis. Max fut enlevé en voiture par quelques individus mais réussit à leur échapper. En représailles, sa femme et sa fille de six ans furent torturées jusqu'à ce que la gosse avoue où se cachait son père.

De l'autre côté du Rhône, à Nîmes, on exécuta le préfet Angelo Chiappe dont le seul tort était d'être le frère du préfet de Paris, puis on voulut réserver le même sort au nouveau préfet mis en place à la Libération sous le prétexte qu'il était... corse comme Chiappe !

La cour martiale nîmoise siégeait sans interruption et les condamnés à mort étaient exécutés sur-le-champ, place des Arènes.

Dans la région Rhône-Alpes, une région symbole de la résistance, stigmatisée par le martyre de Jean Moulin, par l'anéantissement des maquisards du Vercors sous les bottes allemandes, les exactions commises au nom de la justice inquiétèrent Julien Godard, le maire de Lyon installé à la Libération : « Nous avons souvent souffert de l'arbitraire et de ses excès. Si la Libération nous a débarrassés de l'ennemi de Vichy, les règles de la justice, qui sont sa force et sa garantie, ne sont point encore toujours appliquées. Des arrestations, des perquisitions, des réquisitions sont exécutées sans mandat, sans responsabilité... La punition des traîtres et des collaborateurs, qui sera exemplaire, ne peut être compromise par des usurpations de pouvoir qu'une démocratie ne saurait supporter sans mettre en péril ses principes mêmes. »

La réponse aux inquiétudes du maire fut immédiate.

Une affiche des comités de libération proclama dès le lendemain de la déclaration de Godard : « La Résistance du 6 juin 1944 écrasera la Résistance du 18 juin 1940 ».

C'était clair, net et précis.

Et c'est vrai qu'ils n'étaient pas de la même essence, les résistants de 40 affrontant les hordes nazies armées jusqu'aux dents sur le plateau des Glières, et ceux de juin 44, experts dans le maniement des paires de ciseaux.

La balade d'automne

Les semaines passèrent.

Les cheveux de Thérèse repoussaient lentement, très lentement, trop lentement.

Combien de temps lui faudrait-il pour retrouver une vraie chevelure, une chevelure de femme ?

Nicodème n'adressait toujours pas la parole à sa fille, il l'évitait soigneusement et s'efforçait de ne jamais la croiser.

Marie-Antoinette se dévoilait de jour en jour plus épouse que mère. Soumise à Nicodème, elle ignorait résolument le désarroi de Thérèse. L'honneur du chef de famille passait avant le désespoir de la fille...

De son côté, le village semblait ne plus trop connaître les Raspigole. C'est un nom qu'on s'abstenait de prononcer. Dans la file d'attente du bureau de poste, les conversations, jadis foisonnantes, étaient réduites au strict minimum.

Un soir de novembre, alors qu'un violent mistral balayait la place du marché rebaptisée place de la Libération à la fin 45, le père prit la surprenante décision de promener sa fille dans les rues de la ville. Son épouse pensa que la pâleur de Thérèse avait déclenché en lui une inquiétude paternelle. Il n'en était rien, l'objectif de Nicodème était simplement de faire amende honorable à ses concitoyens.

Thérèse était fautive, il ne lui cherchait aucune circonstance atténuante puisque le Comité Local l'avait condamnée et qu'il était illusoire de vouloir s'élever contre lui. Nicodème avait fait le dos rond, tenté de renouer avec ce village, son village, qui s'éloignait. Il fallait plus. Il s'agissait maintenant d'exorciser la malédiction qui accablait sa famille par un geste fort. Il s'agissait d'aller plus loin encore que le Comité Local, de se montrer à la fois le juge et le bourreau de son enfant fautive.

Nicodème appela Thérèse à la nuit tombée. C'était la première fois qu'il s'adressait à elle depuis les événements du mois d'août. Elle descendit de sa chambre, amaigrie, hâve, les yeux rougis. Enfin, le geste tant attendu arrivait, le pardon du père la libérerait, elle allait retrouver sa famille.

Le regard glacial que Nicodème posa sur elle coupa court à toutes ses espérances.

L'homme se tenait solidement cambré, les jambes légèrement écartées, sa main droite serrait un collier et une laisse, sa main gauche une longue chaîne en partie rouillée.

Le cul de jatte de 14-18

Il faut reconnaître que le trio du château – Anatole, Valentin et Pierre-Marie – ne fut pas le seul à jouer les justiciers. Même s'il ne bénéficia pas de protections aussi efficaces que ses concurrents du RPF, le groupe d'Adrien Escragnolles mena, lui aussi, de radicales expéditions punitives sous prétexte d'épuration.

Escragnolles et Martinez avaient rejoint le lieutenant Simone lors de la Libération du 22 août – unité nationale oblige ! – ensuite, le cher Adrien œuvra pour les siens.

Adrien Escragnolles était employé de chemin de fer à Sainte-Apostasie. Sur un plan politique, il n'était pas du même bord que les trois zouaves, puisqu'il fut secrétaire du pécé local et conseiller municipal URR.

Pour Escragnolles, comme pour le pécé, l'attisement des passions restait un préalable à l'enclenchement d'un processus révolutionnaire. L'identité et l'appartenance sociale des victimes désignées ou choisies furent donc, pour la plupart, sans surprise. C'était des ennemis de classe, des bourgeois, des curés, des possédants désignés comme collabos ou pétainistes, des résistants issus de la droite présentés comme des concurrents potentiels, des édiles locaux, socialistes et radicaux, accusés d'avoir trahi les idéaux révolutionnaires du Front Populaire.

À l'automne 44, Escragnolles s'acharna sur les Genestar, ses anciens voisins, bien qu'ils n'appartiennent à aucune des catégories d'ennemis de classe.

Escragnolles réclama à plusieurs reprises leur arrestation, la réquisition de leur voiture et des expéditions punitives contre eux. Cependant le commandant d'armes FTP, Bergier, refusait systématiquement ces actes de vengeance injustifiés. Il faut préciser qu'Adrien Genestar était officier de la Légion d'Honneur, grand mutilé de la 14-18, une guerre dans laquelle il avait laissé ses deux jambes. Genestar était un ancien grossiste en fruits et légumes, très apprécié d'une population qui ne l'avait jamais soupçonné de la moindre collaboration. C'était donc un homme au-dessus de tout soupçon.

Pourtant, dans la nuit du 23 octobre 1944, en l'absence du Commandant Bergier, les époux Genestar furent enlevés et leur domicile mis à sac. Dans leur baraque, tout disparut : les économies, le poste de radio, la machine à écrire, le piano et même la voiture, une 7 chevaux spécialement équipée pour infirme.

La descente, même si elle s'était déroulée la nuit, n'avait pu passer inaperçue mais, une fois de plus, personne ne vit rien, n'entendit rien.

En fait, c'est un ancien adjoint d'Escragnolles, un dénommé Ambroise A. qui cracha le morceau quelques années plus tard.

Ambroise était un brave gars qui s'était engagé par idéal et restait traumatisé par l'exécution des époux Genestar. Il reconnut que l'expédition avait bien été organisée et conduite par Adrien Escragnolles.

Les Genestar avaient été abattus à la mitraillette et enterrés sommairement sur place, à la sortie de Sainte-Apostasie, en bordure de Durance. Escragnolles était assisté lors de ce raid par quatre ou cinq militants. Lorsque Ambroise A. avait voulu connaître les raisons de l'élimination des Genestar, Escragnolles lui rétorqua qu'elle avait été décidée à des fins politiques, pour éliminer d'abominables collaborateurs, mais également un concurrent dangereux pour les prochaines consultations électorales.

Un procédé utilisé fréquemment à l'époque dans d'autres communes de France…

Après la guerre…

Nicodème sortait de la poste tous les jours à la nuit tombée, et les rues se vidaient aussitôt.

Il marchait dans le noir, le regard fixé sur un horizon que l'obscurité escamotait, la laisse fermement maintenue dans la main droite. Au bout de la laisse, il y avait un collier, et ce collier enserrait le cou de Thérèse. Il la promenait comme une chienne, arpentait la place de la Libération, puis rentrait tranquillement chez lui. Cela durait un quart d'heure, pas plus.

Le Christ avait porté la croix, lui traînait sa fille…

Au bar des Platanes et au Cercle, on détournait les regards des fenêtres donnant sur la place. On n'était pas comme ça… On ne voulait pas voir ça.

On ne voyait pas, mais on entendait.

On entendait le cliquetis des chaînes, le tintement du fer sur le granit des pavés. Car Nicodème entravait la marche de sa fille par de lourdes chaînes passées à ses chevilles. Même les plus endurcis supportaient de moins en moins ce chemin de croix expiatoire. Mais jamais personne ne s'interposa. Nicodème était un homme respectable, un enfant du pays, un catholique, un héros de 14-18, un patriote médaillé. Il savait ce qu'il faisait…

« Les affaires des autres, moins on s'en mêle… Et puis, chacun a ses soucis…»

Un peu partout, la fin de l'année 44 et le début de 45 furent marqués par une série d'exécutions sommaires commises dans une mascarade de droit.

Beaucoup d'authentiques résistants avaient intégré l'armée régulière à la Libération et pris la route de l'Allemagne – car la guerre n'était pas terminée – plutôt que de jouer les juges dans leurs villages. Nombre d'entre eux laissèrent leur peau dans les affrontements qui durèrent encore près de neuf mois après le débarquement en Provence.

Pouvaient-ils alors soupçonner, les petits soldats qui combattaient auprès de De Lattre, les prisonniers de guerre toujours retenus dans les stalags, les déportés que les SS s'empressaient de liquider avant l'arrivée des Alliés, que cette Libération tant attendue, cette Libération messagère d'espoir, cette Libération acquise au prix du sang, amenait à son tour son cortège d'horreurs, sans qu'existe, cette fois-ci, la sombre excuse d'une présence ennemie ?

La paix revenue, Anatole et Valentin se rabattirent vers d'autres activités rentables, mais non moins délictueuses, tandis que Maître Heurtefeuille se reconvertissait habilement en politique.

En 1950, les deux compères créèrent la « Société Méditerranéenne de Construction Urbaine», avec le concours actif de plusieurs résistants authentiques, membres influents du RPF. Cette société destinée officiellement à la reconstruction d'immeubles détruits par les bombardements cachait en réalité un commerce moins avouable : le trafic sur une grande échelle de cigarettes américaines.

Anatole, Valentin, Pierre-Marie et leurs acolytes bénéficièrent constamment de l'appui des édiles locaux et de solides protections politiques d'un impact certain sur les décisions de justice. Ainsi le ministre des Affaires Étrangères et président du Comité d'Action de la Résistance, lié à Anatole Estripelle, le soutint sans réserve avec nombre de parlementaires RPF, MRP et Indépendants.

L'intervention des politiques s'avéra particulièrement efficace, lors de la discussion du projet de loi d'Amnistie au palais Bourbon. Les affaires Estripelle et Escragnolles y furent évoquées. En pure perte…

Les habitants de Sainte-Apostasie, la terreur passée, firent preuve d'une passivité peu étonnante en raison de cette prétendue solidarité communale qui permettait d'étouffer les plus sordides affaires sous le sceau du secret.

Les événements de la Libération furent enfouis dans l'arrière-mémoire collective, auréolés de mystères et d'interdits. On n'en parlait pas. On n'en avait jamais parlé d'ailleurs. On savait que le temps les diluerait, car le temps diluait tout.

Lorsque quelqu'un se hasardait à évoquer cette période, on lui répétait invariablement qu'il fallait tourner la page.

Tourner la page, une page d'Histoire.

Pourquoi pas ?

Mais pour tourner une page, encore faut-il l'avoir lue…

Les infâmes promenades nocturnes de Raspigole et de sa fille enchaînée se poursuivirent jusqu'à ce que Nicodème soit terrassé par une « attaque» .

C'était en 1954.

Comme Émilien, le fils aîné, avait été victime d'un accident du travail quatre ans auparavant, le vieillard impotent intima l'ordre à Félicien, le cadet, de poursuivre la ronde infernale. Félicien refusa.

Les Raspigole déménagèrent car il fallait libérer la poste pour le nouveau receveur. Ils louèrent une maisonnette, un peu à l'écart du village, sur la petite route qui descendait en serpentant vers la Durance. Ils vécurent, tous les cinq, des maigres pensions du père et d'Émilien. Avec deux infirmes, une mère désormais muette, une fille maudite, la vie de Félicien n'était pas des plus joyeuses. C'est sans doute pour cela qu'il épousa Raymonde, par dépit plus que par amour, à la fin des années cinquante.

Les habitants de Sainte-Apostasie avaient-ils oublié les déambulations ténébreuses de la fille enchaînée ? Sans doute pas. Mais ils n'abordèrent jamais le martyre de Thérèse ou les malversations d'Estripelle et de ses amis.

Tout cela était dans l'ordre des choses.

Ils n'accusèrent, ni ne dénoncèrent personne.

Mieux encore, ils accordèrent leurs suffrages à Pierre-Marie Heurtefeuille qui devint leur maire puis le député inamovible de la circonscription.

Le notaire fut qualifié, lors de son éloge posthume par un ponte du RPR, « d'homme pur», et ce panégyrique fut repris et amplifié, à la fin des années quatre-vingt, par le ministre de l'Intérieur venu inaugurer le nouveau Parc des Sports de Sainte-Apostasie, un magnifique complexe baptisé « Pierre-Marie Heurtefeuille, résistant de la première heure »....

Le ministre rappela à cette occasion les mérites de celui qui fut « un homme d'honneur, de volonté et d'optimisme», et qui était l'un de ses plus chers amis...

Les vieux de Sainte-Apostasie restèrent cois.

Dans le village, on n'était pas superstitieux, mais on savait que la malédiction frapperait ceux qui oseraient sortir les vieux cadavres des placards.

Kodak observa un instant Jackie. Le jeune homme restait muet. À quoi pouvait-il bien songer ?

— Alors tu en penses quoi, toi, de toute cette histoire ?

— C'est une histoire de dingues. Mais pourquoi vous me racontez tout ça. J'ai bien compris que ces événements sont enterrés, qu'on en parle jamais, que beaucoup ont dû les oublier. Pourquoi me raconter tout ça, à moi, un étranger ?

— Je te comprends pas. Tu veux savoir des trucs sur les Raspigole et quand je te les raconte, tu as des états d'âme comme les gonzesses. Tu sais, moi, ça me gêne pas de parler de cette époque, j'ai rien à cacher. Et puis, j'ai jamais pu sentir cet enfoiré de Heurtefeuille qui joue les aristos alors qu'il a bâti toute sa carrière, en 44, sur des embrouilles de maùfatan…

L'explication sembla satisfaire Jackie qui relança :

— Bon, Ok. Revenons-en aux Raspigole. À la fin des années cinquante, ils vivent à cinq dans une maison un peu en dehors du village. Le père et le fils aîné sont infirmes, le fils cadet s'est marié avec Raymonde, la Raymonde que j'ai ren - contrée hier à Tavan. Qu'est-ce qui s'est passé ensuite ? Comment tout ce petit monde s'est-il retrouvé dans la baraque déglinguée du bord de la Durance ?

Kodak prit le temps de verser un doigt de son pastis arti - sanal dans les verres.

— T'en boiras bien encore un, non ?

Lorsqu'il l'allongea d'eau fraîche, le liquide prit une

curieuse et inquiétante teinte laiteuse aux reflets verts.

— Ça, c'était à la fin des années cinquante. Le vieux est mort en… soixante-trois, je crois. Alors, ils ont déménagé dans la baraque que tu connais. Ils vivaient tous les quatre dans ce cabanon pourri qu'ils louaient pour une poignée de figues…

— Tous les quatre ? Mais vous m'avez raconté que le vieux était mort au début des années soixante. Il restait donc la mère, Thérèse et Émilien. Ça fait trois, pas quatre.

Il accompagnait son propos d'un comptage sur ses doigts.

— Ah ! Je t'ai pas dit ? Félicien les a rejoints quelques jours après la mort du père. Sa femme, Raymonde, s'était tirée. Félicien a vécu quelques temps seul, puis il a perdu son boulot et a réintégré sa famille. Qui se ressemble s'assemble… Faut dire que ce Félicien, c'était un cas, un véritable marginal. Bah, c'était pas forcément de sa faute, avec une smala pareille, n'importe qui serait devenu gaga !

— Donc ils étaient bien quatre. Et ils vivaient de quoi ?

— De la pension d'invalidité d'Émilien, car Félicien s'est retrouvé au chômage et il n'a pas vraiment mouillé son maillot pour dénicher un boulot. Tout ça, ça a fait des aigris. Ils ne sortent jamais. C'est Félicien qui fait les quatre commissions dont ils ont besoin. Il va à pied, une fois par semaine, jusqu'à un petit village sur la route de Pertuis, à quatre bornes de leur bicoque. Il y a une petite épicerie pour le ravitaillement, un marchand de pinard et un bureau de poste pour encaisser la pension d'invalidité d'Émilien…

Jackie sourit. C'est sûr que Félicien doit éviter Sainte-Apostasie mais aussi Tavan, et son épicière aux lèvres duveteuses, de crainte de rencontrer Raymonde.

— Ils sont devenus de plus en plus sauvages, de plus en plus agressifs. Chaque fois que quelqu'un veut s'approcher, c'est des histoires à n'en plus finir. Le proprio du cabanon a voulu les expulser. Au début, ils payaient bien un petit loyer,

trois fois rien, mais ils ne lui versent plus le moindre centime depuis au moins quatre ans. Ils n'ont jamais voulu partir. Faut dire que les gendarmes n'ont pas vraiment insisté. En plus ils sont armés.

— Et Thérèse, vous l'avez revue ?

— Moi, jamais. Elle reste cloîtrée avec ses frères. Il y a deux ans, lorsque la mère est morte, ils ont refusé de l'enterrer. Il a fallu que les condés interviennent en force pour que les pompes funèbres puissent faire leur boulot. Je te dis pas l'état du corps de la vieille quand ils sont entrés dans la baraque... Tu vois, c'est des fêlés...

Jackie comprenait que Thérèse se soit repliée sur elle-même, qu'elle soit devenue asociale, loin des autres, de ceux qui l'avaient blessée, de ceux qui avaient ri de son humiliation. Mais l'histoire de Kodak n'éclaircissait pas un point qui restait dans l'ombre, un point qui tiraillait le jeune homme : il n'avait pas évoqué l'enfant de Thérèse.

En avait-elle eu seulement un ?

Ne s'était-il pas lancé trop vite et trop fort sur une piste qui ne mènerait à rien ?

Jackie osa la question :

— Cette Thérèse, elle a eu un gosse ou non ?

— Un gosse, Thérèse ?

Kodak ouvrit deux yeux ronds. La question l'étonnait manifestement.

— Non, elle n'a pas eu de minot à ma connaissance. Mais je sais pas forcément tout... En tout cas, j'en ai jamais entendu parler...

Jackie haussa les épaules. Après tout, Kodak ne lui avait-il pas avoué quelques instants plus tôt que le village savait garder ses secrets.

AU NOM DE LA MÈRE

Ô ma Mère des Écaussinnes,
C'est votre sang qui parle en moi,
Et mon âme qui se confine
En vous, et d'amour, et de foi,
Car vous m'étiez comme Marie,
Bien que je ne sois pas Jésus,
Et lorsque vous êtes partie,
J'ai su que j'avais tout perdu

Max Elskamp « À *ma mère*»

Samedi 25 mai

Le village de Mérindol était situé au pied du Luberon, à une dizaine de kilomètres de Sainte-Apostasie, de l'autre côté de la Durance. Jackie s'y rendit en mob le samedi matin, à la suite d'une confidence de Kodak sur l'existence d'Henriette.

La veille, lorsque Jackie évoqua une possible grossesse de Thérèse, le vieux, après avoir clamé qu'il n'en savait trop rien, avait déclaré sur ce ton péremptoire qui n'appartient qu'à ceux qui ont suffisamment vécu pour posséder LA connaissance : « Si quelqu'un est au courant, c'est bien Henriette ».

Henriette était sage-femme à l'époque. Elle avait accouché la plupart des parturientes du coin, soit chez elles, soit à Sainte-Famille.

« Si Thérèse avait eu un gosse et qu'elle ait accouché ici, ça se saurait. À Sainte-Famille, c'était plus discret... Essaye de rencontrer cette Henriette. À l'époque, elle habitait Mérindol, dans une ruelle derrière l'église ».

C'était tout ce que le vieil homme savait. Y vivait-elle toujours ? Kodak l'ignorait, mais comme personne ne lui avait appris sa mort – les décès étaient les nouvelles qui circulaient le mieux dans la région – il pensait que oui.

Il était préférable d'aller voir sur place.

Avant de donner congé à Jackie, Kodak se lança dans une longue jérémiade sur la société et les hommes qu'il ne comprenait plus. Le monde changeait et tout allait trop vite. Il ne sortait plus guère, sauf pour aller au bistrot, et parler du passé l'avait rendu quelque peu mélancolique.

Lorsque Jackie s'éloigna dans l'humidité de la nuit qui ensevelissait les vergers et magnifiait les parfums, il lança simplement : « Je dois avoir des photos de l'époque, je les chercherai. Passe donc me voir demain… »

Rechercher des photos de l'époque…

Était-ce pour raviver sa blessure ou pour l'exorciser ?

Jackie s'égara dans les ruelles qui grimpaient vers les ruines d'une citadelle. Des odeurs de cuisine, tomates et oignons frits, couraient sur le pavé. Des gosses se disputaient autour d'un vieux vélo. Au sortir d'une traviole, il découvrit l'église Sainte-Anne au curieux clocher surmonté d'un étrange bulbe sarrazin. Il n'était plus très loin de son but. Il abandonna son ascension vers les restes dévastés du vieux village vaudois victime des guerres de religion et gara sa mob contre le tronc d'un micocoulier.

Il s'accouda un instant au parapet et s'absorba dans la contemplation de la vaste plaine fertile et des vergers généreusement arrosés par les eaux de la Durance.

Le curé du village, un homme corpulent à la faconde méridionale, se posta à sa hauteur :

— La plaine est magnifique… Le printemps est un don de Dieu, ne trouvez-vous pas ?

Jackie répondit par quelques banalités d'usage, sans trop s'engager sur ce Dieu auquel il ne croyait pas, puis il profita de la présence de ce prêtre avenant pour s'enquérir de l'existence d'Henriette. Kodak lui avait révélé qu'elle habitait jadis derrière l'église, sans plus de précision. Le curé lui répondit d'une voix puissante et rocailleuse – « il doit être du Sud-Ouest », pensa Jackie – et lui indiqua la demeure de l'ancienne sage-femme.

Elle était donc toujours vivante…

C'était une maison de village étroite à la façade lépreuse. Quelques géraniums végétaient dans des jardinières ébréchées posées sur les appuis de fenêtre. Des rideaux de coton brodés et défraîchis garantissaient l'intimité du lieu. On pressentait que des relents de moisissure et de pisse de chat stagnaient à l'intérieur.

« Une maison de vieux » pensa Jackie lorsqu'il frappa à la porte.

Il sourit en remarquant que sa quête, outre Kodak, le conduisait de porte en porte, de femme en femme, de vieille en vieille.

La porte grinça.

Elle entrouvrit doucement, sans la méfiance qu'avait montrée Raymonde, sans la morgue de l'employée de la DDASS, sans les bougonnements de l'épicière de Tavan.

Ça le changeait ! Elle était frêle, toute de noir vêtue, ridée comme une pomme reinette. Ce devait être Henriette. Kodak lui avait révélé qu'elle devait friser la cinquantaine à la Libération, ça devait donc lui faire un peu plus de soixante-dix ans maintenant. Kodak lui avait conseillé également de l'aborder sans détours, arguant que si elle savait quelque chose, elle lui dirait.

Elle l'invita à rentrer. Ça ne sentait ni le moisi, ni la pisse de chat, mais la lavande. Un parfum de lavande un peu suranné, une odeur proprette. Elle esquissa un sourire timide. Elle ne recevait jamais de visite, et ce jeune homme avait l'air à la fois si poli et si désemparé…

Elle l'invita à s'asseoir dans un fauteuil Voltaire défoncé et prit un plaisir certain à lui apporter une tasse de café infect et quelques biscuits auxquels il ne toucha pas.

Il but par politesse, du bout des lèvres, en lui exposant l'objet de sa visite.

Il recherchait une femme, une femme qui devait être sa mère. Thérèse Raspigole, ça lui disait quelque chose ?

— Donc vous voulez savoir si j'ai accouché cette fille de Sainte-Apostasie après la Libération… Ben, vous savez, ça fait bien longtemps tout ça, et je m'en souviens pas… Oh, c'est que j'en ai mis au monde, des nistons par ici ! La plupart des grands galavards qui font les fiers dans la rue et me regardent de haut ignorent que ce sont mes mains qui les ont accueillis lorsqu'ils sont venus au monde. Maintenant, tout se passe dans des cliniques, mais à l'époque… Des serviettes, un tian avec de l'eau chaude et du savoir-faire, c'était tout ce qu'on avait.

Son sourire dévoila des gencives édentées.

— J'aurais bien voulu vous aider, vous savez. Vous avez l'air d'un brave petit gars, mais je regrette, c'est si loin et j'ai plus toute ma tête. Mes souvenirs se dissipent. Même mes fils en ont marre et ne viennent plus me voir parce que ça les irrite. Je me dis qu'avec le temps, ça empirera, et qu'un jour ou l'autre, je ne les reconnaîtrais même plus. C'est l'âge…

Il y avait de la consternation dans sa voix et de l'humidité dans son regard. Cette vieille femme recroquevillée, toute vêtue de noir, aux mains décharnées et tremblotantes, était sa seule passerelle vers son passé. Une passerelle bien fragile pour un passé bien mystérieux…

Mais il lui fallait savoir. Il décida de jouer cartes sur table. Il lui raconta sa démarche, le dossier de la DDASS, Sainte-Apostasie, son absence de repères, son besoin de retrouver ses racines, son mal-être continuel… Une mère comme elle, devait comprendre ça.

— Voilà, tout semble indiquer que cette Thérèse est certainement ma mère. Et pour qu'elle soit ma mère, il faut bien qu'elle ait accouché, non ?

Il retraça sa quête d'une histoire personnelle, une histoire dont il ne connaissait pas l'issue :

— Je sais bien que, vu l'état de mon dossier, aboutir n'est plus qu'une question de hasard. On ne devrait jamais laisser au hasard une part aussi importante. Tout ça n'a rien d'un jeu.

Henriette était émue – cela se sentait – et déconcertée également. Elle aurait voulu l'aider, forcer ce hasard qui conduisait à la vérité, mais toute cette époque restait enfouie au fond d'un grand trou noir. Elle ne savait que répéter :

— Je regrette, je regrette vraiment, vous savez, mais avec l'âge…

Elle semblait désemparée. La fuite de ses souvenirs s'amplifiait de jour en jour, et plus encore que ses souvenirs, c'est sa vie qui disparaissait.

Jackie dégrafa le col de sa chemise :

— Et cette tache ? Ça vous rappelle rien, cette tache ?

— La tache… Oui, peut-être… La tache…

Elle posa ses mains à plat sur son visage et resta un instant concentrée à la recherche de cette image.

Lorsqu'elle dévoila ses yeux, un éclat vif parcourut son regard.

— La fille du postier, c'est la fille du postier !

Elle était heureuse comme une gosse, heureuse d'avoir vaincu cette défaillance qui l'égarait continuellement dans les brumes des réminiscences floues.

— Ça s'est passé en 45, à la Sainte-Famille… Voilà, ça me revient maintenant… Comment ai-je pu oublier ? Mais comment ai-je pu oublier ça ?

Son visage affichait une sérénité nouvelle.

— Thérèse Raspigole, la fille de Nicodème, le postier…

— Elle a bien eu un gosse, alors ?

— Bien entendu, un gosse, un beau bébé de quatre kilos... Avec la tache sur le cou.

Elle ferma ses paupières, comme pour mieux se remémorer cet épisode.

— Le fruit d'un viol ?

Jackie avait peur de la réponse. Sa voix était mal assurée. Le récit de la nuit du 22 au 23 août au château l'avait stigmatisé. Ainsi, il n'était peut-être que le fils d'un de ces ivrognes débraillés qui avaient abusé de sa mère toute une nuit durant.

Elle sembla se redresser :

— D'un viol ? Non, sûrement pas. Je connais l'histoire du château, des quatre filles qu'on a malmenées et tondues. Ça s'est passé à la Libération, au mois d'août. Le bébé est né à la fin de l'hiver 45. Ça devait être en mars, et il était à terme. Vous n'avez qu'à compter neuf mois. Non, vous n'êtes pas le fruit d'un viol, mais celui de l'amour de cette fille pour un Allemand...

Elle le fixa, marqua une légère pause avant d'ajouter :

— Et, honnêtement, je ne sais pas si c'est tellement mieux.

L'hiver 44-45

Thérèse prit conscience de son état dès le mois de juillet, bien avant ce funeste 23 août.

Elle garda le secret pour elle. Elle n'en parla même pas à Herbert. Herbert était bien trop préoccupé à ce moment-là par les problèmes liés au débarquement en Normandie. Elle ne voulait pas le troubler, l'affaiblir avec une telle nouvelle.

Elle se contentait de vivre pleinement son amour, cet amour qui fructifiait en son sein, sans se soucier des lendemains. Et ce gosse qui poussait dans son ventre faisait partie des lendemains, des lendemains qui ne seraient certainement pas roses. Herbert ne l'épouserait jamais, elle ne vivrait jamais avec lui, mais il lui resterait cet enfant. Cela suffirait à la rendre moins malheureuse, moins désespérée. Elle aurait enfin un but. Un enfant donne un sens à la vie, à la vie nouvelle qui s'ouvrirait à elle.

Mais en ce mois de juillet, elle ne pouvait pas imaginer le cataclysme des heures glorieuses de l'épuration.

Chez elle, après la mascarade humiliante du 23 août, elle resta longtemps muette et n'avoua sa grossesse à sa mère qu'à la mi-septembre.

Elle pensait parfois au superbe landau qu'on avait monté au grenier, au bonheur des accouchées serrant dans leurs bras de gros bébés indolents, au rose des filles, au bleu des garçons. Cela lui donnait du courage…

Mais la réaction de la mère fut terrible : « La honte pour ton père, ton père sali… ».

Décidément, sa mère ne parlait, ne savait parler, que du père. C'est tout juste si Marie-Antoinette Raspigole ne se signa pas devant une telle inconduite. Elle était à la fois consternée et furieuse contre sa fille pestiférée.

Comment Thérèse avait-elle pu transgresser l'ordre établi et les convenances ? Et avec un boche en plus ! Pour les villageois, la tonte du 23 août avait été infligée davantage à la camarade d'un Allemand qu'à sa maîtresse. Personne au village n'avait jamais eu la preuve que Thérèse avait couché avec cet Herbert, alors que maintenant…

Une liaison avec un boche, un mouflet hors mariage… Il ne manquait plus que ça !

Il y eut des choses abominables à entendre. La mère vitupéra la débauche de sa fille, comme pour exorciser l'inévitable colère de Nicodème qui s'abattrait sur elles, sur elles deux, lorsqu'il saurait.

Alors, elle obligea Thérèse à avaler des cachets afin de perdre l'enfant. En vain. Elle l'attela à des travaux difficiles dans l'espoir d'une fausse couche. En vain.

Elle qui pensait seulement au qu'en dira-t-on et à la colère de son époux, se résigna enfin à annoncer la nouvelle à Nicodème.

Le chef de famille ne dit rien. Il se raidit imperceptiblement et son regard dur ne laissa pas de place au doute : il dévisageait sa fille avec dégoût. Ainsi, elle n'était qu'une traînée, une fille de rien…

À l'automne, lorsque Nicodème décida de la promener, enchaînée tous les soirs, il craignait constamment qu'un paysan plus malin que les autres ne devine la taille qui s'arrondissait. « Ils sont pas très futés dans le pays, mais ils ont tous une sorte d'instinct pour ça ! » grommelait-il à l'adresse de son épouse qui enserrait régulièrement le ventre de sa fille dans un épais bandage.

À la fin de l'année, comme la compression de la ceinture ne parvenait plus à cacher l'état de Thérèse, Nicodème Raspigole décida de consulter une sage-femme pour avoir son avis, pour savoir ce qu'il était possible de faire. On ne parlait pas clairement d'avortement, cela ne se faisait pas ou plutôt ne se disait pas, mais si on avait pu éviter cette naissance…

Il fallait voir la sage-femme, mais pas question de la faire venir au village. Les gens auraient parlé. Il se rendit donc, avec son épouse et sa fille, à Sainte-Famille, une maternité catholique soigneusement dissimulée à l'abri des regards, une institution qui savait garder les secrets.

La camionnette de Nicodème, un gazogène Renault poussif, arriva avec un peu d'avance à Sainte-Famille. C'était une immense bastide perdue au fond d'un parc endeuillé par l'hiver. Une allée aux platanes défeuillés traversait un gazon sombre, de mornes statues moussues semblaient régner sur la grisaille ambiante.

Le père resta dans la cabine du véhicule – cette démarche était une démarche de femmes – tandis que la mère et la fille se présentaient à la réception. Là, on les orienta vers Henriette.

Henriette était d'un âge déjà avancé – quarante-cinq ou cinquante ans – mais c'était la seule sage-femme disponible dans la région. Elle avait l'habitude de ces visites discrètes, loin du domicile familial, de ces requêtes porteuses de secrets, voire de drames.

Elle jaugea les visiteuses sans dédain, pour comprendre.

C'était surtout la mère qui parlait. Elle avait l'air croyante – ce qui était bien pour l'établissement – et plutôt sectaire – ce qui n'était pas gênant.

La mère ignorait l'avancement de la grossesse, elle évoquait un terme prochain, sans rien pouvoir préciser d'autre. La fille restait muette. Henriette tenta de discuter en tête-à-tête avec Thérèse, mais la mère les suivait partout et s'immisçait continuellement dans leur dialogue.

L'avortement était bien entendu interdit, mais la mère aurait bien voulu qu'on fasse passer l'enfant. Elle ne le demandait pas explicitement – religion oblige – mais cela suintait de tous ses propos.

Henriette devinait que les viols de la Libération allaient déclencher de multiples naissances vers la fin du mois de mai. Mais lorsqu'elle examina Thérèse, elle découvrit que le terme de sa grossesse serait plus précoce…

De toute façon, il n'était plus question de faire passer le gosse.

Il était trop tard.

La naissance serait pour mars.

Lorsque Nicodème apprit le diagnostic de la sage-femme, il décida d'expédier sa fille chez une de ses sœurs, dans les Basses Alpes. Pour les voisins, il prétexta un début de tuberculose avant même qu'ils ne s'interrogent sur sa disparition.

S'en seraient-ils d'ailleurs vraiment inquiétés ?

Mais cela coupa court à toutes les questions que pouvait susciter l'arrêt des sordides promenades nocturnes.

Thérèse logea trois mois chez sa tante.

Ce furent, pour elle, les mois les plus doux depuis l'été précédent, des mois de tendre fusion avec ce bébé qu'elle sentait vivre en elle.

Dans ce pays perdu, dans ce pays rude et froid, loin de tout, loin du regard et de la haine des autres, elle se sentit bien.

Loin du monde, elle se retrouvait dans une famille attentionnée qui semblait la comprendre. Sa tante lui dénicha même un vieil exemplaire des « quatrains valaisans » de Rainer Maria Rilke.

Les mots du poète tintaient comme des clochettes :

> « Avant que vous comptiez dix
> tout change : le vent ôte
> cette clarté des hautes
> tiges de maïs,»

Cela lui rappelait Herbert qui adorait ce recueil dont il avait extrait jadis les poèmes qu'il lui récitait.

Une blessure à la fois douloureuse et tendre.

Elle se promenait sous le soleil pâlichon de l'hiver, le ventre rond, et se laissait aller à un sentiment d'émerveillement et de bonheur pur. Elle était fascinée par le miracle de la vie qui balbutiait dans ses entrailles, elle qui avait croisé la mort et subi la folie des hommes six mois auparavant.

Elle en oubliait ces moments terribles. Une force nouvelle l'animait. Plus rien ne paraissait insurmontable. Bien entendu, il n'y aurait pas de père. Tous, autour d'elle, lui reprocheraient un amour qu'ils ne comprendraient jamais, mais il lui suffirait peut-être d'organiser sa vie autrement. Sa vie, cette vie qui revenait en elle puisqu'elle l'entendait battre dans son sein.

Le bonheur ne lui sembla plus inaccessible. Ce gosse qui poussait en elle était l'enfant d'Herbert, l'enfant de l'amour, de son amour. L'enfant de son amour assassiné, le seul amour qu'elle aurait jamais.

Serait-ce un garçon ou une fille ? Elle n'en savait rien, elle savait simplement qu'elle était maintenant déterminée à se battre pour lui, qu'il lui donnerait enfin la force d'affronter son père, de quitter Sainte-Apostasie, sa haine et ses fantômes.

Pour cela, elle ne devrait compter que sur elle. Personne ne l'aiderait.

Herbert lui avait cité, un soir de juin, la phrase que Rilke avait écrite à un jeune poète : « Il est bon d'être seul, parce que la solitude est difficile. Qu'une chose soit difficile doit nous être une raison de plus pour l'entreprendre».

Oui, son avenir serait difficile mais elle l'affronterait avec détermination, grâce à cet enfant qui bougeait en elle, pour cet enfant qui était une invitation à la vie.

Début mars, Nicodème et Marie-Antoinette Raspigole vinrent chercher leur fille dans la campagne basse alpine afin de la conduire à Sainte-Famille.

Le terme approchait.

La sage-femme les y attendait.

Mars 1945

Sainte-Famille était une maternité catholique renommée et fort bien fréquentée. D'ailleurs, les maternités catholiques ne sont-elles pas toujours bien fréquentées ?

En fait, ils étaient peu nombreux, ceux qui savaient qu'au-dessus des chambres, on avait aménagé le grenier. C'était, comme le reste de l'établissement, un endroit propre et impeccablement tenu, un lieu où régnaient des odeurs mêlées de désinfectant et d'encaustique.

Il n'avait qu'une originalité : il était simplement réservé aux filles qui accouchaient sous X.

Le gouvernement de Vichy avait officialisé, en 1941, l'accouchement anonyme pris en charge gratuitement par l'État. À cette époque, le Maréchal était soucieux de préserver l'image de la famille. Ce décret s'inscrivait aussi dans la politique nataliste du régime en période de guerre. Il fallait repeupler la France pour la rendre forte, faire des garçons pour avoir des soldats, avoir des soldats pour faire la guerre.

C'était souvent des filles de familles huppées qui étaient accueillies dans le grenier de Sainte-Famille. Pour ces foyers de catholiques pratiquants, le qu'en dira-t-on avait une grande importance et on plaçait, en toute discrétion, les « fautives» à la maternité sous des noms d'emprunt. La nuit venue, les élèves sages-femmes étaient chargées de sortir avec elles dans le parc afin qu'elles s'aèrent un peu.

Le grenier fleurait un étrange parfum de clandestinité bien que tout y fut légal. Il abritait constamment de trois à cinq filles et nourrissait les lourds secrets de famille, gommait les hontes et permettait à des gens fort respectables de conserver leur honorabilité.

Une demoiselle, toujours la même, s'y rendait régulièrement et disparaissait en emmenant les bébés avec elle.

Quelquefois, les parturientes regimbaient à l'idée d'un accouchement sous X ou d'un abandon. Elles étaient alors anesthésiées lors de l'enfantement sous prétexte de complications. À leur réveil, on leur apprenait simplement que le bébé était décédé.

Dans tous les cas, l'honneur de la famille était sauf.

Lorsque Henriette reçut pour la seconde fois, au mois de mars, Thérèse Raspigole, sa mère l'accompagnait encore. Marie-Antoinette, qui paraissait éteinte dans la vie et entièrement soumise à Nicodème, se montra assez agressive, déplorant avec acidité que sa fille ait dû garder l'enfant.

Thérèse fut inscrite sous un faux nom et tenue au secret le plus strict. Elle logeait au grenier et ne devait surtout pas être mêlée aux autres.

C'est dans ces circonstances que l'accouchement eut lieu quelques jours plus tard.

La mère demeura là des journées entières, constamment dans les pattes de la sage-femme, davantage pour surveiller sa fille que pour l'aider et l'assister.

Thérèse avait une vingtaine d'années. Avant d'enfanter, elle avait confié à Henriette son désir de garder le gosse, de l'élever. La sage-femme se garda bien de lui révéler que ce n'était guère dans la tradition du « grenier ». Elle esquiva la réponse en affirmant :

— Ce sera un garçon.

Comme la fille lui retourna un regard interrogateur, elle poursuivit :

— Voyez comme votre ventre est pointu... Un garçon, je vous dis !

Thérèse se taisait.

— Vous l'appellerez comment ?

Thérèse y avait déjà pensé. Elle eut un faible sourire. Sans doute à cause des souvenirs qui resurgissaient.

— Herbert. J'aimerais bien l'appeler Herbert si c'est un garçon...

— Pas question, il n'en est pas question ! Pas de ça chez nous ! beugla Marie-Antoinette Raspigole.

Le souhait de la fille décuplait la colère de la mère qui ne voulait pas de l'enfant et encore moins d'un prénom allemand. Un prénom allemand alors que la guerre n'était pas encore terminée et que d'autres Herbert tuaient certainement de bons Français en route vers Berlin !

La famille était déjà assez salie comme cela !

Thérèse pleurait. Sa mère pestait.

Le bébé naquit.

C'était un gros bébé.

Il pesait quatre kilos et avait une envie sur le cou.

C'est Nicodème Raspigole qui avait décidé de l'accouchement sous X lors de l'inscription de sa fille à Sainte-Famille sous un faux nom. Thérèse l'ignorait et, lorsqu'elle l'apprit, elle s'effondra.

Est-ce pour la consoler qu'Henriette lui promit de s'occuper du gosse ?

S'occuper, ça ne voulait pas dire l'élever, mais veiller à ce qu'il soit placé dans une bonne famille. La sage-femme lui vanta la haute qualité des parents adoptifs, leur sûreté morale et légale. Ce discours ébranla la jeune mère et instilla le doute dans son esprit.

L'idée que le bonheur de son enfant pourrait être ailleurs, loin d'elle, que d'autres pourraient lui apporter davantage, lui devint peu à peu familière.

Après tout, pourquoi pas ?

Elle pensa que si on coupait le lien une fois pour toutes, personne ne saurait jamais que c'était le fils d'un Allemand, d'un boche.

On le laisserait tranquille à l'école.

Ce serait peut-être mieux…

Ce serait sûrement mieux…

Henriette garda le bébé plusieurs semaines chez elle, avec ses enfants. Elle lui donna un prénom qui n'était pas Herbert, mais Vincent.

Elle en parla au curé. Elle le croisait tous les matins puisqu'elle habitait juste derrière l'église Sainte-Anne de Mérindol. Celui-ci la renvoya vers une paroissienne, une dame de la bonne société du village, dont le mari descendait parfois à Marseille.

Un matin du mois de juin, Henriette profita de la voiture et se rendit en ville avec le bébé.

Le but de sa visite dans la cité phocéenne était le bureau d'abandon situé au bout de la rue Edmond-Rostand.

Là, dans le haut mur en pierre cernant l'ancien couvent, on avait percé une porte permettant d'accéder au bureau qui accueillait les gosses abandonnés. C'était ouvert jour et nuit. On devait traverser une passerelle étroite pour entrer dans le local. Sur le grand mur d'enceinte, on avait griffonné des messages de désespoir ou de menace. On pouvait y lire « N'abandonne pas Robert, je t'en prie » ou encore « Salope, si tu franchis cette porte avec mon fils, je te tuerai ! ».

Toute la détresse du monde semblait être passée sous ce portail métallique.

Dans le bureau, la responsable reçut Henriette avec amabilité. Elle lui fit remplir quelques papiers et l'assura qu'elle placerait Vincent dans une famille d'agriculteurs. Il serait au grand air, à la campagne, ce serait mieux que la ville…

Une jeune fille en blouse bleue et à la peau diaphane vint prendre l'enfant et disparut sans un mot dans les couloirs froids de l'ancien couvent.

Le gosse hurlait dans ses bras maigres et ses cris résonnaient dans le couloir vide.

Thérèse retourna à Sainte-Apostasie fin mars, quelques jours après l'accouchement.

Les villageois lui trouvèrent triste mine mais n'en dirent rien. D'abord parce que c'était normal qu'une tuberculeuse ait une petite figure. Ensuite parce qu'on ne se mêlait (toujours) pas des affaires des autres…

Aussi, lorsqu'elle reprit sa ronde nocturne au bout de la laisse de son père, personne ne réagit. On faisait semblant de ne rien voir.

Les affaires des autres…

Chacun sa merde…

Personne ne remarqua qu'elle avait désormais les yeux vides et une démarche d'automate car personne n'osait plus la regarder.

Elle n'était plus qu'un automate.

La vie l'avait désertée.

Samedi 25 mai

De retour de Mérindol, Jackie s'arrêta chez Kodak. C'était en début d'après-midi, il n'y avait pas un souffle d'air et la chaleur devenait étouffante.

Le vieux somnolait sur une chaise-longue, à l'ombre d'un mûrier de Chine.

À l'intérieur, le phono distillait la gouaille de Fréhel sur la mélodie de Vincent Scotto :

«...Sur les terrains vagues de la butte
De grandes banques naîtront bientôt,
Où ferez-vous alors vos culbutes,
Vous, les pauvres gosses à Poulbot ?
En regrettant le temps jadis
Nous chanterons, pensant à Salis,
Montmartre ton « De Profundis ! »
Où est-il mon moulin de la Place Blanche ?
Mon tabac et mon bistrot du coin ?
Tous les jours pour moi c'était Dimanche !
Où sont-ils les amis les copains ?...»

De la nostalgie larmoyante de Fréhel qui passait en boucle sur le Teppaz, Kodak n'en avait rien à faire : il était schlass. « À cause de cette merde de pastaga vert » pensa Jackie qui était convaincu de la nocivité de l'alcool ingurgité la veille. Il avait eu lui-même quelques maux de tête durant la nuit et avait mis sans hésiter ces désagréments sur le compte de l'élixir diabolique.

Kodak l'accueillit avec effusion.

— Té, je me payais un petit pénéquet. À mon âge…

Décidément, ils ne savaient dire que ça, tous ces vieux, « à mon âge… ». Comme si les années expliquaient tout, comme si les années excusaient tout…

Kodak reprit aussitôt.

— Alors, tu y es déjà allé à Mérindol ? Et la vieille, Henriette, elle est toujours vivante, Henriette ? Tu l'as rencontrée, dis ?

Pourquoi ne pas lui avouer ?

Après tout, les secrets, les mystères, c'était bon pour les gens du coin, pas pour les Marseillais. Et lui, malgré ses origines désormais connues, il était toujours, il serait toujours marseillais. Il ne se sentait rien de commun avec ces villageois dégénérés – « ces pacoulins » dirait Fred au Beau Bar, qui sous prétexte de solidarité communautaire taisaient les plus sordides affaires.

Il lui raconta tout.

Oui, Thérèse avait eu un enfant. Oui, cet enfant c'était lui.

— Le petit-fils de Nicodème, ça alors. Si quéqun m'aurait dit… Mais j'y pense, pour ta mère et tes oncles, comment tu vas faire ? Tu sais, ils sont vraiment dangereux…

Tous s'accordaient à dire qu'ils étaient dangereux. Sa mère aussi ? Il ne pouvait pas le croire. Sa mère, une mère longtemps espérée, une mère enfin retrouvée, une mère qui ne pourrait plus le fuir, plus lui échapper.

Un abandon impliquait l'escamotage de la mère, un manque douloureux car nul ne peut faire son deuil ou tirer un trait après une disparition.

Lui avait plus de chance : il avait retrouvé sa mère.

Sa soif de savoir était enfin assouvie. Il avait besoin de repères pour pouvoir en transmettre un jour à son tour. Il avait été si longtemps fragilisé par cette rupture totale des liens maternels, par le manque d'affection évident qui en avait découlé, qu'il était revenu de Mérindol en sifflotant, excité par ce bonheur nouveau dont il gommait avec délice les imperfections.

La nature explosait sous la chaleur annonciatrice de l'été. Les dernières cerises transformaient les fruitiers en arbres d'abondance, en arbres de Noël. Il venait de l'avoir, lui, son cadeau de Noël. Un Noël en plein mois de mai.

Bien sûr, tout n'était pas idyllique : sa mère avait souffert, elle avait été salie, elle avait même peut-être perdu la raison, mais elle existait.

Elle existait !

Le mystère qui entourait sa naissance avait, durant des années, nourri de pernicieux fantasmes, des hallucinations amplifiées par les non-dits. N'était-il pas un enfant de prostituée, un enfant du ruisseau ? D'ailleurs, il avait pris pour habitude d'arpenter les quartiers des tapineuses, de la rue Thubaneau à l'Opéra. Il dévisageait les plus vieilles, celles en âge d'être sa mère. Il scrutait ces visages qui dissimulaient leurs rides sous un fard excessif. Il recherchait, sous la poudre de riz et le rouge à lèvres trop vif, une ressemblance, un air de famille. Certaines, excédées par cette vigilance inattendue, l'insultaient.

Il rentrait alors chez lui, penaud, à la fois rassuré et désespéré.

Rassuré qu'aucune de ces ombres grotesques et criardes, colorées trop vivement par les néons de la nuit, prêtes à vendre leur corps flasque et prématurément vieilli pour quelques billets, ne fut sa mère.

Mais également désespéré, à cause de cette quête irrémédiablement vaine.

Alors, la peur hantait sa réflexion et l'amenait à se demander s'il avait le droit de découvrir son histoire.

Il craignait de détruire le fragile équilibre de sa vie et de sa personnalité.

Avait-il vraiment besoin de connaître ce passé ?

Il s'était longtemps posé cette question.

Il savait désormais que la réponse était positive.

Kodak retrouva un garçon détendu, serein, presque heureux. Cela contrastait avec son attitude de la veille.

— Attends-moi deux minutes, j'ai des trucs à te montrer…

Il rentra chez lui, s'absenta un instant, en ressortit avec une grande enveloppe de papier kraft, une bouteille et deux verres à liqueur. Jackie frémit : qu'est-ce qu'il allait encore lui faire boire ?

Kodak intercepta son air suspicieux.

— Te fais pas de bile, c'est pas du pataclet, c'est de la blanche…

Le marc de raisin était fortement parfumé. Le vieux emplit les deux verres et avala le sien cul-sec.

— Ouah, ça réveillerait un mort, ce truc-là !

Jackie trempa ses lèvres et avala une petite gorgée qui lui brûla le palais. Il n'était pas certain que le breuvage réveillerait un mort, il était sûr, cependant, qu'il pourrait en causer des milliers.

— Oh, putain, c'est quoi, ça ?

— Eh, c'est de la blanche. C'est avec elle que je fais mon pataclet. Bon, t'es pas obligé de la finir si tu trouves que c'est trop fort. Maintenant, les jeunes, vous ne supportez plus rien…

Il soupira et hocha la tête. Quelle jeunesse ! Ah, ils étaient bons pour foutre la panique dans la rue, mais incapables d'avaler deux centimètres cubes d'eau-de-vie.

— Bon, ça, ça va t'intéresser davantage.

Il sortit de l'enveloppe quelques clichés jaunis.

— La Libération à Sainte-Apostasie, comme si tu y étais.

Le cœur de Jackie s'emballa. Il y avait des lampions, un petit orchestre improvisé et réduit avec un accordéon et une trompette, des hommes avec des fusils ou des mitraillettes en bandoulière, des brassards FFI comme s'il en pleuvait, des filles souriantes en robe à fleurs.

Et sa mère ? Où était-elle, sa mère, une mère qu'il n'avait jamais vue ?

Kodak comprit l'émoi du jeune homme.

— Voilà ce que tu cherches...

Sur la photo, il y avait un groupe constitué de neuf hommes debout et de quatre femmes assises sur des chaises, devant eux, le crâne fraîchement tondu. La plupart des filles avaient le regard baissé. On distinguait des touffes de cheveux bruns sur le plancher de l'estrade. Les hommes souriaient, en armes. La plupart portaient un brassard FFI. Derrière eux, la foule se pressait. Les spectateurs tendaient leur cou, avides de figurer eux aussi sur le cliché.

— Ma mère ? demanda Jackie d'une voix blanche.

— L'avant-dernière à partir de la droite. C'est elle.

Kodak posa son doigt au-dessus de la fille. Elle fixait l'objectif. Par défi ou par indifférence ? Jackie ne parvenait pas à deviner. Ainsi, c'était cette fille fière, une jolie fille de vingt ans, salie toute une nuit par ces mâles qui posaient, l'arme en bandoulière, faux guerriers et piètres justiciers.

Une vague de rancune submergea Jackie. Ainsi, c'était ces hommes qui lui avaient volé son enfance, c'était à cause d'eux qu'il n'avait jamais connu sa mère, c'était à cause d'eux qu'elle était devenue folle.

— C'est qui, ces mecs ?

La voix était maintenant assurée, froide, le ton acéré comme une lame.

Kodak appréhendait la question.

— Tu sais, c'est vieux tout ça...

— Je sais... C'est ce qu'on m'a répété des centaines de fois depuis que je cherche à savoir qui je suis. « Laissez tomber, il faut aller de l'avant, rien ne sert de remuer les vieilles histoires ». C'est tout ce qu'on sait me répondre...

Kodak haussa ses épaules. Il prit le temps de rallumer sa pipe. Jackie scrutait la photo. Certains de ces hommes vivaient toujours ici. Il pensait les avoir rencontrés au bar, autour du boulodrome, sur la place. Il en était certain. Leurs traits s'étaient épaissis, leurs chevelures s'étaient étiolées, mais il retrouvait des expressions, des regards croisés au cours des derniers jours.

Il apprit par cœur chacun de ces visages. Il les grava sans effort dans sa mémoire.

— Bon, après tout, c'est un peu ton histoire...

Kodak prit place à ses côtés et amena la photo vers lui. Le vieux entreprit de parcourir la rangée des neuf « libérateurs » de la pointe de son index.

— Voilà, lui, c'est le notaire, lui c'est Anatole, lui c'est Bastifacci, lui il est mort il y a cinq ans, lui c'est Bernardin, lui c'est Fernand, voici Escragnolles, lui il est mort au début des années cinquante, et lui, le dernier, c'est Loulou, le maire.

— Je les reconnais. Ils habitent encore tous ici, non ?

— Ouais, ils habitent tous ici. Sainte-Apostasie est un village où on ne boulègue guère. Quand on y naît, on y meurt souvent...

— Et les filles ? Qu'est-ce qu'elles sont devenues, les quatre filles ?

— Les filles ? Celle-là et celle-là se sont barrées juste

après la séance, elles sont allées refaire leur vie ailleurs. Faut dire que c'était pas facile pour elles… Ta mère, tu le sais… Quant à la dernière, Caroline, elle s'est suicidée un mois après la photo.

— Mais vous, vous qui étiez là, vous avez laissé faire cette mascarade de justice, vous avez laissé humilier ces filles ? Sans rien dire ?

Kodak releva son béret d'un geste de l'index.

— En fait, je vais te dire : moi j'étais pas là. J'avais entendu parler de la Libération d'Aix, j'ai pris mon appareil photo et je suis descendu sur le cours Mirabeau le 22 août au matin. Je suis rentré à Sainte-Apostasie que le 23 au soir. C'est pas moi qui ai pris ces photos. Je les ai seulement développées et je me suis permis de cravater quelques copies. Tu sais, je les ai jamais montrées à dégun.

L'odeur âcre du tabac gris empestait l'haleine de Kodak. Jackie saisit le cliché entre le pouce et l'index.

— Je voulais vous demander…

Il semblait gêné tout à coup. Il évitait le regard du vieux.

— Ouais ?

— Je voulais vous demander. Je pourrais la garder ?

Kodak hésita :

— C'est que c'est un peu délicat, tu sais. Normalement, j'ai pas à avoir cette photo, moi. Je t'ai expliqué que…

— Attendez, ça restera entre nous.

Le vieux tapota sa pipe contre le tronc du mûrier. Le tabac était entièrement consumé.

— Écoute, si tu ne dis rien à personne, c'est d'accord. Mais à cette condition seulement. J'ai pas envie d'avoir des emmerdements.

— Promis juré. Je dis rien à dégun. C'est pour moi, uniquement pour moi. Vous comprenez, j'ai tant cherché…

— Bon, ça va. Je comprends. Mais tu déconnes pas avec cette photo, hé ?

— Pas de problème. J'en ferai bon usage.

Bien sûr, il allait en faire bon usage.

Il restait sept gars, sept des tortionnaires de sa mère qui vivaient encore, et cette idée lui était devenue insupportable.

Ces sept futurs cadavres constitueraient le cadeau de retrouvailles qu'il offrirait à sa mère.

Quand il quitta Kodak, il se demanda s'il était possible d'éliminer sept gars d'affilée dans une pacoule pareille sans se faire pincer avant d'avoir terminé.

Dimanche 26 mai

Curieusement, ce dimanche matin estaquéen ressemblait à tous les autres matins de la semaine écoulée, puisque ç'avait été tous les jours dimanche. Personne n'était allé travailler. Ceux qui ne s'ennuyaient pas at home traînaillaient de bistrots en boulodromes, de parties de belote en parties de pétanque, de tournées au Ricard en tournées au 51. Comme tous les dimanches…

Ce matin-là, Biscottin était parti tôt à la pêche sur son pointu. Il faut dire que le bougre n'usait plus guère sa santé en journées de débauche au creux des plumards de ses voisines énamourées. La présence permanente des époux grévistes à la maison devenait, à la longue, contrariante pour le fringant quadragénaire.

Le côté positif de la situation est que le galavard, qui ne s'épuisait plus dans d'incessants assauts amoureux, pétait le feu. Biscottin se réveillait de bonne heure, frais et dispos. Il en profitait pour renouer avec la joie de découvrir le lever du soleil orangé sur la mer d'étain.

Ce matin-là, il avait emmené quelques collègues aussi oisifs que lui – le Furoncle, l'Anchois, et l'Endive – taquiner le maquereau entre l'Estaque et le Frioul.

Aussi, nombreux étaient ceux qui guettaient, la mominette bien en main, l'arrivée de la Méduse – c'était le nom de sa superbe barquette marseillaise. Les voyeurs potentiels devinaient le pont maculé du sang fortement odorant des poissons bleus, et s'apprêtaient à taquiner le quatuor de pescadous.

Michelle poussa la porte du Beau Bar sur le coup de onze heures. Son père n'avait plus besoin d'elle à l'épicerie et elle en avait profité pour venir aux nouvelles. Jackie l'avait souvent emmenée dans ce bistrot qui paraissait être le véritable quartier général de la jeunesse des alentours.

Mélie la reconnut aussitôt et lui lança d'un ton taquin :

— Alors, comment ça va, ma belle ? Tu cherches ton amoureux ?

— Il est là ?

Le ton de Michelle marquait l'étonnement. Comment, Jackie serait dans le coin et il ne lui avait rien dit ?

La réponse négative de Mélie, bizarrement, la rassura :

— Bé non, ça fait un bail que je l'ai pas vu. Mais y a ses collègues au boulodrome. Peut-être qu'eux te diront…

— Ok, j'y vais…

Il suffisait de traverser la route pour accéder au boulodrome joliment ombragé par quelques platanes centenaires. En cette fin du mois de mai, le jeu de boules était certainement le lieu le plus fréquenté de l'arrondissement. Depuis que les usines fermaient les unes après les autres, les ouvriers s'y rassemblaient et s'y affrontaient dans d'interminables parties, histoire de tuer le temps. Ça grouillait de monde. On avait même été obligé d'y interdire le jeu provençal, très prisé des autochtones mais nécessitant de larges espaces, au profit de la pétanque moins exigeante sur ce plan-là.

Joël et Noël étaient malmenés par un duo de dockers, des gros bras qui devaient passer leurs journées à pointer et à tirer derrière les grands hangars du port plutôt qu'à débarquer les régimes de bananes.

Michelle se joignit à la galerie. Noël lui adressa aussitôt un clin d'œil. Ils n'en avaient plus pour longtemps. À onze à trois, avec quatre boules en main pour ajouter les deux petits points fatidiques, les dockers n'allaient pas faire durer le suspense.

Ensuite, Noël et Joël leur payeraient deux Casa – l'enjeu de la partie – et ils seraient à elle.

Le bar bruissait comme une ruche au cœur du printemps.

Les infos crachotées par la té-esse-effe prouvaient qu'on était à un tournant de la revendication. Léon redoublait d'activité et il n'était pas le seul : le vendredi, les étudiants avaient mis une sacrée ambiance de la gare de Lyon au Quartier Latin jusqu'à plus d'heure. À Lyon, le même jour, un commissaire de police avait trouvé la mort au cours d'une manif.

Malgré cette mobilisation apparente, Léon sentait que le mouvement s'essoufflait.

Les absences, sous prétexte de difficultés de transport, affectaient de plus en plus les piquets de grève à l'atelier. Mais ce que le Limougeaud redoutait le plus, c'était l'annonce du référendum. De Gaulle allait contre-attaquer en ouvrant le piège électoral, et Léon savait que le pécé sauterait sur l'occasion pour renforcer sa base, pensant qu'un gouvernement populaire sortirait des urnes.

Léon devinait que les partis de gauche utiliseraient toutes leurs forces – notamment à travers l'action syndicale – pour convaincre les travailleurs de rentrer chez eux, de laisser leurs usines tranquilles, de se consacrer à leurs bulletins de vote. L'action risquait d'être, ainsi, canalisée vers l'impasse électorale.

Plus que jamais élection rimait avec trahison…

Assis au fond de la salle, Justin et Norbert disputaient une partie de belote sur table. Cette apparence ludique leur permettait d'échanger des propos de la plus haute importance. Ils se félicitaient de l'apparition du Général qui allait enfin reprendre les choses en main. En rentrant de Bucarest, le chef de l'État avait apostrophé ses ministres en décrétant « La récréation est terminée ». Il avait lâché sur un ton de reproche à son Premier Ministre, Pompidou, un surprenant : « C'est le bordel partout ! ».

Même chez les puissants, quand ça va mal, c'est toujours la faute des autres…

Mais la détermination du Général ne serait peut-être pas suffisante.

Quoi qu'il en soit, Justin et Norbert étaient prêts.

Prêts comme des dizaines d'autres Marseillais patriotes qui en avaient marre de ce boxon.

Ils observaient ce petit peuple qui s'agitait autour de Léon.

— Faudra penser à l'ajouter à la liste, ce connard.

— Pour sûr, répondit Justin en distribuant les cartes.

L'organisation à laquelle ils appartenaient, le Service d'Action Civique, venait de recevoir une dotation importante d'armes en provenance des stocks de la Légion Étrangère. Des armes de fabrication américaine, histoire de brouiller les pistes.

Le SAC était bien décidé à réagir, à redresser ce pays qui partait en vrille. Il projetait tout simplement une grande rafle de tous ceux qui mettaient en danger le régime : les délégués syndicaux, les activistes étudiants, les abonnés à des revues « subversives », les cocos, les gauchos, et tous les autres… Les capturés seraient ensuite conduits dans des stades marseillais. Mais ce ne serait pas pour voir l'ohème…

Les cerveaux parisiens du SAC se souvenaient de l'efficacité de la rafle du Vel d'Hiv en 42 et de celles de l'épuration. Mon prince, on a les références qu'on peut…

Un stade, c'était bien pour boucler les opposants.

D'ailleurs, l'idée fit son chemin. Pinochet reprit ce concept cher aux défenseurs de l'ordre et de la patrie lorsqu'il décida d'organiser d'immenses rassemblements conviviaux dans les stades chiliens.

Avec la férocité que l'on sait.

Avec les morts qu'on n'a jamais pu vraiment dénombrer.

Cela se passa cinq ans plus tard.

Pour Justin et Norbert, ce type d'action ne posait pas de problème. Ils avaient prêté le serment du SAC, un serment qui consacrait le fanatisme de cette milice entièrement dévouée au Général de Gaulle : « Je prends l'engagement solennel d'obéir sans discussion à mes chefs. Si je trahis, j'accepte de subir les châtiments réservés aux traîtres ».

Ils avaient dans leur poche une carte barrée de tricolore qu'ils exhibaient parfois avec fierté. Les pékins les prenaient pour des flics et cela inspirait la peur, la fameuse peur du gendarme… Au verso de la carte, on rappelait que le titulaire « s'engage sur l'honneur à apporter inconditionnellement son soutien à la poursuite des objectifs définis par le De Gaulle.»

Inconditionnellement.

Justin et Norbert connaissaient le document interne publié le vendredi précédent, le 24 mai donc. Il détaillait le projet et comportait une liste fournie par la DST. C'était les noms et les adresses des Marseillais à regrouper dans le stade de l'Huveaune et dans le stade Vélodrome « sur ordre de Paris ».*

Cette « opération stades » concernait une quarantaine de villes et prévoyait une première vague d'internement de plus

* Le 25 février 1974, le quotidien Libération publia ce document. Commentant l'affaire en mars 1974, le Nouvel Observateur déclara que les preuves présentées « confirment que, en mai 1968, des dispositions avaient été prises par les polices officielles et parallèles pour s'emparer de certaines personnes, dans le cas où la situation aurait évolué dans un sens défavorable pour le pouvoir. À la fin de la semaine dernière, aucun service n'avait contesté l'authenticité de ce document. »

de cinquante-deux mille personnes. Jamais les stades de foot n'auraient été aussi remplis…

Le plus dur était passé. Justin et Norbert ne craignaient pas, ne craignaient plus l'avenir. Si les Français, ces veaux, ces moutons de Panurge, ne comprenaient pas où se trouvait la vérité, eux leur montreraient la voie à suivre. À coups de pied au cul.

— Je te promets que les grandes gueules et les branleurs de ce bistrot ne seront pas les derniers à morfler, marmonna Justin en abattant un valet d'atout.

— Pour sûr, répondit en grimaçant Norbert qui avait le neuf sec.

Les hommes du SAC étaient passés maîtres dans les opérations contre les forces de gauche. Agressions, menaces de mort ou autres procédés d'intimidation, leur étaient familiers. Ils apparaissaient également en filigrane dans toutes les basses besognes de la France en Afrique : coups d'État, assassinats, corruptions, détournements de fonds, éliminations d'opposants…

Au fil du temps, le Service avait constitué un fichier de renseignements sur les ennemis de la Patrie, un fichier qui s'avérait diablement utile pour l'opération à venir.

Comme à l'époque du RPF, les gaullistes travaillaient à travers de nombreuses entreprises qui, tout en ayant une existence légale, étaient entre les mains de membres ou d'anciens membres des Services secrets. Ils s'engageaient sans vergogne dans un trafic d'armes particulièrement lucratif — de chars, de mitrailleuses, de munitions et d'explosifs — en direction de l'Afrique Noire, des pays du Maghreb et du Moyen-Orient.

Cette « association à but non lucratif » avait eu besoin de main d'œuvre pour conduire des actions violentes, des campagnes d'infiltrations et d'assassinats contre le FLN. Ses chefs recrutèrent dans les prisons, de préférence des truands incarcérés pour des attaques à main armée. Des hommes d'expérience, en quelque sorte…

Alors, boucler cinquante mille connards, ennemis de la nation, dans les stades ne posait guère de problèmes…

Et les supprimer ?

Joël, Noël et Michelle ignoraient les desseins de Justin et Norbert. Ils avaient choisi le bout de comptoir, plus calme, pour les confidences.

— Je suis inquiète, je n'ai plus de nouvelles de Jackie et je voulais profiter du dimanche pour essayer de le joindre. L'épicerie est fermée cet après-midi, alors…

— Le joindre, ouais, mais où ?

Noël réfléchissait.

— Si tu le sais pas toi, qui le saura ? Il t'a dit quelque chose, à toi ? ajouta-t-il en se retournant vers Joël.

— À moi, non. Et pourquoi il m'aurait dit quelque chose, juste à moi ?

— Tu sais, c'est un garçon un peu secret. Il n'est pas toujours facile à comprendre…

Joël et Noël opinèrent du museau. C'est sûr que Jackie était un gars complexe.

— Il m'a téléphoné lundi dernier pour me dire qu'il s'absenterait quelques jours, sans plus… Depuis, plus rien… Il s'est tiré, mais où ? réfléchissait Michelle à haute voix.

— Pas évident… Avec toutes ces grèves… Les cars, les trains, les avions… nota Noël avec justesse.

— Je suis passée plusieurs fois chez lui, il n'y a plus sa mob.

— Alors, il se serait tiré en mob ! Il n'a pas dû aller bien loin dans ce cas… Où a-t-il bien pu aller se fourrer, cet animal ? grommela Joël.

— À Sainte-Apostasie…

Les trois jeunes gens fixèrent Fred qui essuyait les verres avec un torchon pourave.

Le bistrotier répéta, des frissons d'énervement dans la voix :

— À Sainte-Apostasie, je vous dis. Je parle pas français ou quoi ? Bon, je comprends, vous non plus vous connaissez pas Sainte-Apostasie. Ah, vous êtes bien comme votre collègue... déplora Fred

— Dis, Fred, au lieu de jouer aux devinettes, tu peux pas nous dire un bon coup ce que tu sais. Il est où, Jackie ?

Le vieux se rapprocha et murmura sur le ton du secret :

— À Sainte-Apostasie. Je suis pas une trompette des Martigues, moi... Si je vous dis qu'il est à Sainte-Apostasie, c'est qu'il est à Sainte-Apostasie ! Il savait pas où c'était et c'est moi qui lui ai indiqué cette pacoule. Parce que dans le temps, j'avais une cousine germaine là-bas, une cousine qui...

Il leur fallut écouter l'histoire sans intérêt de ladite cousine qui s'emmerdait à cent sous l'heure dans ce village paumé des bords de la Durance.

Ils décidèrent de sortir afin de retrouver un peu de calme.

Qu'était allé faire Jackie dans ce coin perdu ?

Ils n'en savaient rien.

Joël coupa court à toutes les supputations.

— Écoutez les gars, on va y aller. Un coup de chignole, et on y est en une heure. S'il est là-bas depuis lundi dernier, il n'a pas dû passer inaperçu.

— Mais l'essence ? Il paraît qu'il n'y a plus...

— L'essence, c'est pas un problème, mon père en a plein à l'usine. Il est...

Il regarda le cadran de sa montre, puis proposa.

— Midi moins dix. Je vous récupère à midi et demi. Ici. Ça vous va ?

Dimanche 26 mai, Sainte-Apostasie

L'arrivée de la 204 Peugeot ne passa pas inaperçue.

On les observait d'un œil noir. En ces périodes de pénurie d'essence, ces trois jeunes ne pouvaient être que des combinards ou des fils à papa pour avoir pu se procurer du carburant.

Joël se gara devant la poste. La surprise passée, les joueurs de boules, de belote et de rami reprirent leurs occupations et les oisifs se laissèrent aller à leur désœuvrement.

Sur la place, l'épais feuillage des platanes tempérait un peu la lourdeur du climat, annonciatrice d'un été qui n'avait jamais été aussi proche.

Michelle et les deux garçons repérèrent rapidement le Cercle qui jouxtait la poste. Quatre fossiles y jouaient mollement à la manille, économisant leurs moindres gestes, parlant à voix basse. Manifestement, les trois amis n'y furent pas les bienvenus. On leur répondit du bout des lèvres et lorsque les questions se firent plus précises, on leur indiqua que l'endroit était privé et que la patience de la gérante et des sociétaires avait atteint ses limites.

Restait alors le jeu de boules, très fréquenté, de l'autre côté de la place. Les commerces étaient fermés – c'était dimanche – mais on les renseignerait sûrement au bistrot ou à l'hôtel proches du boulodrome.

Nouvelle déception : on n'avait rien vu, rien entendu. On ne savait rien sur ce jeune homme frêle qui serait venu ici le lundi précédent sur sa mobylette bleue.

À Sainte-Apostasie, les étrangers n'étaient jamais les bienvenus. On vivait entre soi, on se mariait entre soi, on baisait entre soi et les gosses qui naissaient de ces unions presque incestueuses possédaient des QI qui s'affaiblissaient de génération en génération. Sainte-Apostasie aurait constitué un microcosme idéal pour étudier la dégénérescence congénitale.

Le grand sujet de discussion de ce début d'après-midi était le scandale paroissial du jour et le sermon du père Antoine. On avait un curé communiste et on l'ignorait !

On méprisa donc résolument les questions que pouvaient poser ces trois jeunes qui venaient de Marseille, trois jeunes certainement à la recherche d'un mauvais coup.

On sait bien comment sont les jeunes…

Et c'est encore pire lorsqu'ils sont marseillais…

C'est la femme de ménage de l'hôtel, une Marocaine, qui leur chuchota dans le hall désert les seules informations utiles de la journée.

Oui, ce Jackie était venu à Sainte-Apostasie, il y avait passé la semaine, il paraissait inquiet, il avait quitté sa chambre et le village le matin même et s'était tiré sur sa mobylette bleue.

— Il est rentré à Marseille, c'est sûr, énonça Joël en guise de conclusion.

C'était une évidence.

Michelle était rassurée : ce soir, elle reverrait Jackie, chez lui. La femme de ménage avait senti le jeune homme préoccupé. Pourquoi ? Et qu'était-il venu faire dans ce bled ?

— Ce mec, il parle jamais… déplora Noël en prenant place auprès de Joël.

— Ouais, on aurait pu économiser le voyage. C'est con, on l'a peut-être croisé en montant ici.

— Si on l'avait croisé, on l'aurait reconnu ! En plus, y a dégun sur la route. Il est peut-être descendu par un autre itinéraire.

— Je suis sûre qu'il est rentré chez lui !

Michelle coupa court à toutes les supputations. Il était trois heures et demie passées, il était temps de regagner Marseille.

Elle avait besoin de le rejoindre, de rester seule avec lui, de discuter, l'espace d'une heure ou deux.

Elle avait besoin de fêter dignement leurs retrouvailles. Jackie lui manquait.

Elle avait besoin de ses caresses, de sentir son souffle sur sa nuque, ses doigts s'égarer sous sa robe. Il avait des problèmes et elle se sentait capable de l'aider. Elle ferait en sorte qu'il ne la quitte plus ainsi, sans rien dire, en la laissant sans nouvelles. Il lui manquait terriblement, elle en avait le corps endolori.

Elle l'aimait, c'était tout con…

Joël démarra.

Il était quatre heures moins le quart.

Le carillon Westminster tinta le quart d'heure. Quatre heures moins le quart.

Jackie sursauta. Son regard restait accroché à la 204 Peugeot qui démarrait.

Michelle, Joël, Noël…

Il eut un coup de blues…

Pourquoi vouloir tout chambouler ? N'était-il pas heureux, avec ses amis, son job, Michelle ? Ne suffisait-il pas de vivre pleinement ces petits bonheurs familiers, de se réfugier dans le confort cotonneux que tisse l'habitude, de fonder un foyer ?

Pourquoi cette quête incessante de la mère, d'une origine permettant d'asseoir son existence ?

Les choses n'étaient-elles pas beaucoup plus simples que cela ? Autour de lui, les gens mangeaient, riaient, aimaient, travaillaient, dormaient. Ils avaient sans doute, eux aussi, des soucis mais cela ne les empêchait pas de vivre.

La salle de séjour de l'appartement d'Anatole Estripelle donnait sur la place, à quelques mètres de la boucherie. Jackie avait pu y pénétrer par le jardin qui s'ouvrait sur une impasse au sud.

Personne ne l'avait vu, personne ne devait plus le croiser. Pour tous, il avait quitté Sainte-Apostasie.

Les rideaux de voile devaient permettre à Anatole d'observer les va-et-vient de manière discrète. Les vieux sont toujours curieux… C'est le ronronnement du moteur de la 204 qui avait attiré l'attention de Jackie. Les voitures étaient si rares en cette fin mai !

L'odeur écœurante du sang frais couvrait maintenant celle, mielleuse, de la cire d'abeille.

Jackie écarta prestement toutes les questions qui commençaient à lui manger le cerveau.

Il devait garder l'esprit clair. Ce n'était pas le moment de faiblir ou de renoncer. D'ailleurs, il était trop tard.

Le destin inexorable était en marche.

Ce soir, il appellerait Joël et même peut-être Michelle. D'où ? Il ne savait pas encore. Où serait-il ce soir ? Mais il leur dirait qu'il en avait encore pour quelques jours, il leur demanderait de lui faire confiance.

Ce serait simple…

Le poste de télévision affichait une mire désespérément fixe des jours de grève. Le fond sonore de musique enregistrée bourdonnait dans la fraîcheur de la pièce. Les arrêts de travail à l'ORTF réduisaient la radio et la télé à ces programmes insipides ponctués de rares bulletins d'information. Seuls, les journaux télévisés de 13 heures, 20 heures et 22 heures 30 diffusaient quelques images.

Anatole, scotché devant son poste tous les dimanches après-midi en attente d'un hypothétique reportage sportif, n'avait pas résisté à l'ennui et s'était endormi au son d'une sonate pour violon et piano de Brahms.

Au bar des Platanes, on plaisantait fréquemment sur ses siestes avinées des dimanches. Le jour du Seigneur était, pour Anatole, l'occasion de déroger un peu au sempiternel régime : le vieillard s'octroyait généreusement trois verres de Porto et une demi-carafe de Châteauneuf-du-Pape avant de s'assoupir au creux de son confortable fauteuil de cuir, devant les pitreries télévisuelles endimanchées.

La sieste du dimanche...

La veille, ça avait donné des idées à Jackie.

Des idées de meurtre, et l'envie d'agir vite.

La lourde statue de chêne avait roulé sur les tomettes. Elle était maculée de sang. Jackie observa sans aménité le corps recroquevillé d'Anatole Estripelle. Il aurait voulu lui cracher dessus, mais il se retint. Il fallait éviter de laisser des traces qui pourraient conduire les enquêteurs jusqu'à lui. Il avait encore tant à faire. Et il en restait encore six...

Il se contenta de fixer le cadavre à travers l'objectif d'un Polaroïd qu'il avait déniché sur la crédence. Il agita le cliché pour le sécher, avant de le glisser dans la poche intérieure de son blouson.

Des massifs de pétunias ensanglantaient le jardin qu'il traversa prestement. Il ne put s'empêcher de comparer le rouge écarlate des solanacées avec celui, plus sombre, du sang d'Anatole qui se répandait lentement sur le carrelage du salon.

La rue était déserte, écrasée de soleil. La lumière blanche

de l'après-midi le fit ciller. Quel contraste avec l'intérieur douillet et frais baigné dans la pénombre !

Jackie récupéra son cyclo, laissé en contrebas, bien à l'abri des regards,derrière le lavoir.

Il songea à ses amis. La 204 devait maintenant traverser le massif de la Trévaresse. Oui, il faudrait les appeler ce soir, entendre leurs voix, leur dire de ne pas se faire de bile, qu'il rentrerait bientôt.

Il s'émut à la pensée de Michelle. Il ne l'avait vue qu'un court instant. Elle portait une robe courte en coton fleuri. Il avait deviné ses jambes fortes et bronzées, ses seins fermes, ses yeux sombres et brillants, sa bouche sucrée et l'épaisse toison noire dans laquelle il adorait égarer ses doigts.

Il eut violemment envie d'elle.

Ça faisait une semaine qu'il ne l'avait plus vue, ça faisait une semaine qu'il n'avait pas touché une fille.

Il interpréta cette abstinence comme une marque évidente de sa volonté et sa détermination s'en trouva renforcée.

Jeudi 30 mai

Depuis le dimanche précédent, depuis le premier meurtre, celui d'Anatole Estripelle, Jackie squattait tous les soirs un cabanon différent, un de ces cabanons bâtis en bordure des vignes et qui n'étaient vraiment fréquentés qu'en septembre, au moment des vendanges.

Il avait sept bordilles à éliminer, sept hommes qui étaient la cause de la déchéance de sa mère. Ce n'est qu'une fois qu'il aurait accompli son devoir, qu'il l'aurait vengée qu'il pourrait se présenter à elle.

Il devait donc rendre sept fois la justice. Sa justice, puisque la justice des hommes n'avait rien trouvé à dire et n'avait même pas inquiété ces usurpateurs. Au contraire, la populace les avait honorés, les institutions les avaient consacrés. Il en aurait vomi…

Il pensa à Dieu, Dieu qui créa le monde en sept jours.

Il se donna également sept jours pour atteindre son objectif. Sept criminels à liquider, un par jour. « J'en ai pour la semaine » remarqua-t-il en souriant au soir du dimanche, au soir de son premier meurtre.

Cela l'apaisa.

En fait, tout s'enchaîna admirablement, comme si sa « mission » avait reçu un aval divin.

Il avait tant écouté les histoires du bistrot la semaine précédente qu'il lui avait suffi d'ordonner méticuleusement les ragots pour organiser et planifier ses exécutions.

La sieste au porto d'Anatole le dimanche, le rendez-vous crapuleux du lundi de Valentin, le mercredi matin sans rendez-vous du notaire, l'habitude prise par Fernand et Adrien d'arpenter leur lieu de travail, la manie du maire d'inspecter le garage municipal tous les jours à cinq heures, l'envie perpétuelle de pisser qui conduisait Bernardin dans le canier du boulodrome tous les quarts d'heure…

Il y avait d'autres travers, d'autres obsessions, d'autres caprices chez ces sept-là, mais les circonstances commandèrent. Hanté par un fatalisme certain, le jeune homme voulait laisser une part au hasard.

Dieu avait mis sept jours pour créer le monde, Jackie n'en mis que quatre pour parvenir à ses fins.

Pour lui, le plus difficile fut de dénicher une arme pour les crimes. Pas question d'armes à feu : d'abord le boucan que cela génère n'est guère discret, ensuite il n'en possédait pas.

L'arme blanche eut été idéale… Pourtant Jackie y renonça. Il pensait – fort justement – qu'un égorgement requiert une certaine technique et redoutait les giclements de sang provenant d'une artère tranchée. Il avait une sainte horreur du sang…

Il se résolut donc à utiliser, comme les populations primitives, un bon coup sur le ciboulot. Avec quoi ? Mais avec ce qu'il trouverait sur place, tout simplement. Toujours la part du hasard…

Les objets contondants pullulent dans notre environnement (Je suis certain qu'il s'en trouve deux ou trois à portée immédiate de votre main sans qu'il vous vienne, pour cela, l'idée de fracasser le crâne d'un voisin, quoique...).

Il lui suffit alors d'improviser.

Il devint ainsi tueur à la Madone, au manche de pioche, à la massette, au buste napoléonien, à la boule de pétanque et à la pelle.

Il devint ainsi serial killer, maniant les casse-tête artisanaux avec férocité si ce n'est avec dextérité. Jackie ne put étouffer un sourire intérieur : comme justicier, il donnait vraiment dans le baroque et la diversité !

Le jeudi 30 mai, la température était insupportable dans le garage municipal. Le toit d'éverite protégeait mal le local de la chape de chaleur qui étouffait la Haute-Provence.

Jackie assomma Louis Castelli, le maire, du plat de la pelle alors qu'il quittait les lieux pour écouter le discours du Général.

C'était le numéro sept, le dernier. Jackie souhaita une mise en scène plus théâtrale pour marquer le coup (au sens propre et au sens figuré). Il hissa à grand peine le premier magistrat sur la benne à ordures. Loulou gémit sans véritablement tenter de s'opposer au jeune homme. Jackie s'éreintait tant sa victime s'était engraissée depuis son élection, mais il trouva assez d'énergie pour hisser le corps sur le plateau métallique. Loulou grogna, sa main glissa sur les immondices collées à la benne. Jackie reprit la pelle. Il était temps d'en finir. Le craquement de la boîte crânienne lui indiqua que sa mission était terminée.

À la même heure, dans le village, tous avaient l'oreille collée aux récepteurs de radio. Le Général tempêtait. Il reprenait les choses en main. Son discours allait redonner force et agressivité aux notables de toutes sortes, des notables qui sortaient de leur réserve pour aller battre la campagne avec une ardeur à la mesure de leur frayeur rétrospective.

L'ordre allait être établi.

Les coupables de mai 1968 allaient payer. Ceux d'août 1944 avaient payé.

La remise en ordre de l'État était loin, très loin des préoccupations de Jackie. Il avait oublié les ateliers Fournier. Oublié Léon, oubliées les interminables discussions nocturnes, oubliés les jeunes qui voulaient en découdre avec le pouvoir.

Oublié, aussi et surtout, son passé de gosse abandonné, son passé de merde, ses craintes et ses interrogations.

Il était libéré.

Il venait d'accomplir son devoir.

Il se sentit maintenant le droit d'avoir une mère.

Dimanche de Pentecôte, 2 juin

Au Beau Bar, l'ambiance était assez décontractée. Les choses allaient retrouver leur cours normal et cela rassurait les consommateurs. Il n'y aurait pas de pénurie de jaune, l'essence allait bientôt couler à flots à la station BP. La vie normale reprenait. On s'était peut-être emballés un peu trop vite... Le changement fait toujours peur. « On sait ce qu'on a... » répétait-on, comme pour se rassurer. Et on avait la télé, le frigo, la chignole, la table en formica... Un luxe inconnu dix ans auparavant.

Les discussions revendicatives se raréfiaient et ce week-end de Pentecôte ramenait les propos sur des sujets moins graves : Merckx avait revêtu le maillot rose dans le Giro et Manchester venait de tailler en pièces Benfica en finale de la Coupe d'Europe des Clubs, à Londres...

Pourtant, Léon enrageait.

Justin et Norbert également, mais pour des raisons diamétralement opposées. La suppression de « l'opération stades » les frustrait. Le projet avait été annulé à la dernière minute. On avait craint, à Paris, qu'au lendemain de la gigantesque rafle, la découverte des agissements occultes du régime ne transforme la grève générale en insurrection.

Pour une fois qu'on aurait pu mettre un peu d'ordre !

Le pouvoir reprenait les rênes. Tous les partenaires de la droite proche du Général, qui n'avait pas manqué de le critiquer assez vertement ces jours derniers (Jacques Soustelle signait un vigoureux éditorial « Partez, mon Général » dans le Méridional du 29 mai), se ressaisissaient. Justin et Norbert avaient lu le matin l'énergique intervention de Joseph Comiti dans ce même quotidien – ils n'en lisaient pas d'autres – « Marseille a clamé non à la violence et à l'émeute. Elle avait montré son calme ; elle a montré sa force. On a voulu l'intimider, l'apeurer, la contraindre ; cela désormais est fini. Marseille respire, Marseille à tous les sens du terme est une ville debout ».

Alors, Justin et Norbert s'adonnaient simplement à la belote sur table. Leur job de flicaillon leur laissait pas mal de temps libre, aussi en profitaient-ils pour continuer à surveiller les révolutionnaires locaux. Ça permettrait toujours de mettre à jour leurs fichiers…

Quant à leur frustration et leur colère, il y aurait bien une ou deux gardes à vue qui leur permettraient de l'extérioriser.

— On aura toujours quelques connards à mettre d'aplomb, tu sais Justin.

Pour souligner ses propos réconfortants, Norbert hocha la tête, puis il posa avec précaution quatre cartes à l'envers devant Justin.

C'était à lui de donner…

Léon enrageait.

Le scénario redouté se mettait en place. Il suffirait de faire entrer les acteurs en scène et tout serait joué. On annonçait une reprise du travail des fonctionnaires pour le 5. Du côté des partis de gauche, c'était malheureusement la réaction attendue. L'alternative présentée par le pécé – soit une petite augmentation de salaire, soit l'insurrection armée – était aussi effrayante qu'erronée. Les événements du mois de mai montraient bien que le peuple cherchait surtout à s'approprier les aspects de sa propre vie. La plus grande grève générale de l'histoire de l'Europe allait se conclure par une minable hausse de salaire !

La manifestation du 29 mai, organisée par la CGT, la CFDT, la FEN et l'UNEF, avait conduit pas mal de monde des Mobiles à la place Sadi-Carnot. On avait enchaîné la Marseillaise et l'Internationale, on avait chanté « Adieu à De Gaulle » sur l'air des lampions, mais cette ultime fête avait aujourd'hui des accents d'hallali.

Le discours du Général du 30 mai avait brisé cet élan populaire.

Depuis, la droite montrait à nouveau le bout de son museau et reprenait du poil de la bête. Toutes ses composantes, de l'UDR aux RI en passant par l'union des sous-officiers de réserve, avaient lancé une grande manifestation aux Mobiles, le 31 mai au soir en scandant « Non à la violence et à l'émeute, Oui au suffrage du peuple. » Ses mentors pouvaient maintenant se déchaîner avec une vigueur et une haine longtemps contenues.

Ainsi, André Malraux conduisait-il le défilé des Champs-Élysées. Comment l'auteur de la Condition Humaine, des Conquérants et de l'Espoir, le militant de la Liberté, de la Ligue mondiale contre l'antisémitisme et le fascisme, le combattant de l'escadrille internationale « España » pouvait-il défiler à la tête des fils et des cousins de ceux contre lesquels il avait tant lutté trente ans plus tôt ?

Ainsi, Raymond Aron pouvait baver sur cette « croisade sans croix, cette lutte sans objet », sur ce « ruissellement de conneries, cette pseudo-révolution puisqu'il n'y a pas de morts »... Est-ce à dire qu'il aurait souhaité quelques morts par-ci par-là ?

Et personne n'avait rien à rétorquer à cela. Au sein même des organisations traditionnelles, présumées protectrices de la classe ouvrière, il n'y avait aucun signe de rupture profonde. C'était le silence radio – c'était le cas de le dire ! – mis à part quelques individus rapidement mis au pas ou exclus. Il n'y eut aucune protestation systématique contre cette politique de trahison.

Cette passivité exaspérait Léon. Même les gauchistes ne sentaient pas la nécessité de signaler la traîtrise des réformistes ou de provoquer des ruptures entre la base et la direction des partis ou des syndicats.

Les journaux relataient les tactiques mises au point par les états-majors politiques, chacun sélectionnait ses candidats. Ensuite viendraient les magouilles électorales... On revenait au schéma classique. Les notables qui sortiraient des urnes s'appliqueraient à tondre le peuple de nouveau. Ça allait repartir comme en quatorze...

— Et tout le monde est content ! constata Léon en vidant sa mominette.

Et c'est vrai que l'ambiance du Beau Bar était plutôt à la joie. On allait reprendre le boulot. Oh, pas pour longtemps, les congés d'été arrivaient. Ce serait décontracté... Les accords de Grenelle apportaient des motifs de satisfaction. Le SMIG augmentait de vingt-cinq pour cent, les salaires de dix pour cent, le temps de travail était réduit...

« C'est toujours ça ! » notait-on ici et là avec des accents de triomphalisme.

On s'accrochait à ces petits avantages.

On interprétait le léger remaniement ministériel comme la preuve que le pouvoir avait compris la volonté de changement émise par la rue, même si « compris » était un terme ambigu depuis que le Général avait si bien « compris » les Pieds-noirs du haut d'un balcon d'Alger, dix ans plus tôt, le 4 juin 58…

L'essence revenait dans les pompes depuis que le dépôt de l'avenue du Rove avait été libéré, les grands magasins se ravitaillaient et ouvriraient dès mardi, certains cars régionaux avaient déjà repris leurs rotations, les dockers valideraient les accords mercredi après-midi, on se remettait au boulot ici et là… Des protocoles d'accord dans la Fonction Publique, EGF et la Sécu avaient été signés, ceux concernant les PTT et la SNCF étaient en cours…

Enhardis par la réaction populaire qui avait suivi la déclaration de De Gaulle, la police et les CRS intervenaient plus fermement afin de débloquer les dépôts d'essence ou les usines. Les flics avaient réouvert manu militari les bureaux de poste le 31 mai, les grévistes de l'ORTF avaient été expulsés, les CRS allaient libérer l'usine de Flins, la justice allait gracier tous les membres de l'OAS encore en prison ou en exil…

De son côté, Biscottin sifflotait. Après de longues journées d'abstinence sexuelle, ces dames allaient être à nouveau libres. Les cocus au boulot, leurs gallines dans son pageot !

Il se mit même en tête de consoler Léon :

— T'en fais pas, avec les élections, le peuple aura la parole. C'est ça la démocratie, non ?

Léon haussa les épaules. C'était peut-être ça si on se fiait aux apparences et aux mots. Il y avait aussi des pays en Europe qu'on appelait démocraties populaires. Fallait voir… Et puis, Léon savait bien que les carottes étaient cuites. Il y aurait des élections, bien sûr, mais les jeunes de moins de vingt et un ans n'auraient pas le droit de voter. Ceux qui avaient animé la protestation, ceux qui avaient soif d'un monde nouveau, plus juste et plus humain, seraient exclus de la consultation. Trois cent mille d'entre eux avaient bien atteint l'âge de la majorité, mais le gouvernement refusait d'actualiser les listes électorales.

L'avenir de la France appartiendrait aux vieux...

La France n'était plus qu'un pays de vieux.

Joël, Noël et Michelle restaient tétanisés autour du Provençal grand ouvert sur la table. Pour la première fois, le journal relatait en détail les événements de Sainte-Apostasie alors que Jackie n'avait toujours pas refait surface, même s'il avait appelé Joël et Michelle le lundi précédent. Il leur avait raconté qu'il en avait encore pour quelques jours, que dans moins d'une semaine il serait de retour à Marseille. Lorsque Michelle avait posé des questions plus précises, il lui avait simplement demandé de lui faire confiance. Il ne pouvait rien lui dire de plus.

— Ça fait une semaine. Mais où il est, ce couillon, maintenant ?

Michelle était la plus inquiète. Elle l'avait tant espéré le dimanche précédent, à son retour de Sainte-Apostasie...

Et puis, ces meurtres en série... Sept cadavres... Quel lien avec Jackie, Jackie qui n'était jamais allé là-bas auparavant ?

— Faut retourner, Joël. Faut y retourner. Je suis sûre qu'il est toujours dans ce coin.

— Putain, mais qu'est-ce qu'il y ferait ? Tu crois qu'il y a un lien entre lui et...

Noël interrompit son propos et montra du doigt les sept visages qui s'étalaient en page des faits divers. Les colonnes consacrées aux grèves et aux messages des lecteurs dans l'impossibilité de donner des nouvelles autrement que par la presse s'amenuisaient. Avec les revendications qui s'éteignaient et la remise en ordre du pays, le quotidien avait pu envoyer des journaleux et des photographes sur les lieux des crimes.

Joël restait muet. La première incursion à Sainte-Apostasie n'avait rien donné et il ne voyait pas l'intérêt d'y retourner. Mais Michelle le harcelait :

— Je t'en prie, Joël, il est là-bas, je le sais, je le sens…

Comme Joël ne savait pas résister aux filles, il accepta après un temps de réflexion.

— Ce soir, il est un peu tard, mais demain, si tu es libre, on partira à la fraîche. C'est possible ?

Michelle hésita. Il y avait l'épicerie, son boulot, son père… Mais c'est elle qui avait relancé Joël, alors elle se débrouillerait.

— Demain, d'accord.

— À quelle heure ?

— Sept heures. C'est trop tôt ?

Noël râla pour la forme. Il n'était guère matinal.

Mais après tout, c'était pour la bonne cause…

Lundi de Pentecôte, 3 juin

L'hypothèse éclose au soir du premier juin dans le cerveau d'un consommateur du bar des Platanes – un gars sans doute moins bourré que les autres – fit rapidement son chemin.

Le « c'est encore un coup des sauvages, je vous le dis ! » que prononça ce soiffard (qui souhaite garder l'anonymat, conscient sans doute que la pertinence de sa remarque ne pourra jamais racheter son penchant immodéré pour l'alcool anisé à 45°) fut en passe de devenir la phrase la plus célèbre de ce joli mois de mai qui n'en avait pourtant pas manqué de croustillantes.

Et comme un bonheur n'arrive jamais seul, la situation du pays se débloqua lentement.

La discipline et la morale redevinrent les valeurs fondamentales de la patrie.

La France réactionnaire sortit de l'ombre, comme en 45, à coups de grands défilés.

On agitait des myriades de drapeaux tricolores, on s'époumonait dans des Marseillaises enthousiastes.

On fêtait l'assurance du retour à l'ordre mais aussi, et surtout, du retour de l'essence dans les stations service et les réservoirs. Et ce n'était pas la moindre des choses...

Pourtant, cette effervescence joyeuse n'était guère de mise autour de la cabane de cantonnier dans laquelle s'étaient réfugiés les Raspigole, une cabane qui prenait désormais des allures de fort Chabrol.

Les deux gendarmes joufflus et ventrus, ceux qui avaient procédé aux premières constatations, avaient été rejoints dès les premières heures de ce lundi de Pentecôte par un fringant capitaine tout juste rentré du front des manifs.

Le capitaine Modivier, frais émoulu d'une de ces écoles qui formatent les cadres chargés de notre sécurité, évalua rapidement la situation après avoir exploré méticuleusement, et conformément à ce qu'on lui avait appris, toutes les hypothèses. Ce jeune diplômé à la logique implacable convint que les sept macchabées avaient été victimes d'un chtarbé ou d'une bande de chtarbés (ce n'étaient pas exactement les termes qu'il avait employés...). Il rejoignit ainsi les conclusions déjà émises par la population qui substituait, dans ce cas précis, son solide bon sens paysan à son manque d'éducation. Et ces chtarbés ne pouvaient être que les Raspigole, ces sauvages qui défiaient la raison la plus élémentaire depuis des lustres. Toujours la saine logique des campagnes...

Le capitaine ne s'appesantit cependant pas trop sur le mobile du crime puisqu'il est patent que les fous tuent sans mobile, simplement parce qu'ils sont fous.

— Un dément, c'est un dément qui a fait le coup. Ou des déments... Mes investigations à venir vous le préciseront, monsieur le Préfet...conclut-il pour justifier son action.

Comme le souci principal du préfet était davantage de museler les quelques irréductibles qui occupaient encore les usines et animaient les rares manifs perdurant ici et là que de trousser quelques péquenots névrosés, le capitaine eut carte blanche.

Ce fut un siège en règle. Comme dans les films.

Dès sept heures, la départementale fut coupée. Des estafettes Renault bourrées de gendarmes somnolents étaient parquées, à l'abri des regards, sous le couvert plantureux des acacias qui prospéraient en ce lieu humide.

Les deux ventrus à moustaches, qui semblaient connaître parfaitement les lieux, bombaient le torse. Ils n'étaient pas peu fiers de seconder le capitaine prudemment réfugié derrière une Renault12 de la gendarmerie.

À huit heures précises, Modivier s'empara d'un mégaphone. La voix était nasillarde. On aurait pu croire que c'était celle d'un de ces manifestants qui empoisonnaient les rues des villes depuis des semaines. Il n'était pas question, pour le capitaine, de traiter les CRS de SS, mais plutôt d'inciter les Raspigole à se rendre.

Un « Va te faire enc... » répondit au premier appel de l'officier.

Les reporters présents, encore ensommeillés, sourirent bêtement. Les pandores posèrent un regard inquiet sur Modivier, guettant la réaction du gradé.

Le ton du capitaine se fit plus menaçant. C'était lui le chef, et il fallait le montrer à l'escouade de gendarmes présents.

Ils devaient se rendre, sinon ce serait l'assaut !

Il reçut, en retour, une salve de plombs de 12 qui fit détaler la maréchaussée, la douzaine de voyeurs matinaux et les journalistes sur les lieux.

La nouvelle du siège s'était répandue comme la vérole sur le bas clergé. On ne devait parler que de cela dans tous les bistrots des alentours. Une 404 arborant sur ses portières latérales le logo de RTL survint à cet instant et dérapa sur les gravillons. Le chauffeur pris de panique contre-braqua trop violemment, renversant au passage un des deux ventrus moustachus qui se carapataient. L'incident provoqua un légitime émoi. Après les étudiants, voici que les journalistes tentaient d'exterminer les forces de l'ordre !

La cabane était maintenant totalement encerclée. Les gendarmes se postaient derrière des abris de fortune – carcasses de voitures rouillées, troncs d'arbre, palissades en planches,... – selon un plan que l'on devinait méticuleux. L'événement n'avait pas encore eu les honneurs de la télé, mais au rythme où arrivaient les véhicules de journaleux, on sentait bien que cela ne tarderait plus guère.

C'est à ce moment-là que Jackie apparut.

Il avait dû abandonner son cyclo un peu avant le barrage, mais avait quand même réussi à se frayer un chemin dans le massif forestier. Il faut dire qu'il n'était pas le seul : la moitié de la population de Sainte-Apostasie guettait, habilement retranchée dans les taillis de chênes verts, les manœuvres de la maréchaussée.

Les distractions étaient si rares dans ce coin perdu, en pleine période de grève, qu'il fallait profiter du moindre spectacle !

Depuis le jeudi précédent, Jackie squattait les cabanons des vignerons.

Avant de s'endormir à même le sol de terre battue, il déposait devant lui les polaroïds. Un cadeau qu'il offrirait à sa mère... Il lui fallut réfléchir durant trois jours pour savoir quand et comment aborder Thérèse Raspigole sans se faire flinguer.

Il restait de longs moments au bord de la Durance, à l'abri des regards, observant le jeu de l'eau qui se faufilait entre les galets gris, tout en grignotant des fruits dérobés ici et là.

Il réfléchissait...

Le dimanche soir, après de longues hésitations, il se décida enfin.

Il irait franco.

Joël arrêta la Peugeot à plus de cinq cents mètres de la baraque. Les gendarmes interdisaient tout accès au camp retranché. Seules quelques DS ou 404 officielles étaient autorisées à pénétrer dans la zone balisée.

Jackie était-il dans le coup ?

Et pourquoi ?

Ces questions taraudaient les trois jeunes gens, surtout Michelle. Elle pressentait qu'il se passait quelque chose, que Jackie n'était pas étranger aux sept meurtres de la semaine précédente et à ce fort Chabrol incongru dans un site aussi paisible. L'instinct des femmes...

Ils parvinrent, par des sentiers détournés, à proximité de la cabane. Les curieux et les journalistes pullulaient sous le couvert forestier. Les journaux, gavés de manifestations, de déclarations, d'accords salariaux ou de prévisions électorales, cherchaient à renouveler leurs Unes, à raconter autre chose, et ce qui se passait ici ne pouvait que les attirer.

C'est Michelle qui, la première, aperçut Jackie posté derrière un taillis de buis, à une cinquantaine de mètres d'eux. Il s'était approché autant qu'il avait pu de la bicoque.

Que faisait-il là ?

Elle fut rassurée de savoir qu'il ne faisait pas partie des assiégés.

Elle aurait voulu l'appeler, mais cela risquait d'attirer l'attention des gendarmes qui faisaient les cent pas en contrebas. Elle décida donc de l'approcher.

Autour d'eux, la rumeur allait bon train. Il se chuchotait que les forces de l'ordre allaient donner l'assaut. Quelques paparazzi calaient d'énormes téléobjectifs contre les troncs noueux des pins d'Alep.

— Saloperie de flicaille !

Félicien cracha. Un interstice entre deux lattes mal ajustées lui permettait d'observer la situation.

Que se passait-il ?

Pourquoi cette débauche de flics ?

Allaient-ils vraiment passer à l'offensive ?

La façade et l'environnement de la cabane n'étaient déjà pas terribles, mais alors, l'intérieur…

Il n'y avait qu'une seule pièce de trois mètres sur quatre, des paillasses à même le sol, quelques bonbonnes de vin éparses, une table étroite surchargée de boîtes de conserve, de vaisselle souillée et d'immondices, des immondices qui débordaient du plateau, jonchaient le sol et s'accumulaient au dehors, derrière la bicoque.

Seul un œil averti aurait pu discerner les locataires dans cette pénombre insupportable.

La vieille femme restait immobile, une carabine 22 long rifle à la main.

Thérèse.

Quel âge avait-elle ? La quarantaine ? On lui aurait donné facilement trente ans de plus. Le cheveu gris et gras, elle portait une blouse de paysanne qui avait dû autrefois être d'une jolie couleur rose, mais qui n'était plus qu'un chiffon maculé de taches de graisse et de vin.

L'odeur, amplifiée par la chaleur, était proprement insoutenable.

Aux relents de graillon, de vinasse et de nourriture avariée se mêlait la fétidité pestilentielle d'un cadavre en décomposition.

On ne remarquait pas, de prime abord, la forme étendue sous une couverture à même le sol.

On aurait pu croire que c'était l'autre, le second frère, qui, abruti par un picrate de mauvaise qualité, prolongeait sa nuit d'ivrogne.

C'était bien Émilien.

Ou, plus exactement, la dépouille d'Émilien.

Il était mort depuis combien de temps ?

Lundi de Pentecôte, 3 juin (suite)

«… Y'en a qui vous parlent de l'Amérique
Ils ont des visions de cinéma
Ils vous disent « Quel pays magnifique
Notre Paris n'est rien auprès d'ça »
Ces boniments-là rendent moins timide,
Bref, on y part, un jour de cafard…
Encore un de plus qui, le ventre vide,
À New York cherchera un dollar
Parmi les gueux et les proscrits,
Les émigrants aux cœurs meurtris,
Il dira, regrettant Paris…»

À l'intérieur, le pick-up rabâchait inlassablement « Où est-il donc ? » et cela semblait aider la vieille femme qui frottait le carrelage en terre cuite à grande eau, au rythme des sanglots de Fréhel.

Kodak avait posé un bol fumant sur la table de la terrasse.

Il venait tout juste de faire réchauffer le café du matin. Il préférait l'air encore frais de la terrasse baignée des parfums de chèvrefeuille aux odeurs artificielles de lessive et à la rengaine du Teppaz. La chanson de Fréhel lui prenait sérieusement la tête et, d'où il était, le pick-up ne semblait plus jouer qu'en sourdine. Deux chats apathiques somnolaient près des jarres de géraniums et se fichaient des trémolos de la voix démodée.

Le vieil homme appréciait les matinées radieuses. C'était les meilleurs moments de ces interminables journées de juin. Bientôt, un cagnard lourd et aveuglant écraserait l'arrière-pays et annoncerait les prochaines canicules estivales. La haute Provence était un pays âpre et rude, glacial l'hiver, étouffant l'été.

Une timide brise courait dans le vallon. Le feuillage gris-vert du mûrier de Chine frémissait mollement. Kodak s'était installé à l'ombre, dans un fauteuil d'osier. Il découpait précautionneusement de fines tranches de poitrine fumée qu'il avalait avec de gros morceaux de pain, avant de siroter religieusement le liquide brûlant.

L'heure était grave.

Il avait posé les deux clichés, bord contre bord, sur le plateau de la table.

À première vue, les deux photos étaient identiques. On y distinguait les quatre tondues, assises et humiliées, et les neuf membres du Comité de Libération, debout, fiers et en armes. C'était la photo qu'il avait montrée à Jackie. Ou, plutôt, une des deux photos était celle qu'il avait montrée à Jackie, celle qui avait décidé le jeune homme à rendre une justice dédaignée par les hommes.

La seconde épreuve était du même format, avec les mêmes personnages. Un examen plus attentif aurait permis de déceler qu'un des visages différait d'un cliché à l'autre.

Au second rang, les traits du personnage de droite avaient

été modifiés. Dans le groupe des « libérateurs », on reconnaissait bien Pierre-Henri, Anatole Estripelle, Valentin Bastifacci, le gars « mort il y a cinq ans » selon Kodak, Bernardin, Fernand, Escragnolles, un autre gars décédé dans les années cinquante, toujours selon Kodak, et, enfin, un dernier visage. Celui de Louis Castelli sur la photo présentée à Jackie, celui d'un illustre inconnu sur la seconde.

Ç'avait été un jeu d'enfant pour un photographe éprouvé comme Kodak d'effacer le sourire satisfait de ce gaillard qui était allé chercher l'aventure outre-mer, dans une Indochine d'où il n'était jamais revenu. Kodak l'avait remplacé par Loulou. Encore heureux qu'il ait conservé le petit labo de sa maison pour exécuter ces manipulations…

L'idée, lumineuse, avait émergé au soir du lundi 21, deux semaines auparavant, le jour où il avait croisé le jeune homme à la boulangerie.

Le fils de Thérèse !

Bien entendu, il savait que Thérèse avait eu un gosse du boche ! C'est une femme de ménage de la maternité qui lui avait raconté le cirque de la famille Raspigole à la fin de l'hiver 45, la mère collée aux basques de la gamine et de la sage femme, le père qui attendait, impassible, dans sa camionnette…

Le fils de Thérèse…

Voici un gars qui ne se pointait certainement pas à Sainte-Apostasie pour cueillir les dernières cerises ! Et si l'idée venait au jeune homme de jouer les vengeurs masqués, ce serait l'occasion – une occasion unique – de se défaire du fardeau qui l'opprimait depuis soixante ans, le poids d'une vengeance qu'il n'avait jamais su, lui, mener à bien.

Par manque de courage ?

Par manque d'opportunité ?

Il haussa les épaules. Peu importait, après tout. Il n'était pas homme à se morfondre sur le passé. Mais l'opportunité était trop belle. Il convenait simplement de se préparer, car l'heure de la justice – sa justice – risquait de sonner pour peu que le petit-fils Raspigole veuille bien remettre les pendules à l'heure.

Kodak chaussa ses lunettes et rapprocha la photo. Il posa son index sur la quatrième fille, celle qui se trouvait à la droite de Thérèse et caressa doucement le papier en murmurant :

— Caroline... Caroline...

Son regard, un instant auparavant si dur lorsqu'il évoquait sa vengeance, s'embua aussitôt.

Caroline.

Avait-elle couché avec un Allemand ?

On ne savait pas. On ne savait pas plus pour Caroline que pour Thérèse. Pourtant, on le présumait car Caroline passait dans le village pour une fille légère.

Lorsque Kodak était rentré d'Aix, le 23 août 44, tout était consommé.

Caroline humiliée, Caroline flétrie. Caroline violée.

Il n'avait que ce cliché, ce cliché où elle baissait les yeux, fille coupable d'un crime qu'elle n'avait pas commis. Elle n'avait pas eu la force de Thérèse, pas eu le courage de garder le regard droit et accusateur vers l'objectif du photographe voyeur.

Kodak était plus âgé qu'elle, mais il s'en fichait, il l'aimait.

Bien sûr, elle rêvait à d'autres, plus jeunes, plus vigoureux, plus gais. Vu sa réputation, elle avait certainement couché avec un de ces boches qui lui tournaient autour, ce grand gaillard blond au sourire éclatant et à la peau cuivrée par le soleil du midi. Était-il pire que les Français, que les gars de Sainte-Apostasie auxquels elle s'était donnée auparavant ?

Les ragots des femmes, les vantardises des hommes qui racontaient avec des détails vulgaires comment elle s'était donné à eux, rendaient Kodak fou de rage.

Il craignait de ne jamais pouvoir concrétiser son amour. Pourtant il était persuadé de pouvoir la rendre heureuse, de pouvoir lui offrir une vie sans souci, une vie paisible.

Il se résigna à attendre son heure. Lorsque les feux de la jeunesse seraient éteints, lorsque tous ceux qui avaient couché avec elle l'auraient fuie, refusant de marier une fille avec une aussi sale réputation, il serait là, dernier recours, ultime étape. Alors, il la prendrait par la main et tout pourrait commencer…

Ce jour-là arriva plus tôt que prévu, le 23 août 44.

Qui, à Sainte-Apostasie ou aux alentours, aurait accepté de partager sa vie avec une tondue ? Personne, aucun de ceux qui ce jour-là avaient ri, l'avaient insultée, amants oublieux des plaisirs partagés qu'elle leur avait procurés.

Personne, excepté Kodak, avec ses années de plus et son mas en dehors du village où elle pourrait vivre en paix, sans être obligée de croiser tous les matins ceux qui l'avaient bafouée.

Lorsque tous lui tournèrent le dos, lui était allé lui rendre visite.

Il l'avait consolée, comme un père, comme un frère. Il avait séché ses larmes.

Il lui avait parlé de l'avenir, et cela l'avait fait à nouveau chialer.

Il lui fallut attendre des jours et des jours pour qu'elle consente enfin à lui répondre.

Vers la fin septembre, elle alla beaucoup mieux.

Elle trouvait Kodak trop vieux, mais c'était le seul, oui le seul, qui lui avait tendu la main. Alors, pourquoi pas… Et puis, Kodak la protégerait. Des autres. De ce Louis Castelli qui venait l'importuner régulièrement.

Louis n'avait pas pris part aux viols de la nuit du 22 au 23 août, et sans doute le regrettait-il. Il n'avait pas connu la douceur de ses seins, la peau blanche de ses cuisses, la vivante cicatrice rose dans laquelle les autres s'étaient engouffrés.

Il venait la relancer, espérant une liaison, une liaison dans l'ombre. « Faut me comprendre... On ne s'affiche pas avec une tondue, avec une salope » lui déclarait-t-il en ricanant pour justifier sa demande. Et elle, elle le repoussait invariablement.

Lorsqu'elle lui annonça, afin qu'il cesse de l'importuner, qu'elle envisageait de vivre avec Kodak, il éclata de rire, se contentant de répéter « Avec un vieux ! » ou « Je t'aurai quand je voudrai ! ». Il se fit alors plus pressant, plus odieux, comme s'il jouait ses dernières cartes.

Et puis, un matin de la mi-octobre, elle trouva cette insistance intolérable. Elle avait passé la nuit à se remémorer la cavalcade nocturne des héros, dans le château. Sans doute était-elle affaiblie, déprimée, fragilisée.

Elle quitta Sainte-Apostasie et se rendit à pied, somnambule de l'aube, jusqu'au pont de Mallemort, à quelques kilomètres de là.

C'était un des derniers grands ponts encore utilisables sur la Durance, un pont long de trois cents mètres. On racontait, dans le pays, qu'il avait été emporté quatre fois par les crues de la rivière, en 1872, puis en 1880, 1 882 et 1 886. Les combats l'avaient endommagé, aussi Caroline marchait-elle avec précaution sur le tablier de bois criblé d'impacts.

La Durance se dispersait en minces filets d'eau sur l'ample tapis de galets gris. Elle n'avait plus rien de la rivière généreusement gonflée par la fonte des neiges du printemps. Sur ses berges, les peupliers prenaient des teintes d'or diaphane et quelques érables rougissaient ici et là.

Une brise légère emportait les feuilles les plus fragiles et caressait le visage de Caroline.

Elle s'avança vers le parapet, l'enjamba et se laissa aller.

L'air se fit plus vif, elle eut l'impression de planer, puis ce fut le grand trou noir.

On ne la retrouva que le lendemain, écrasée dans le lit de la rivière, sur un gros rocher rond.

Kodak resta deux mois sans pouvoir remettre les pieds au village, broyé entre le poids du désespoir et le désir de vengeance. Tous étaient coupables, Loulou en premier lieu, les violeurs ensuite, toute la population enfin.

Il aurait dû tuer tout le monde… Alors, il ne fit rien.

Il prit seulement l'habitude de ne plus descendre qu'au Cercle, un endroit hors du temps que seuls quelques vieux fréquentaient et où l'on ne racontait que des histoires d'avant la guerre.

Il juxtaposa les deux clichés.

C'était du beau boulot, du boulot de pro. Non, il n'avait pas perdu la main, il pouvait légitimement être fier de lui. Seul, un expert aurait pu déceler le trucage.

À l'intérieur le pick-up reprenait la complainte déchirante du passé à jamais révolu.

« Où est-il mon moulin de la place Blanche ?
Mon tabac et mon bistrot du coin ?
Tous les jours pour moi c'était dimanche !
Où sont-ils les amis les copains ?
Où sont-ils tous mes vieux bals musette ?
Leurs javas au son de l'accordéon
Où sont-ils tous mes repas sans galette ?
Avec un cornet de frites à deux ronds
Où sont-ils donc ?»

Lorsqu'il avait compris que le village se refermait face au jeune homme, que Sainte-Apostasie resterait muette – comme elle avait toujours si bien su l'être – sur les crimes d'hier, Kodak avait relancé Jackie avant qu'il ne se décourage. Cela se passa le soir où le jeune homme regardait la fontaine, dépité comme s'il envisageait de se noyer dans quarante centimètres d'eau stagnante.

Ah, il avait bien manœuvré, le vieux ! Par petites touches, il avait su mettre Jackie sur la voie – Raymonde, Henriette, son récit des journées noires d'août 1944 – en attendant le bouquet final. Et le bouquet final, ç'avait été la photo, la fameuse photo qui condamnait Loulou avec les autres. Les autres, ceux qui avaient violé Thérèse, et Loulou qui n'était pas là les 22 et 23 août 44 mais qui méritait mille fois de crever.

Lorsque Jackie était revenu le voir, le samedi précédent, de retour de Mérindol, Kodak aurait hurlé de joie. Le piège était grand ouvert et le jeune homme s'y précipitait. Jackie était excité comme une puce, il venait de découvrir sa filiation, et son agitation cachait mal son besoin de vengeance. Quel fils oserait laisser les tortionnaires de sa mère sans punition ?

La machine était en marche. Il suffisait de sortir la photo – la bonne photo, celle avec Loulou – pour que tous ces pourris payent cash, et cette bordille de Loulou avec eux.

Kodak avait senti une énorme détermination dans les propos du jeune homme.

C'était certes bien fâcheux pour ce dernier qui risquait de finir sa vie en taule, mais on ne fait pas d'omelette sans casser d'œufs.

Les sept gars y passeraient, c'était évident.

Il fallait sacrifier les six autres pour que Loulou soit puni, mais les six autres ne valaient pas plus cher que lui.

Autant qu'ils crèvent !

Lundi de Pentecôte, 3 juin, (fin)

La baraque était assiégée par les forces de l'ordre depuis trois heures et rien n'avait évolué. « Comme au temps de la drôle de guerre » remarquèrent deux vieux qui passèrent sans trop s'attarder sur une affaire qui ne les concernait pas.

Les journalistes, impatients, piétinaient les champs d'herbe folle ensanglantés par les coquelicots, en prenant garde de ne pas se trouver sous le feu des assiégés, ni sous celui des assaillants. On ne savait pas encore lesquels des deux, des flics ou des dingues, seraient les plus dangereux le moment venu. La horde de ces journaleux lassés des manifs urbaines découvrait avec délectation les joies frustes et naturelles du crime rural.

Les fourgons de gendarmerie dressaient une muraille bleue derrière laquelle tous les officiels se cachaient. Du côté de la baraque, plus rien ne bougeait.

Le capitaine comptait sur la lassitude des assiégés sans se rendre compte que ceux-ci vivaient retranchés dans cette baraque depuis des décennies. Ils n'étaient donc pas à quelques heures près !

À onze heures moins dix, le capitaine Modivier décida que la rigolade avait assez duré.

Après de longues nuits à poursuivre l'insurgé chevelu dans les rues des villes, il avait hâte de rentrer chez lui et craignait de trop s'attarder en pleine cambrousse, lui qui avait une sainte horreur de la campagne.

Le préfet, absent mais néanmoins inquiet et exigeant, s'étonnait que la prise d'une aussi modeste cahute demande autant de temps et de moyens.

— Préparez-vous pour onze heures, se contenta de grommeler le capitaine à ses troupes fin prêtes pour l'assaut.

Prendre cette cabane avec ses clodos serait une bagatelle pour ces bagarreurs d'élite qui s'étaient endurcis au contact des « rouges » durant un mois.

À dix heures cinquante-neuf précises, Modivier s'empara du porte-voix et hurla ses ordres en direction des Raspigole. Les journaleux se dispersèrent dans la clairière et les photographes ajustèrent leurs téléobjectifs.

L'heure H allait sonner.

Personne ne répondit aux sommations du côté de la baraque.

— Ils se sont tirés... Ils ont profité d'un manque de surveillance pour se tirer... chuchota l'envoyé spécial du Provençal à son voisin et confrère d'Europe N° 1.

Modivier espérait une réaction, au moins une insulte, de la part des assiégés, mais son intervention demeura sans écho.

Il répéta son ultimatum. L'alternative proposée était la reddition ou l'affrontement. Personne ne réagit. Le capitaine s'en trouva marri. Il avait une riposte prête pour chacune des deux éventualités. Ce type de siège avait été longuement étudié à l'école des cadres de la gendarmerie, où de doctes galonnés enseignaient la gestion de la reddition, la gestion de l'assaut, mais pas celle du silence.

Les heures avaient été interminables. Félicien et Thérèse étaient restés aux aguets, l'arme à portée de la main.

Ils étaient tous deux immobiles dans la pénombre, insensibles à la puanteur du cadavre en décomposition.

Et maintenant les flics avec leur ultimatum... Ils les avaient toujours fait chier, les flics, ils avaient toujours voulu les virer, mais aujourd'hui c'était différent. Ils étaient nombreux, il y en avait de partout.

Pourquoi ?

Pourquoi autant de flics ?

Pourquoi maintenant ?

Ils n'y comprenaient rien. Ça virait au cauchemar et, paradoxalement, ça renforçait leur détermination.

Et l'autre condé qui s'excitait avec son porte-voix !

Mais ils ne lui répondraient pas.

Ils se contentèrent d'amasser les munitions et de charger leurs armes.

Ils ne se rendraient jamais !

Jackie suivait la scène avec appréhension lorsque Michelle le rejoignit. Elle lui passa simplement la main dans les cheveux. Il répliqua par un sobre :

— T'es là, c'est bien...

C'était peu après deux semaines d'absence, mais il parut content de la voir et elle en fut heureuse.

Il poursuivit :

— Ma mère... Elle est dans la maison, là-bas. Il faut pas qu'il me la tue, tu comprends ? Ça fait si longtemps que je la cherche...

Elle comprenait mal... Elle comprenait surtout que la situation était délicate, avec l'assaut qu'on disait imminent, avec cette ribambelle de flics énervés par l'attente et la chaleur.

Jackie aperçut les téléobjectifs braqués sur le mur de

planches. Les tireurs d'élite se déployaient autour de la cabane. Les flics allaient les flinguer comme des chiens, c'était sûr !

— Faut que j'y aille, tu comprends ?

Tu comprends… Tu comprends…

Il ne savait dire que ça.

Et elle ne comprenait pas, elle ne comprenait plus :

— Y aller, mais t'es dingue, Jackie ! C'est un champ de bataille !

— Faut que j'y aille, je veux pas qu'ils me la tuent, pas maintenant, je l'ai tant espérée… Et puis, j'ai ça à lui donner.

Il sortit les sept polaroïds de la poche de son blouson de gabardine. Michelle frémit. Ces crânes ensanglantés, c'était quoi encore ?

— Reste-là, tout va bien se passer… lui murmura-t-elle.

Mais il n'écoutait plus. Il se déplia, quitta sa position et fit deux pas vers la cabane.

Michelle s'accrocha et l'implora :

— Jackie n'y va pas. Jackie revient !

Il ne répondit pas et avança encore de deux pas. Alors elle courut vers les gendarmes en hurlant :

— Capitaine, capitaine ! Empêchez-le d'y aller. C'est son fils !

Le fils !

Le fils était là, alors pourquoi ne pas tenter de l'utiliser afin de les amadouer. Une mère est généralement plus sensible aux arguments de ses enfants qu'à ceux des flics.

Modivier hurla dans le porte-voix :

— Ne tirez pas ! Je vous envoie votre fils ! Il a quelque chose à vous dire.

Jackie marchait lentement, avec une certaine solennité, seul dans le champ de coquelicots. Un reporter photographe doué de sens artistique réalisa quelques très beaux clichés à contre jour. Michelle, retranchée à l'abri de la muraille de fourgons, fondit en larmes. Elle avait vainement tenté de convaincre le jeune homme de renoncer à son idée, il ne l'avait pas écouté. Il ne l'écouterait jamais…

Une première volée de plomb de 12 déchira le feuillage des acacias.

Ils tiraient au-dessus de lui, pour l'intimider. Jackie s'arrêta un instant, il retira les sept clichés de la poche intérieure de son blouson et les brandit vers la bicoque.

— Maman, maman, c'est pour toi.

Sa voix était d'une douceur nouvelle dans le silence oppressant de la campagne. Les oiseaux ne gazouillaient plus. Chacun retenait son souffle, et c'est à peine si on percevait les cliquetis du chargement des appareils photographiques.

Le pas de Jackie devint plus assuré. Il n'avait jamais prononcé ce mot, « Maman », et cela lui donnait un surprenant courage.

Un second coup de feu claqua. Les plombs ricochèrent sur la carrosserie des fourgons bleus.

Jackie afficha un maigre sourire. Ils tiraient à côté de lui, il n'avait donc rien à craindre.

Félicien avait arraché une planche pourrie afin de sortir le canon de son fusil. Il avait utilisé ses deux cartouches, et cet imbécile avançait toujours.

C'est tout ce qu'ils avaient trouvé, les flics ?

Inventer un fils, et puis quoi encore ?

L'homme n'était plus qu'à une vingtaine de mètres d'eux. Il tenait quelque chose à la main. Quoi ? Ils ne savaient pas. Un nouvel arrêté d'expulsion ? Sans doute mais il était encore trop loin pour savoir.

Au dehors, les gendarmes avaient pris position tout autour de la clairière. Ils allaient sûrement donner l'assaut pour les virer, pour les refourguer dans une maison pour dingues. Les rayons du soleil dévoilaient parfois le canon d'un fusil ou l'objectif d'un appareil photo. Les journalistes devaient grouiller aux alentours.

Félicien saisit une bouteille de rouge sur la table et but au goulot avant de la tendre à sa sœur.

Tout allait se mettre en branle dès que le jeune homme serait là.

C'était un piège !

— Les salauds, ils nous prennent pour qui, cracha Félicien avec hargne.

Il se recula un peu pour charger son fusil à chevrotines. Thérèse en profita pour passer le canon de la 22 long rifle entre les planches disjointes.

Le cœur, elle viserait le cœur.

À cette distance, ce n'était pas un problème.

Elle entendit la voix presque éteinte qui murmurait « Maman, maman… ».

Ces salauds !

De quoi n'étaient-ils pas capables pour les tromper !

Elle cala la crosse solidement contre son épaule et ferma son œil gauche.

Le cœur…

Le photographe amateur de jolies photos sur fond de coquelicots rechargeait son appareil lorsque le coup de feu claqua, sec dans la paix du matin.

Jackie s'effondra lentement en murmurant « maman », ce mot qui lui avait été jusque-là interdit.

Note de l'auteur à ses lecteurs

Mai 68 est encore présent dans les mémoires. Chacun y a trouvé ce qu'il désirait : l'utopie, l'espoir, le détachement, l'irritation, voire la haine.

Les dirigeants des classes politiques et syndicales, enkystés dans le confort de leurs pouvoirs, petits ou grands, n'ont rien compris à ce mouvement. Les uns ont essayé de le récupérer, les autres se sont contentés de le condamner vertement. À cet égard, on retrouvera le même type d'incompréhension aux soirs du premier tour de l'élection présidentielle d'avril 2002 et du référendum de mai 2005, autres grandes dates qui scelleront la réalité du fossé creusé entre le peuple et ses représentants.

La plupart des sympathiques chevelus qui foutaient le ouaille dans les rues sont devenus notaires, avocats, médecins. Comme papa. Comme ce papa détenteur de l'ordre familial qu'ils vilipendaient sous le soleil de ce joli mois des illusions.

Beaucoup se sont consacrés à la politique, passant – dans le moins pire des cas – du gauchisme à la social-démocratie mitterrandienne.

Je pense que vous avez, chacun, des idées, une opinion et des certitudes sur ce mois de mai 1968. Je n'en parlerai donc pas davantage.

L'abandon d'enfant est un drame quotidien.

Nous avons tous, autour de nous, des acteurs ou des victimes de ces tragédies.

Les travailleurs sociaux ont plus d'aptitude que moi pour s'étendre sur le sujet. Ils pourraient vous relater des drames qui dépassent l'imagination du plus déjanté des écrivains.

Je ne pourrai guère vous en apprendre davantage sur cette douloureuse et délicate question. Aussi, je me contenterai de citer quelques mots de Myriam Szejer, pédopsychiatre psychanalyste : « C'est étrange de constater comment les sociétés peuvent se construire autour d'un meurtre ou d'un mensonge initial. L'horreur, on le sait depuis les camps de concentration, c'est de mourir sans trace, sans inscription. Mourir et naître sans inscription, cela revient au même. »

L'épuration a une tout autre dimension, une dimension cachée, et n'apparaît, dans le meilleur des cas, que comme une image brouillée.

Sujet tabou dans une France bien pensante et toujours prompte à donner des leçons aux autres, cette période laisse un goût amer.

Considérons simplement les évaluations.

On oscille entre 9 673 victimes (statistique des Renseignements Généraux et de la Gendarmerie) et plus de 100 000 (estimation officieuse, tirée d'une confidence d'Adrien Tixier, alors ministre de l'Intérieur, au colonel Passy) !

Est-ce bien sérieux ?

Entre ces deux extrêmes, on peut citer les chiffres du Comité d'Histoire de la Seconde Guerre Mondiale (10 000 victimes, dont 9 000 exécutions sommaires), de De Gaulle, dans le livre *Le salut* paru en 1959 (10 842), de Robert Aron, dans *Histoire de la libération de la France* paru en 1970 (30 à 40 000), de Jean Pleyber, dans *Défense de l'occident* paru en 1957 (68 000) ou du ministère des anciens combattants, dirigé par François Mitterrand en 1948 (97 000).

À priori, toutes ces sources sont dignes de confiance.

Connaissez-vous une autre période de notre histoire récente qui soit aussi mal jaugée ?

Au-delà des chiffres, on devine un pays malade, un pays au tissu social déchiré, un pays en proie à une double crise identitaire, celle de la nation et celle du mâle.

Au-delà des chiffres, au-delà de ce pays, il y a des femmes et des hommes, des lâches et des généreux, de vrais salauds et de faux coupables…

Il y a aussi ceux qui sont passés au travers, les fallacieux héros. Les personnages d'Anatole Estripelle, de Pierre-Marie Heurtefeuille, de Valentin Bastifacci, de Fernand Ramirez, d'Adrien Escragnolles sont inspirés d'hommes ayant vraiment existé.[1]

Il y a enfin les drames. Des milliers de drames. L'histoire de Thérèse Raspigole et de son père[2] est tirée de faits réels qui se sont déroulés dans le centre de la France, des faits rapportés par la presse[3] près de quarante ans plus tard, en septembre 1983, à l'issue de l'intervention du GIGN dans la masure dans laquelle ils vivaient. Oui, cette fille a été tondue, oui son père la promenait enchaînée comme une chienne dans les rues de sa ville, oui elle a sombré dans la démence après s'être retirée, avec ses frères et des armes à feu, dans une baraque pourrie…

Aucun romancier ne pourra jamais inventer des histoires dramatiques à la hauteur de la réalité.

1.Les noms ont été modifiés. Les " modèles " ont sévi dans d'autres départements que les Bouches-du-Rhône.
2.Les noms ont été modifiés.
3.Libération des 22 et 23 septembre 1983, article d'Eric Favereau

Table des matières

Parus dans la même collection

Le Baiser du Congre DEL PAPPAS
Bleu sur la Peau DEL PAPPAS
Le Jobi du Racati DEL PAPPAS
La Girelle de la Belle de Mai DEL PAPPAS
Écran total MAXIME VIVAS
Ainsi soient-elles PIERRE SERISIER
Le Royaume de Degun DEL PAPPAS
Du Sel plein les Yeux DEL PAPPAS
La Nuit des Bras Cassés MAURICE GOUIRAN
Harpo PIERRE SERISIER
Le Couteau sur la Langue RENÉ MERLE
Pleure pas le Mistral se Lève DEL PAPPAS
Le Cœur Enragué DEL PAPPAS
Le Théorème de l'Engambi MAURICE GOUIRAN
Le Cafoutchi du Diable DEL PAPPAS
Le Dernier des Chapacans MAURICE GOUIRAN
La Mue de la Cigale DEL PAPPAS
L'Arménienne aux Yeux d'Or MAURICE GOUIRAN
L'Anticyclone des Açores DEL PAPPAS
Les Martiens de Marseille MAURICE GOUIRAN
La Porte des Orients Perdus MAURICE GOUIRAN
Guantanamo Opération Porte ouverte MARC LEREAH
Bada d'Amour DEL PAPPAS
Les Damnés du Vieux Port MAURICE GOUIRAN
Saucisse dans le Métro SERGE SCOTTO
Marseille, la ville où est mort Kennedy MAURICE GOUIRAN
Sortez vos morts BRUNO LEYDET
L'Espincheur des Accoules DEL PAPPAS
La Gloire de Saucisse SERGE SCOTTO
Terminus Ararat MAURICE GOUIRAN
Frères d'Armes SERGE-YVES RUQUET
Train Bleu Train Noir MAURICE GOUIRAN
Meurtres à la Cité Radieuse ALAIN PUCCIARELLI
Saucisse Président SERGE SCOTTO
Vogue, Bel Engatseur, DEL PAPPAS

Achevé d'imprimer sur les presses de Pulsio.net
Imprimé en Europe
Dépôt légal : Mai 2008